K
O.LIFE

K.O.★人生

東澤——著

目錄

0 乳牛俠

在我很小的時候，曾經深深相信人生就像漫畫一樣。

我相信所有出現在漫畫裡的事物，我相信有天我也可以從手指射出靈丸，我相信拚命練習就可以打進全國大賽，我相信人生會有起伏的轉折，而那都是爲了迎接高潮的結尾，我相信奇蹟，我相信正義必定戰勝邪惡，我相信一切漫畫傳達的美好。

漫畫開啓了我對世界的認識，或者可以這麼說，漫畫就是我最早的、唯一的世界。

我國小最紅的漫畫是《七龍珠》、《幽遊白書》和《灌籃高手》，沒過幾年，轟動一時的美男劍客《神劍闖江湖》和史上最強教師鬼塚也開始連載了。當時所有人都在看這些漫畫，家裡擁有整套漫畫、連載雜誌每期都買的同學，在班上的地位就像摩西一樣，威風地帶領大家前進新世界，我和剩下的同學則像希伯來人，忠誠地跟隨在他們身後。

但除了和他們一起看這些日本漫畫外，我還一個人深深沉迷在一部無人知曉的本土漫畫裡。

那就是《乳牛俠》。

這名字帶著莫名搞笑味道的漫畫，其實是一部帥氣無比的超人漫畫。作者叫太空猴，是一個從沒聽過的傢伙。我在家附近的漫畫專賣店裡找到它，它被放在角落最下層的櫃子裡，上頭覆滿厚厚灰塵，彷彿已在那裡等待我許久。

不知道爲什麼，第一眼瞥見封面上那穿著黑白緊身衣咧嘴大笑的男孩，我就被深深吸引了。

我花了一個月，省吃儉用那少得可憐的零用錢，陸續把一二三集買回家。

乳牛俠本名叫蕭建仁，在還沒有變身之前，他看起來就是一個平凡的高中男孩，除了比一般人好色之外，沒有任何特別之處。但事實上，他是四大超人家族之一的乳牛家族僅存的成員，變身時煙霧會在身旁揚起，背後的披風獵獵招展，危急時可以從腰間抽出鋒利軟劍，擁有足以對抗任何邪惡勢力的超能身手。

故事就從蕭建仁念的高中開始。他和校園裡的不良少年們發生爭執，大家陸續變身打起來，才發現彼此都是各大超人家族的成員。最後誤會解開，他們找到共同的敵人，三萬年前背叛四大家族的第五家族——吸血蝙蝠家族。蝙蝠家族的首領德古拉預謀征服世界，超人們於是挺身而出，聯手對抗。

就在大戰最激烈的時刻，多年前和雪豹超人一齊出發征討德古拉，從此便音訊全無的乳牛俠父親突然現身了。這個號稱乳牛家族史上最強的男人，雙眼混濁沒有焦點，過去的黑白勁裝變成一套通體暗黑的不祥裝扮，不管蕭建仁如何呼喊他的名字，他仍舊無動於衷，他已經被德古拉徹底洗腦了。

第三集就在父子即將對戰之際結束了。第四集發行之前，我把前三集反覆看了一遍又一遍，翻到紙頁脫落，又去買了新的一本。我在白紙上畫下一個又一個漫畫裡的人物：乳牛俠、乳牛俠的父親、雪豹超人、神蛙少女、暴氣天王、德古拉，以及更多更多的乳牛俠。我每天都在幻想之後的情節：父親會清醒過來嗎？他們會感動重逢，聯手對抗德古拉嗎？還是乳牛俠會在不得已的情況下，能力大幅躍升殺死父親，懷著滿腔悲憤幹上德古拉？我無比期待第四集的發行，三天兩頭就跑去漫畫店詢問，只是，第四集始終都沒有出版。

三個月過去了，然後是半年，半年又變成一年，然後驪歌響起，我從國小畢業了，《乳牛俠》第四集仍是音訊全無。我心底炙烈的熱情越來越冷，希望逐漸變成絕望，就這樣帶著遺憾升上了國中。

上了國中後，我又迷上別的漫畫，也越來越少想起《乳牛俠》。只有在少數幾次結帳的時候，會不抱希望地隨口問問老闆，「那個，第四集要出了沒啊？」老闆則一如往常笑著搖頭，像過去上千次那樣告訴我，「沒有聽說欸。」

我最後一次問老闆這個問題是在國中畢業那天。我胸膛上別著紅花，和其他畢業生一起走出校門。我覺得有些傷心，但又有些興奮，心情像搖過的可樂一樣激動。我告別了一個年代，又往大人邁進了一步，頭頂的太陽又大又溫暖，彷彿在預告未來的美好。我衝去漫畫店，老闆看到我笑呵呵地說：「畢業啦？」我用力點頭，大聲說：「老闆，出了吧？第四集要出了吧？我知道它快出了。」

老闆仍是那無奈的笑容，「沒聽說啊。」

「是喔……」我彷彿早就知道了答案，對老闆點點頭然後離開。我似乎感覺到，有什麼東西，在那一刻徹底結束了。

暑假的時候，不知道什麼原因，漫畫店的鐵門始終都是關著，一個月後再打開時，裡頭已經變成一家黏土工作坊，九個月後，它又成了一家自助洗衣店。我從此沒有再見到老闆，也沒有再問過別人那個問題。

人生終究不是漫畫，第四集始終沒有出版。

乳牛俠和父親在決戰的前一刻，相對而立，時光靜止，連風也沒有吹過。我心底壓著這麼一幅畫面，繼續活下去。

然後，轉眼間，像開玩笑一樣，我二十六歲了。

1 奉為經典和圭臬的東西

十二點半，當我在店裡的櫃檯後方，吃著放了半個小時的魷魚羹麵時，不知爲何想起了遺忘許久的《乳牛俠》，和已經二十六歲，快要二十七歲的這個事實。這兩個念頭就這樣手牽手跳進我的腦海，嚇了我一跳。

我想起那些不斷失望的等待時光，以及那上百張不知扔去哪裡，佔去我龐大童年光陰的乳牛俠塗鴉。我二十六歲了，從《乳牛俠》第三集出版到現在，已經過了多少年了呢？十四？還是十六？我無法確定。我已經忘記第三集是哪一年出版的了，太遙遠了，我放棄去想，我沒有心情去想這種事。現在的我，沒有心情想任何事。

此刻我身在二十坪的方形空間裡，面前排排放著糖果般鮮豔的彩色小沙發，那是一坐便凹陷下去，會把人溫暖包住的舒適沙發。店裡的四面牆壁，除了那扇自動門外，全是高至天花板的書櫃。幾年前，由於書越來越多放不下，還陸續加裝了第二層和第三層書櫃，附有滑輪可以移動，不會擋到客人尋找裡頭的書。

書櫃裡塞滿了從古至今所有重要的精神糧食，所有成長必備的營養，像一座寶庫，閃閃發光絢爛耀眼。我們人生前十幾年的知識都從裡頭得來，還有我們的歡笑和淚水，驚奇和恐懼，這些書給了我們全部。沒有它們，我們的童年就只剩下電視上乏味的節目，還有永遠也打不完的線上遊戲。

這些書賦予我們想像力，讓我們浸淫在一個不可能的世界。不，這不是《暮光之城》，也不是《達文西密碼》，更不是《老人與海》或《戰爭與和平》，是更強大更有力量的東西，像是《獵人》和《海賊王》，《20世紀少年》還有《火影忍者》，這些才是我們這個世代的夢想，我們溝通的語言，我們奉爲經典和圭臬的東西。

沒錯，我正待在一家漫畫出租店裡，這是一家叫做大魔域書坊的漫畫出租店，店名來自老闆娘易萱最愛的奇幻老電影。

今年九月，我就在大魔域工作滿八年了，是除了易萱之外，最資深的員工。而使我一直留在這裡的原因，別無其他，就是愛而已。我愛這家店，七年多來始終都深深熱戀著。

□

我第一次踏入大魔域，就是因爲《乳牛俠》。

那時我剛上大學，從我家到台北另一頭山上的學校要騎超過一個小時。由於我是台北人不能住宿舍，等抽籤又太麻煩，我索性在學校附近租了一間包水電網路的小套房。沒想到這個決定，竟開啓我往後四年的自閉生活。

開學後，我們班很快便像掰開的橘子分成兩個團體，一個是中南部的宿舍掛，另一個則是放學要一起下山的台北掛。不知爲何兩幫人都覺得我屬於另一邊，中南部的覺得我是台北人，台北的則覺得我算是山上那群，於是兩邊出去玩都不找我，我就這樣莫名地被遺棄了。

在幾次夜衝夜唱都沒跟到後，我也漸漸習慣了一個人，放學便回家看下載的美劇，偶爾去漫畫出租店看漫畫，或是買滷味借DVD回家，倒也過得還算愜意。

那時我常去的漫畫出租店是樓下轉角的肥貓租書。它似乎從二十年前便沒有換過外牆上的海報，上面仍貼著《城市獵人》、《忍空》和《電影少女》。店裡看起來灰撲撲的，每張沙發都磨損綻開，露出黃色海綿，坐下去有嘰嘰乖乖的恐怖聲音，店員不知爲何也總是愁眉不展，是一家給人印象灰暗的出租店。

但因爲離我家很近，漫畫也齊全，嘰嘰乖乖的沙發坐久了也有莫名的親切感，所以我總是在那裡租書，一直沒有想過要換一家出租店。

有一天，我加了一個新抽的學伴好友，在決定勝負的第一次聊天裡，我爲了打破尷尬提起了《乳牛俠》，沒想到她完全沒聽過，還說漫畫不是小朋友在看的嗎。爲了捍衛漫畫的神聖地位，我義正詞嚴的反駁她，最後不歡而散，那也是我唯一一次和她聊天。

但那天在關上視窗後，我卻突然湧起想看《乳牛俠》的強烈衝動，想看得不得了，這念頭像爆發前夕的維蘇威火山，怎麼壓都壓不下來。由於《乳牛俠》放在家裡沒有帶來，我便衝到樓下的肥貓租書，但令人震驚的是，連《漫畫中國歷史》全集都有的肥貓，竟然沒有《乳牛俠》，店員也愁眉不展地說他沒聽過。

我失望地走出店外，跨上機車，在附近的巷道裡不斷繞行，每看到一家租書店就停下來，殺進去問有沒有《乳牛俠》。

在連著失望了兩次後，我來到了大魔域。

一進去我便聞到一股香味，不是人工芳香劑的廉價香味，而是不帶任何攻擊性、使人整個放鬆下來的淡雅香氣。那味道讓我愣了一秒，而櫃檯後說著歡迎光臨的女生又讓我多愣了兩秒。那是郭易萱。那時我還不知道她的名字，也不知道她不是工讀生，是大魔域的老闆娘兼店長，更不知道娃娃臉大眼睛的她，那時已經二十八歲了。

我回過神，向初次見面的易萱詢問《乳牛俠》，她快步走到一面書櫃前，把書抽出來拿給我，還附上一個足以融化世界的笑容。

那天之後，我就再也沒有踏進肥貓租書，我成了大魔域的忠實顧客，頭號粉絲。那不單是因爲可愛的易萱，更是因爲店裡舒適的氣氛。從外頭瞥進去，它就像一家咖啡館，裝潢乾淨清爽，透著溫暖氛圍。房間裡沒有沙發的我，常常跑去窩在大魔域柔軟的沙發裡，一坐便是一整天。

慢慢的，易萱開始會在借書時和我寒暄，我們逐漸熟起來。由於被班上同學遺棄的關係，放學後我幾乎都沒事做，於是我泡在大魔域的時間越來越多，看漫畫，看雜誌，看小說，沒書可看的時候就和易萱或工讀生聊天，甚至幫忙上書做書，回答客人的問題，無論做什麼，在大魔域我總感覺自在舒服，而且十分快樂。

就這樣，大魔域逐漸成爲我的第二個家。

有一次易萱把我叫到電腦前，問我要怎麼在Word上做字體效果。她正在做一張海報，要徵工讀生。

一秒也沒有遲疑，我脫口說：「不用做了啦，用我就可以了。」

易萱笑著說：「認眞點啦，快教我。」

「我很認眞啊，我正想找打工。」

「你說眞的？」

我收起笑容，點點頭。

易萱看了我差不多五秒鐘，然後噗哧笑出來，用足以融化世界的聲音說：「好，錄用你！」

這就是我租書店店員生涯的開始，一個意外，但也可以說，我其實一直在等待這一天的到來。

那之後有好長一段時間，我的心情都極度亢奮，我覺得自己找到了全世界最棒的工作，以及全世界最棒的老闆。

儘管後來這種亢奮的心情漸漸淡了，我對工作的熱情始終沒有減少，也以自己的表現爲榮。以一個租書店店員來說，我絕對算是天賦異秉、卓越超群。我熟悉過去二十年的每一本漫畫，我可以在五秒內找出客人要的任何一本書，我知道《寶島少年》和壹週刊要進幾本才可以有最大利潤，我可以從客人的借出紀錄猜出他可能喜歡的作品推薦給他，一整套八十集的《JoJo冒險野郎》就這樣被我租出去了好幾遍。

不是我自誇，大魔域的營業額在我開始打工後，明顯提升了不少，這是易萱私下告訴我的。

三年前，她甚至有了開分店的念頭。

「你覺得再開一家店怎麼樣？」

某個尋常的大魔域午後，易萱的話嚇了我一跳。

「那需要一筆不小的資金吧，買漫畫啊、裝潢、店租什麼的，這些沒問題嗎？」

「拜託，現在可是開店以來最賺錢的時候呢。」

「還不是靠我。」

易萱笑了一下。

「但如果開新店的話，兩頭跑一定會忙不過來，這邊肯定需要一個新店長。」她想了一下，然後笑著說：「哎感覺好累喔，還是算了。」

就這樣，這是我們唯一一次談論到新店的事。

至於另外一次，則是易萱老公來找她，在店裡小聲說著開新店的問題。

在我還沒開始在大魔域打工之前，就已經見過易萱的老公了，那時他們還沒結婚，只是男女朋友。他常在關門的前一刻抵達，穿著業務員模樣的西裝，抱著一頂全罩安全帽，向其他工讀生點點頭，安靜坐著等易萱下班。她男朋友跟她很配，不笑的時候像張震，笑起來像彭于晏，而且對她非常好，常常帶宵夜過來，當年開店時還幫忙出了一半資金。他們在我升大四的暑假結婚了，我幾乎把那個月的薪水都包進紅包。一年後我去北海岸的雷達站當兵，易萱生下一對雙胞胎女孩，她寄照片給我，兩個小嬰兒可愛得不得了，看著她們我總會想起琳賽·蘿涵演的《天生一對》，她們將來應該就是那麼可愛。

回到新分店。那天我聽到易萱老公小聲地對她說：「……這樣太辛苦了。」

「可以貸款啊。」

「可是還有房貸……而且也要開始付依依念念的保母費了……」

易萱沉默沒有再說話。

那天之後，我便沒有再聽到易萱和任何人提起這個話題。

□

玻璃門突然滑開，一個上班族模樣的男子走進來，我趕忙吞下口中的麵條，但一旁的呂信維已搶先說出「歡迎光臨」，他對男人露出親切笑容，接著對我微微一笑，像是在說「你先吃麵沒關係」，最後他將視線移回螢幕上，繼續和易萱討論事情。

我突然感覺嘴裡的魷魚羹像是煮過的橡膠，食慾瞬間都沒有了。

呂信維的「歡迎光臨」一直都有點好笑，腔調做作，彷彿沾滿了太多糖漿。但現在我卻笑不出來了，我終於聽出裡頭的算計與心機，只是一切已經太遲了。

又一個女學生走進來，呂信維的「歡迎光臨」幾乎沒有延遲一秒，彷彿回應呂信維似的，女學生朝他露出笑容。

我放下筷子，把只吃了半碗的麵蓋上，丟進垃圾桶。

就是在這一刻，我想起了《乳牛俠》和快要二十七歲這件事，它們像神諭一樣閃進腦海裡。難道其中藏有什麼人生的教訓嗎？像是「等待是沒有結果的」、「懷抱希望生活是愚蠢的」，這類的教訓嗎？這就是祢要告訴我的嗎，上帝？

沒有人回答。

我只聽見呂信維和易萱說話的聲音，他們兩人正在店裡唯一一台電腦前愉快地忙碌著。易萱在教他怎麼寫營運報表，如何進新書，以及管理一間漫畫出租店所需要的全部知識。

在我深深熱愛的店裡，在我奉獻七年光陰的櫃檯後方，易萱正在告訴這才來六個月的傢伙，如何當大魔域的店長。

2 結紮又失明的犀牛

呂信維第一次出現在大魔域，是在一個古怪的禮拜二傍晚。那天一反常態客人出奇的多，我和易萱當班，正忙到不可開交的時候，一個男人來到櫃檯前，微笑跟我說他要應徵工讀生。

他穿著乾淨的條紋襯衫，戴細框眼鏡，給人的感覺十分清爽，易萱和我都嚇了一跳，這和平常來應徵的不成熟國中生和失業中年婦女完全不同。因爲當時還有客人，易萱請他稍等，他便找了個角落的位子坐下來。

原本易萱似乎是想一閒下來便抓緊時間面試他，但那天不知爲何，店裡像週年慶的蟹堡王餐廳，客人一波波瘋狂湧進來，始終沒有閒下來一秒。中間易萱曾問他要不要改天再來，不然可能要等到下班後，他笑著說沒關係。易萱怕他等太久無聊，便請他隨便拿書來看，他在店裡繞了一圈，選了一本磚頭般的小說——宮部美幸的《模仿犯》——在沙發上安靜地讀了起來。

我們有一整套《網球王子》，有一整套《死亡筆記本》，有壹週刊，有九把刀的新書，我們什麼都有，但他卻選了一本六百多頁的小說。出於好奇，我三不五時就朝他看過去，他始終都低頭安靜看書，但不知道爲什麼，他看書的姿態總給我一種奇怪的感覺，和四周沉浸在故事中的客人不太一樣。

關店後，我和易萱一起面試他。不到五分鐘，易萱便宣布他錄取了。她要我留下來，幫呂信維排下個月的班表。

排班表的短短幾分鐘裡，呂信維就說了不下十次謝謝。他聲音異常輕柔，身上還有一股好聞的清甜香味。儘管他舉止得體有禮貌，我卻沒有因此對他產生好感，在大魔域工作的七年裡，我學會不要用第一印象看人，而是用時間。

有好幾個傢伙面試時都一臉誠懇，開始上班後卻只會看漫畫，工作一律擺爛。最後被炒魷魚的時候，他們還會自行帶走一些東西——他們稱為遣散費——我們就因此重買了一整套的《I"s》還有《鋼之煉金術師》。

曾經有個宅男看上這裡高出席率的女大生而來應徵。他向每個進來店裡的女孩加好友，自動幫她們把書無限期續借，好像這家店是他開的一樣。最後易萱請他離開的時候，他還在店裡大吵大鬧了許久。

「你們一定要讓吳筱萍免費借書，我答應她了。」宅宅面紅耳赤的對我們咆哮。如果上帝仁慈一點的話，這或許會是一個很童話的愛情故事，但可惜現實總是童話的相反。

最讓人意外的還是兩年前的一個大學生，他看起來就跟一般的大學生一模一樣，甚至還更正常。直到某天有個客人回來抱怨後，我們才知道人類發展的多樣性及複雜性。

「你們這家店在搞什麼？這幾頁全黏在一起了！」中年大叔十分不爽的把幾本十八禁漫畫砸在櫃檯，易萱拿起來翻開後臉都綠了。

起初我們懷疑是中年大叔自己搞的不認帳，但後來發現書櫃裡還有別的漫畫也慘遭毒手，然後我們突發奇想調閱了監視錄影帶，就這麼打開了潘朵拉的盒子。

乖乖大學生每天下班都會帶幾本十八禁漫畫回家，隔天一早再原封不動地拿回來，只是裡頭已經多了點東西，一些屬於他私人的紀念品。後來我們甚至發現不是只有漫畫，一些過期很久的壹週刊和少女雜誌，也都有他欣賞過的痕跡。

我和易萱在下班後放錄影帶給他看，拿出他惡搞的書，要求他賠償然後離開。大學生的態度異常冷靜，只是一直笑，一直冷笑。幾個月後，他母親跑來店裡，威脅要告我們把她兒子弄瘋，我們才知道他進了精神病院。

這些怪咖沒有人可以撐過半年，甚至很少可以超過一個月。所以如果呂信維只是裝模作樣的騙子，時間一到，他就會露出破綻然後離開，像冬天的落葉，沒有絲毫戀棧。

結果呂信維撐過了一個月，然後是三個月，到現在已經半年了。用「撐」這個字甚至完全不對，他表現得很好，幾乎是完美。他總是早十分鐘來，晚十分鐘走，他熟記每本漫畫的位置，會在自動門打開的第一時間喊歡迎光臨，永遠用最快速度將書歸位，並在大家都還在吃便當時，就把廁所又掃了一遍。

他看起來棒到不行，彷彿是上帝派下凡的打工天使。

但我知道他不是。

每次有人提到什麼團購美食，他總是立刻跳出來開團，即使他並沒有要買。有同事生日要到了，不管他和壽星熟不熟，他都主動訂蛋糕，買大卡片給大家傳著寫。只要出去玩他一定會帶伴手禮回來，就算只是週末逛個百貨公司，他也可能會買一盒巧克力給大家吃，或是兩件可愛的圍兜兜給易萱的雙胞胎，他總是說正好碰上大特價。

我知道這些都是小事，沒什麼大不了的，但怪怪的感覺始終如影隨形。就像他看《模仿犯》

的姿態一樣，有種不自然的氛圍在裡頭，彷彿一切都是精心營造的海市蜃樓，一種人工的完美。只是我無法說出我的想法，大家都被他閃爍光芒的表現唬住了，除了稱讚他還是稱讚他，彷彿全世界只剩下這件事好做一樣。

我唯一能做的只有等待，等待他露出馬腳，等待我的疑慮得到證明，再找機會告訴大家事實，或至少告訴易萱事實。

但事實是，現在已經沒有必要了，一切都結束了，完了，毀了。

今天早上十點，我在店門口停機車時，理應由我打開的鐵捲門已經拉上。櫃檯後坐著兩個人，呂信維先看到我，他微笑說早安，易萱則愣了一下，兩秒後她站起身，招手要我和她坐到沙發上。

「我要跟你說一件事。」

「什麼事？」

易萱沉默了差不多五秒鐘。

「我計畫三個月後開一家新分店，所以我想讓呂信維接這邊的店長。」易萱看著我的眼睛，說得很快。

我的腦袋嗡嗡作響。

「我本來有考慮過你，不過，我覺得你好像比較……怎麼說呢，不適合店長這種瑣碎的工作，這工作會很煩人，呂信維應該比較適合。」

我沒有說話。

「他全職的薪水和你一樣，所以你也不用太……哎，你知道的，你在這裡待了那麼久。」

我知道，這些我都知道，我不知道的是，為什麼我不是接店長的那個人？

我腦袋混亂，無法理解發生的事，是不是哪裡弄錯了？很快地，疑惑轉成憤怒，我對易萱荒謬的決定感到生氣，氣她竟然這麼輕易被呂信維唬住，也氣她從沒有向我透露任何一點新分店的事。我彷彿又回到大學時代，孤獨地被排除在外，他們是一國的。今天是我第一次發現自己和易萱的關係終究只是員工和老闆，不是朋友。

我究竟為什麼在大魔域待了這麼久？

從大一開始打工到畢業，我待在店裡的時間甚至比在教室還長。我從沒有因為準備考試而熬夜，但卻為了每半年的大清點，可以連續三天五點才睡。當兵前易萱幫我辦了一場歡送會，大家都喝得爛醉，沒有人想到我之後又會再回來，就連我自己也沒想到。但我的確回來了，起初我只是回來看看易萱和大魔域，但不知道為什麼，當她開玩笑地問我要回來上班嗎，我沒有多想就點頭說好。

然後就一直做到了今天。

老媽，老爸，交往六年的女朋友可潔，沒有一個人贊成我繼續做下去。他們覺得我該找份像樣的工作，跟老爸和弟弟一樣。像樣的意思是，可以做這個工作很多很多年，可以印在名片上，可以讓你買一台車一棟房子，可以讓你結婚讓你生幾個孩子，這種工作就是所謂像樣的工作。

我不知道，或許我只是厭倦——可能也是恐懼——面對新的環境、新的同事、新的工作內容。大魔域給我的感覺太舒服了，我用反射動作就可以做好分內的事，甚至做得比許多人都好，再加上好的老闆和不錯的待遇，讓我始終逃避去想其他可能性。

最重要的一點是，我愛這個地方，我愛大魔域，打從心底深愛著。

但今天早上，是我重回大魔域以來，第一次做老媽早就要求我做的事：認真思考離開大魔域。

我不知道繼續留著還有什麼未來，如果一個只來半年的人就可以打敗我，那我待下去還有什麼意義。

但重點是，我甚至不知道自己是怎麼被打敗的，我是租書店的天生好手，呂信維只是一個二流演員，可是他卻贏得比賽得到一切，這太誇張了，根本是狗屎！我覺得憤怒無比，像一頭結紮又失明的犀牛一樣生氣。

自從早上那段糟糕的談話後，我就沒有再跟易萱說過一句話，始終板著一張臉。但我的態度完全沒有影響到一旁正解釋退書流程的易萱，此刻她看起來認真無比，而且，好像還有一點快樂。

我強迫自己不要盯著易萱，找點事情做。

三十分鐘後，我在櫃檯重新坐下，發現這世界竟然沒有一件事我可以做了。書上完了，垃圾袋換了，雜誌區整理了兩遍，連催書電話都打完了。我瞪著玻璃門，期待有客人進來轉移我的注意力，讓我可以不要聽到他們談論這家店未來的聲音。

十五分鐘過去，沒有半個人踏入店裡，聽著易萱認真的聲音，我覺得自己多餘又可悲。正當我想抄本漫畫躲去廁所的時候，一台小貨車停在門口，司機從車內搬下一捆書扛進店裡。

「嘿。」司機對我點頭，他戴著一頂繡有國民黨徽的帽子，白色上衣的胸口寫著大甲鎮瀾宮。

「輝叔。」我還來不及開口，易萱就熱情地和輝叔打招呼。我們每天都要見上他一面，從他手中拿我們昨天決定進的新書。我認識他已經好幾年了，雖然我們合作的進書書商換過幾次，但送書的卻近乎奇蹟始終是同一個人。

「輝叔我跟你介紹，這是我們之後的店長，叫呂信維，你叫他小呂就好。」易萱把呂信維拉出櫃檯，呂信維伸手和輝叔相握。

我扭過頭，快步走進廁所。

3 比任何一個非洲國家都要遙遠

六點，下班時間到了，我卻沒有一點愉悅感覺。此刻他們還在電腦前，研究過去半年的進退書紀錄。從早上我進門到現在，整整八個小時，我都被迫目睹聆聽這一切。我心力交瘁，抓起背包衝出大魔域，沒有和任何人道別。我只想離開這裡，越快越好。

我比平常騎得更快，更沒有耐心。我甩上公寓大門時，某一樓的狗傳來一陣狂吠。我踏入房間，簡訊鈴聲響起，手機螢幕上顯示著羅可魯。

這是我剛和可潔在一起時替她取的暱稱，來自一部導盲犬電影《再見了，可魯》。那陣子她好喜歡我這麼叫她，每次一喊羅可魯，她就汪汪兩聲然後吐吐舌頭，她第一次這麼做的時候，有股電流燒過我的胸膛。那時我覺得她是全世界最可愛的女孩。當然，現在她還是一樣可愛，甚至比以前更漂亮，我也比過去更喜歡她，但奇怪的是我再也沒有胸口灼熱的感覺。我已經不再叫她羅可魯，或羅可愛、羅可憐和羅可可。我現在只叫她羅可潔，或是可潔。

讀完簡訊後我皺起眉頭，上面寫著她要我七點到市政府捷運站。

這不是我們原先的約定，我們原本說好要借片來我家看。我拿起手機打給她。

「哈囉。」可潔的聲音，聽起來很快樂。

「幹嘛突然改去市政府？」我一整天的情緒全被壓在這句話裡，聽起來沒有半點溫度。

「不告訴你，祕密。」手機裡的她聽起來像一隻初春的雀躍小浣熊，就在這一刻，我知道她爲什麼要約市政府捷運站了，那裡有威秀影城，她想找我去看一部最新上檔的英雄電影，一部我期待了好久但她卻老說不想去看的電影。今天晚上，她準備了一個驚喜，陪我去看她一點也不想看的電影，就是這樣。

每一個有這樣女朋友的男人，都應該充滿感激，然後給她全部的愛。但我沒有，完全沒有。現在的我是全世界最難討好的小人。

「欸，快說啦。」不耐煩的語氣。我的理智告訴我不要這樣，但我卻停不下來。

「唉呦，你來了就知道啦。」可潔的聲音好甜，她在撒嬌。那聲音讓我想起她這麼做只是爲了我的笑容，而我最不應該做的事就是戳破她準備的驚喜，踐踏她的心意。

絕對、絕對、絕對不能說出來。

「我們要看復仇者對不對？」說完的當下我就後悔了，可是已經來不及了。

手機那頭傳來一陣細微的沙沙雜音，過了一會兒才聽到可潔小聲的嗯。

有點失望、落寞的嗯。

我知道我是混蛋，徹徹底底的爛人。但我此刻唯一做的竟然是用更惡劣的話語，試圖掩蓋這個事實。

「妳知不知道這部片昨天才上映，它多熱門妳知道嗎？現在去連午夜場的票都買不到。」

「買得到……」可潔小聲地說。

「好，我知道買得到，可是位置會很爛，妳知道我不喜歡去電影院花錢然後坐一個爛位置，我寧願等它上映久一點再去看。」

「我上禮拜就訂好票了。」

我終於閉嘴了。

我意識到自己搞砸了什麼。今天的簡訊不是可潔的一時興起，而是個籌備多日的計畫，但我卻把一切毀了，像揉掉一張吃完的糖果包裝紙一樣無情地毀了。

我什麼話都說不出來。

過了好久，我終於開口，「喔，好啦，我們去看吧。」

「沒關係，你不想看就算了。」可潔的聲音冷淡，五分鐘前的那聲哈囉，此刻竟然比任何一個非洲國家都還要遙遠。

「沒有啦，我想看啊，真的。」我說得很快，很急，試圖彌補一切。

「沒差啦，先這樣吧，我晚點去找你。」她的語氣裡聽不出失望，沒有生氣，沒有傷心，也沒有愛，什麼都沒有。我還想要說些什麼，例如認真的道歉，或是告訴可潔今天在大魔域的事，但電話那頭的氣氛，讓我完全無法開口說任何話。

掛上電話後，我在原地站了好久。今天晚上我原本會看一場期待很久的電影，然後和可潔一起去吃宵夜，或許去那家她想去很久的居酒屋。我會謝謝她準備的驚喜，然後說出我糟糕的一天，可潔會安慰我，告訴我他們做錯了。她的愛將讓我發現世界並不是那麼糟糕，人生也沒有這麼難過。

但是，現在什麼都沒有了。

這全是呂信維害的，先是店長，然後是可潔的驚喜，是呂信維毀了這一天——

不，不對！是我，可潔的驚喜是我自己搞砸的，是我太愚蠢。

我倒在床上，不再去想和我擦身而過的夜晚長什麼樣子。

我閉上眼睛等可潔來按門鈴，我欠她一個道歉。

或許還有一個擁抱。

□

我第一次認識可潔，是在基隆的漁港。

那年夏天，我即將邁入大三，眼睛前方還是個很不確定的未來，不過當時的我並不在乎，一個禮拜在大魔域打工五天，偶爾念念書應付考試，我已經這樣過了兩年，也準備繼續這樣下去。

但在某些周遭突然安靜下來的孤獨時刻，我也會覺得迷惘，對生活感到懷疑，想要試著做出改變。而那天，便是我大學生涯裡少數的幾次嘗試，嘗試做點不一樣的事。

我和一群始終沒有熟起來的朋友，十四個人三台車，一起前往漁港，放生。

我也不知道我怎麼會和他們去做這件功德無量的好事。我不相信輪迴轉生，不吃素，也不在乎那些關於動物的道德問題。我想我只是單純地想改變自己的生活，改變眼前一成不變的風景。

我記得那天熱得無法形容，太陽佔據了整片天空，空氣吸進來是熱的，吐出去是熱的。在前往漁港的路上，坐在副駕駛座的傢伙對我跟另一個女孩解釋放生的經過。

他說漁港早上有魚市場，賣的都是最新鮮的魚，即代表牠們都還是活的。每一隻都在地上啪嗒啪嗒折著身體，魚鱗反射陽光，像灑滿腳邊的耀眼碎鑽。

而我們，慈悲的放生者，就在這個存亡的關鍵時刻，花錢向老闆買下這群垂死的魚——買的數量並非取決於我們的愛心，而是取決於我們的金錢——然後再用剩下的錢和老闆租條漁船，出海送魚兒們回家。

副駕駛座的傢伙並沒有說這群魚在隔天或後天是否又會被捕上岸，或我們某天是否會在餐桌上吃到我們曾救過一命的小魚。這些疑問是不能說出口的，不然我們今天就好像白來了。

但光想著這些可能性，就讓我對接下來的行程提不起勁。我看著其他人和老闆討價還價，同時也瞪著魚一隻隻慢慢死去。可能有些人會覺得這畫面直指心靈、揭示人生，但我卻沒任何領悟，只覺得他媽的好熱，好想趕快上車回家，或是出海吹風，隨便怎樣都可以。

然後我就看到了可潔。

她穿著嫩黃上衣，吊帶牛仔褲，遠離人群蹲在一排瀕死的魚前方，手指懸在空中，緩緩畫著看不出來的圖形。陽光像金色的雨降在她身上，沐浴在那光之雨裡的她，像是某種神聖的存在一樣。

那瞬間我的第一個念頭是，她好美。

一個這麼美的人，和一群半死不活的魚，還有一堆穿防水膠鞋的男人們在同一個畫面裡，實在古怪極了。

接著我注意到地上的魚。在她面前的一小群魚，全都安靜地躺在地上，安靜地用鰓做不可能的呼吸。

或許只是我的錯覺也不一定，我覺得那群魚似乎都在盯著空中那片晃動的粉紅色小指甲。

等到我回過神來，才發現自己也盯著那纖細的手指頭瞧了好久好久。

才發現可潔在望著我。

□

我們一行人坐上一艘幾乎可以廢棄的老舊漁船，出海放生。整趟航程，我和可潔都站在甲板的最前方迎風聊天，沒有把任何一條魚拋進海裡，也沒有和其他人說上一句話。

所有人，所有事情，甚至眼前的海景，都突然無聊得不像話，只有這個女孩和她說的話，才是對我來說唯一有意義的東西。

儘管才第一次見面，我們卻像久別重逢的好友般，拚命地聊各種事情：大學的通識課和社團，貓的飲食習慣，喜歡的顏色，初戀，違反過的校規，夢想的旅行，國小直笛比賽，高空彈跳，書套的使用，黃昏的光，Free Hugs，長頭髮和短頭髮，喬巴，法文課，紐約中央公園動物園，唱歌的必點歌曲，隱形眼鏡，周星馳，青蛙下蛋——和其他數十種我從沒有和任何人聊過的話題。

有些事情我們只稍微提到，像是岩井俊二的電影《情書》，有些事情我們則深深聊了好久——例如她國中時在學校旁的屈臣氏買了驗孕棒，只因爲好奇想看線條浮出來的樣子，結果卻傳遍全校，甚至驚動訓導主任上門拜訪——聊到覺得往後十年都不想再提起這樣子的程度，才滿足地結束換到下一個話題。

上岸後，其他人提議去夜市續攤，我和可潔則有默契的掰出不同的理由——她一臉正經的說要回家煮父親昨天海釣的魚，我一邊忍住笑，一邊觀察其他人僵硬的表情。我則說今天有一部非要回家看的連續劇，在有人問我是什麼連續劇時，我愣了好幾秒才掰出答案，一旁的可潔噗哧笑出聲音——他們在捷運站放我們下車，我們跑去最近的咖啡館，繼續聊到關門才離開。

沒有人講好，但我們每晚都有默契的上線聊天。我們延續那天在船上的熱情，話題源源不絕，每次都要聊到神智極限的三點，才依依不捨的下線離開。

有一回我電腦不知為何聊到一半斷了線，就再也無法登入，我一直試到三點才放棄。隔天我又可以上線了，我對可潔說下次再發生時我傳簡訊跟妳說一下好了，給我妳的電話吧。沒想到她竟然打「這樣也可以要電話，很會喔」，讓我嚇出一身冷汗。正當我想著該怎麼回時，螢幕上跳出「開玩笑的啦:P」，以及她的手機號碼。

兩天後我打給她，在聽到她的聲音後，我有整整三秒鐘腦袋空白，說不出半個字。待我終於恢復語言能力後，我說我今天電腦又怪怪的，無法上線，所以打來和妳說一下。但這其實是騙人的，我只是想聽到她的聲音。

「眞的嗎？」可潔說，「你只是想打給我吧？」

她只花一秒就把我揭穿了。

在我老實承認後，她笑著說「我眞是太聰明了」，接著我們就聊到了三點。

我們第一次約出來見面是在一個涼爽的夏夜。那天她在線上說她上大學以來從沒有夜衝過，我說我也沒有，我們彼此安慰，然後相約改天一定要一起去衝一下，但兩秒後她就反悔了。

「不如你現在來接我吧！」

我騎車到她在信義路的家，一路上因爲興奮而發抖。我載她上陽明山，沒有路燈，眼前只有機車頭燈照出的一小塊光明，黑夜裡寒風呼呼的吹，我感覺自己像是騎在一個奇異的夢境裡。

那天是第一次，超過三點我們還在聊天。

也是第一次我們一起看夜景，一起看日出。

下山的時候，風更大了。她兩隻手抓著我腰側的衣襬，沒有碰到我的身體，但這樣已足夠讓我通體發燙，感覺不到寒冷。

在她家門口時，發生了一件特別的事。

可潔謝謝我載她回家，和我說再見，然後戴著我的安全帽就要走進公寓裡。我叫住她，招手要她回來，敲敲她頭上的安全帽，她啊了一聲，下一秒整張臉又紅又窘，和平常的古靈精怪模樣判若兩人。

我完全無法解釋那時的想法，或許我什麼都沒有在想，總之，就在她把安全帽遞給我的時候，我和她告白了。

「你說什麼？」

我把全罩安全帽脫下來又說了一次。

她眼睛睜得好大，臉好紅。

幾秒後她大聲說：「喂，你剛剛是戴著安全帽跟我告白嗎？這樣是不是太過分了？」

我笑了。

她也笑了。

然後我們接吻。

□

我躺在床上，門鈴響起。

我衝去開門的時候撞到了桌腳。

可潔在門口，拿著一袋摩斯走進來。我關上門的時候，看到她從包包裡拿出《眞愛旅程》的DVD。

「對不起啦，我剛剛不應該那樣子，我不是故意的，眞的。」

可潔沒有說什麼，只是對我笑了一下，但不是那種充滿精神的嘴角，「我們來看片吧。」

「喔……好。」我看著她背對我將光碟放進DVD播放器，這一刹那，我突然有種模糊的感覺，彷彿怎麼伸長了手也碰不到她，因爲她根本不在這裡。

電影開始播放，她拿出漢堡。我坐在她身旁，離她很近的位置，比平常近了一些。她還在生氣，我感覺得出來。我偶爾會抱抱她，某些感人的片段我會捏捏她的手，她也會捏回來。

電影看完後，我們都久久沒有講話。

這是一部沉重的電影。李奥納多和凱特·溫絲蕾飾演一對曾經浪漫瘋狂，如今卻過著沉悶郊區生活的中產階級夫妻，他們試圖再一次對抗生命中的平凡與死水，掙扎著尋找一道突破口，但最後卻還是被現實無情地擊倒了。

「這結局讓人好難過。」我說。

「嗯……」

可潔用手遮著臉，過了一會兒我才知道她在哭。

「妳幹嘛哭啊……」我輕聲說，溫柔地摸她的頭，她在我手心裡無聲地哭泣。

過了一會兒，她擦乾眼淚起身，「我該回去了，不然會沒公車。」

我說我可以載妳回去，她微笑搖了搖頭。

走去站牌的路上我們都沒有說話，可潔在轉角停下腳步，我對她笑一笑，溫柔地看進她的眼睛。我希望她不要還在生氣，我願意做任何事讓她開心起來。

可潔看著我，臉上沒有笑容。

接著，她像突然破掉的氣球，吐出裡頭唯一一口氣。

「我們先分開一陣子吧。」

4 唐・葛歐斯基・老鼠

三點的時候我進到大魔域，將背包塞進櫃檯下方，店裡沒什麼人，音響裡的廣播傳出魔力紅（Maroon 5）的歌。我坐下來，關掉腦袋裡的開關，放空。

「嘿。」

老鼠的聲音傳來。他是另一個資深店員，待了四年多。他長得不像老鼠，一點也不像，比較像《大學生了沒》裡面的男大生，唇紅齒白，每次出現都像剛給人弄過頭髮。老鼠看著我的臉，微微皺著眉頭。

「你還好嗎？」他說，「你看起來好像剛被救下來的登山客。」

「可能昨天沒睡好吧。」

老鼠持續盯著我的臉，彷彿在研究什麼東西。

「因為呂信維的事？」他像提出結論的鑑識專家般說。

老鼠的話使我突然發現，從昨天和可潔分開到現在，我都沒有想起呂信維，我甚至忘了和可潔說店長的事，但這些現在都不重要了。

昨晚可潔走後，我就什麼事都無法做，我太了解她了，暫時分開只是分手的委婉說法。我關燈躺在床上，撥她的電話，沒有開機。我翻來覆去，腦袋爆炸般想著各種事情，我不知道我是幾點入睡的，今天醒來時我又打了一通電話給她，依舊沒開機，我們之間的通道像是被水泥堵死了。我感覺全身又重又累，心底彷彿破了一個洞，空空的十分難受。

「喂，你真的沒事嗎？」老鼠又問。

「嗯。」

老鼠似乎不太放心的樣子，過了一會兒他說：「搞不好他做不來啊，甚至不用等到三個月也不一定。」

「什麼意思？」

「不是試用期三個月嗎？」老鼠看出我的吃驚，「易萱沒跟你說？」

「沒有。」我想了一下，「不過他會幹不來嗎？」

老鼠聳聳肩沒有答腔，話題似乎告一段落，他拿起蓋在桌上的東野圭吾，津津有味地讀了起來。

老鼠是個怪咖。他長得很帥，卻不喜歡出門，也不喜歡上網。光這兩樣，就可以說他和其他同年紀的男孩是兩種完全不同的生物。大部分的時間他都在做一件事，那就是看推理小說，或任何有懸疑劇情的小說。這也是他在大魔域工作的原因。

易萱剛開店進第一批非漫畫雜誌類書籍的時候，不知道該進什麼才好，就把當時書單上的所有新書全進了。蔣勳的美學書、攝護腺保健大全、易經入門，以及其他從來不曾出現在一般漫畫出租店的書，在剛開幕的前三個月都在架上。

三個月過後，易萱開始找出哪些書會讓她賠錢。一本書租價是原價的十分之一，但我們可以用較便宜的價錢拿到這些書，所以一本書只要有七、八個租次就可以打平。易萱把名單上不合格的書刪去，用剩下的書當之後進書的參考，裡頭有九把刀橘子女王哈利波特，以及幾本關於謀殺和推理的小說。

那些推理小說一點都不熱門，卻總可以生存下來。可能九個租次，或剛好八個租次，很掙扎，但都不曾讓易萱賠錢。於是秉持著不賠錢就沒差的易萱，繼續進這批懸疑推理小說。宮部美幸、東野圭吾、島田莊司、傑佛瑞・迪佛、勞倫斯・卜洛克、史蒂芬・金、哈蘭・科本。只要不賠錢，易萱什麼書都進。

久而久之，店裡開始慢慢養出一群借推理小說的客人，這群推理迷即爲死忠，而且越來越龐大，到最後一本宮部美幸的新書，甚至可以進到三本之多，比《進擊的巨人》還要多一本。

老鼠就是這群恐怖增殖客人中的一個。他念的科技大學離大魔域有三十分鐘車程，他家則在距離大魔域半個台北市的地方。但熱愛推理小說的老鼠，幾乎每天下課都來大魔域報到，最後他甚至應徵大魔域的工讀生，只爲了擁有第一個借新書的權利。而在他幹了半年後，易萱史無前例的把進推理小說的任務交給老鼠。他憑著自己對推理小說的了解，陸續進了許多令推理迷瘋狂的好書，也把大魔域的營業額提高了不少。

幾年前，我在老鼠的推薦下，也開始看起推理小說。

一開始我從宮部美幸和東野圭吾入手，那本《模仿犯》就花了我一個多月才看完。後來我開始看老鼠大力推薦的傑佛瑞・迪佛「神探林肯・萊姆系列」，這系列的第一本《人骨拼圖》好多年前曾改編成電影，飾演半身不遂神探的丹佐・華盛頓幾乎是躺著演完整部片。電影拍得相當不錯，但我仍覺得書比電影還要好看一點。

有整整一年，我沒事都拿著一本描寫殺人和死人的小說。現代的看差不多了，還回頭去看艾勒里．昆恩、克莉絲蒂、雷蒙．錢德勒、松本清張和寫金田一的橫溝正史。然後有一天，我突然就停止了。

像是吃了一整年的大麥克後，這輩子便再也不會想踏進麥當勞，我再也沒有看任何一本推理小說，一本都沒有。

我厭倦了書裡總是有人要死。

那陣子我看最多的是漫畫《抓狂一族》還有《銀魂》，《變形金剛》續集正好上映，我看了三遍。我想我需要這些東西來沖淡腦迴裡死亡的氣味。

我一直很想看到老鼠有天也像我一樣，再也不看推理小說，把那當成史上最讓人作嘔的東西。

但他沒有，他一直不停的看，過了一段時間還會再重看第二遍和第三遍。他就像新聞裡一年吃七百多個大麥克的唐．葛歐斯基（**Don Gorske**），讓人搞不清楚怎麼會有這樣的人。

老鼠繼續低頭看《偵探伽利略》，一本他上輩子就看過兩遍的小說。最近電視上重播這本書改編的日劇，福山雅治和柴崎幸主演，他因此又把它拿出來看。「這就像中秋節到了，你會把塵封的烤肉架拿出來一樣。」他這麼說。

一個頭戴安全帽的人提著裝滿漫畫的塑膠袋進來，還完漫畫後又匆匆出去了。兩個國中女生問我有沒有《流星花園》，我帶她們去書櫃，她們像是看到寶物一樣眼睛發光地整套借走了。老鼠接了一通電話，幫某個熟客留了一本幻武小說，接著又繼續看他的東野圭吾。音響裡某個外國女生唱著輕快情歌，沒多久進了廣告，嗓音有磁性的男人說「淡水河邊美景帝王建築，留給卓越品味的你」。

突然，整個房間像是被灌滿凍骨的海水，我渾身冰冷，聽不見任何聲音，無法呼吸，感覺窒息。

可潔不在了。

這念頭從黑暗中出現，伸出濕冷前爪牢牢抓著我，分手的痛苦猛然襲來，彷彿海嘯衝上大陸，我縮在椅子裡，咬緊牙關承受痛楚，幻覺不斷騷擾我，過去的畫面充斥眼前，耳旁傳來可潔的嗓音，我覺得我要死了。

我站起來，彷彿往水面的光奮力游去一般，掙扎地走到書架前。我壓下心中炸裂的痛楚，緩緩伸出手，一本一本滑過那些書背，感受塑膠書套的滑韌觸感。《影子籃球員》，一到三十集，最後五集被借走了。《怪物》，一到十八集，順序無誤。我強迫自己放空思緒，專注清點面前的漫畫，藉此將身體裡的痛苦一點一滴慢慢減少。《沉默的艦隊》，一到三十八集，沒問題。《去吧!!稻中桌球社》，一到十一集，四五六集不在，其他順序無誤。《聖堂教父》，一到十二集都在。忽然，我的手停住了，眼前是一大截空空的書櫃。《浪人劍客》，一到三十七集，全被借走。

是誰呢？不是在我上班的時候借的，不然我一定會有印象。會是那個滿臉鬍碴的竹科大叔嗎？他瘋狂熱愛武士劍客類的漫畫，一整套《神劍闖江湖》就借過兩遍，可是我記得他不愛借還沒完結的漫畫，是這一次終於忍不住了嗎？還是那個每次都打完網球才過來的退休康教授，他剛看完《灌籃高手》，上次他問我井上雄彥還有什麼漫畫，但我印象中他前一陣子出國了，是已經回來了嗎？

只要一查電腦，我便可以馬上知道答案，但我不想這麼做，至少現在還不想，我想再多花一些時間，看自己是否可以想出究竟是哪位客人。

我繼續瀏覽書架上的每一本書，有些順序亂了，我就重新排好，有時發現新來的工讀生將書放錯位置，我便將它們移回我熟悉的地方。這中間老鼠忙不過來時，我便回到櫃檯幫忙，處理完後又從上次斷掉的地方繼續下去。少年漫畫結束後是少女漫畫，然後是恐怖漫畫、限制級漫畫和港漫。我像一個富有的私人收藏家，面對自己一生收藏的美術品，充滿感情與珍惜的一件件回顧它們。

這樣斷斷續續的，等到全部完成時，已經快六點了。

我趁老鼠還沒下班，趕緊去買了便當。回到店裡時他坐在沙發上，綠色後背包放在一旁。

「要走囉，掰啦。」我說。

老鼠沒有回我，他像之前那樣盯著我的臉，微皺著眉頭。

「你又瘋狂大整理了。」老鼠說。

「嗯？……喔。」我輕輕點頭。我在大魔域的這七年，只像這樣一本不漏的整理過三次書櫃，其中一次是我一人顧店，另兩次都和老鼠一起。每次我這樣做都各有不同原因，相同的是那些原因都帶給我某種程度的痛苦，而將店裡所有的書好好地整理一遍，不知爲何總是可以使我平靜下來，像某種魔法一樣。關於這些，老鼠多少知道一點。

他嘆了口氣，站起身。

「你今天下班後有事嗎？」

「沒事啊，怎麼了？」

「我們去喝一杯吧。」

「蛤？」我愣了一下，「不用啦，又沒怎樣。」

「我想喝啊，陪我一下吧。」老鼠說，「你下班後直接去Peter Cat，我在那裡等你。」

老鼠說完就走了，沒有給我拒絕的機會。

老鼠走後，我在變空的櫃檯後舒展四肢，看著沙發上三三兩兩的客人。下個瞬間，一個念頭刺進腦海：我是不是也該走了？

我是不是該離開這裡了？離開大魔域？

昨天這答案幾乎是肯定的。大魔域深深傷了我的心，背叛我的愛，使我不得不轉身離開。但今天，今天卻是大魔域治療了我，是她熱燙的手掌給了我溫暖，撫平我的傷痛。

我不知道該怎麼辦。

我已經失去可潔了，要是我現在離開大魔域，我就什麼都沒有了。

我想到呂信維的試用期。

我不知道，試用期對他來說一點意義也沒有。雖然不想承認，但他甚至比易萱還適合當店長。他不優柔寡斷，不忘東忘西，不會每個月有幾天心情特別暴躁，面對奧客也從來不會不耐煩。儘管這些都是裝出來的，但他的確下足了功夫，他是一個難纏的對手。

或許，需要試用期的人其實是我。

我需要這東西來給我希望，讓我不會衝動地離開，讓我可以用這三個月來習慣，習慣我不是大魔域的店長，呂信維才是。

而或許，這就是易萱的用意。她太了解我了，而且她不希望我走。她知道只要先讓我留下來，我就可能會一直待下去。

我害怕就這樣一直待下去，但此刻，我更害怕孤單一人。

我不知道該怎麼辦。

一個客人來到櫃檯，借了兩本池上遼一的《信長》，坐在離我最遠的沙發，一邊看漫畫一邊吃著滷味，十分舒適的樣子。我看著他，突然感覺自己似乎忘了一件事，一件很關鍵的事，我拚命想，卻絲毫沒有頭緒。

下一秒，我像被閃電打中，全身一震。我心跳加快，在電腦上打了幾個字，瞪著即將出現的畫面。

賓果！

果然是她，汪小姐，是她借走全部的《浪人劍客》。

由於之前都認爲是男生借的，所以完全沒有想到她。汪小姐兩個月前來辦會員，說想借日本歷史人物相關的漫畫，我向她推薦《信長》和《浪人劍客》，但這兩套書的前幾集不湊巧都被借走了。後來我就沒有再看見她，還以為她去別家店租了，沒想到她眞的回來借了。

我瞪著螢幕，心跳噗通噗通非常大聲，彷彿體內有個人正用力敲著獸皮做的非洲大鼓。

就是在那時候吧，我決定暫時留下來。

或許呂信維會露出破綻，撐不到三個月，或許不會，但不論怎樣我都要待到最後一刻，努力戰鬥到最後一刻。

我不想再失去任何東西了。

5 彼得貓

我下班前收到老鼠傳來的簡訊，他說會晚點到，要我先進去坐。雖然「Peter Cat」就在離大魔域兩個街區的地方，但我之前從沒有進去過。我走下洞穴開口般的地下室階梯，推開門進到店裡。這家酒吧有一種復古的老式情調，木製的長吧檯和圓桌椅，頭頂橘光昏黃，中年酒保穿著絲質黑襯衫，臉隱沒在陰影裡看不清楚，看起來很有個性的短髮女服務生穿梭在桌子間，店裡正放著爵士樂，小號以一定的音量酷酷地吹奏著。

女服務生領我到一張小圓桌。我向她點了一瓶沒聽過的黑啤酒。她走了之後我仔細的環顧周圍。吧檯左邊有一台點唱機，裡頭都是外國唱片。點唱機旁有一台星際大戰彈珠台，檯面暗沉沉的沒有動靜，不知道是沒開機還是已經壞掉了。牆上掛著許多爵士樂手的裱框照片，我一個都不認識。

我很好奇老鼠怎麼會約在這種地方，這裡不太像他的風格。不過這已不是第一次他讓我感到意外。他帥氣外表與宅男性格的衝突就曾讓我驚奇不已，但最教我吃驚的，還是蒙那颱風那次。

那是我大四時的事。那次颱風風雨大得誇張，幾乎所有縣市都放了颱風假。大雨像是有人在天空用巨型臉盆一直倒水一樣，強風吹得整條街的招牌和窗戶都咖啦咖啦大響。新聞裡有人騎摩托車被強風吹歪了龍頭，跌進山谷裡，被吹落的高樓招牌飛了快十公尺，砸到對面的車。而理所當然的，全台灣都淹水了，我住的地方也不例外。

由於我住在三樓，所以我是一直到要出去買午餐的時候才發現淹水了。還不到無法行走的地步，我把褲子捲起來，水大概到我的小腿肚。我涉水走去便利商店，在看到店員忙碌地把產品搬到高處的同時，我才猛然想起大魔域的漫畫書。

我趕去大魔域的途中，水慢慢上升到膝蓋，捲起來的牛仔褲開始吸水，變得又冷又重，但我當時完全沒有注意到這些，我腦中想的都是位在書櫃底層的漫畫，特別是我最喜歡、看過一遍又一遍的《危險調查員》和《好逑双物語》。我在過去的路上打給易萱，由於她家沒有淹水，所以她完全沒有想到這件事，她說她會趕快過來。我掛掉電話，懷著即將目睹慘劇的悲憤心情，一路破水衝往大魔域。

但當我抵達時，眼前卻是一個不可思議的畫面：書櫃的下兩層都空了，沒有任何一本漫畫泡在水裡。我呆站在門口，想著怎麼會這樣，是上帝來過了嗎？下一秒，光著上身的老鼠從廁所涉水出來，看到我之後咧開嘴笑了。

那時老鼠才剛開始打工沒多久，我和他還沒有像現在這麼熟，只知道他常在顧店時看推理小說，是個推理小說迷。但那一刻他的笑容卻給我一個錯覺，彷彿我們已經是共事許多年的夥伴了。

「你一個人搬的？」我驚訝地發現上層書架的空隙全塞滿了漫畫，櫃檯上也疊滿了半人高的漫畫堆，接著我突然想到，「等一下，你什麼時候來的？你家不是在東區嗎？淹成這樣你怎麼過來？」

「我早上還沒淹水的時候騎車來的，不過到的時候已經開始在淹了。」

「你怎麼知道會淹水？」

他聳聳肩，「我外婆家以前在這邊，這裡一般程度的颱風還不會淹水，但像今天這種雨量就有可能。」他環顧一下四周，「但我還是來得太晚了，最下層的書只搶救到一半，剩下的多少都有點泡到水。」

「真的假的？」我剛放下的心又緊張起來，我左右四顧，尋找我的浦沢直樹。

「啊，你不用擔心啦，你常看的漫畫都在那邊，我幫你先搬出來了。」他指著櫃檯左側的漫畫。

我走過去，開心的發現好幾套浦沢直樹與安達充都乾淨如昔，分毫未損。「真的欸，謝啦！」說完後，我瞥見一旁的幾疊漫畫，每一本下半部的顏色都較深，明顯是吸了水，除了漫畫，也有雜誌和小說，同樣是最下層搶救不及的。我注意到裡頭有不少推理小說，甚至有幾本老鼠最愛的克莉絲蒂。

「你沒有搶救到《東方快車謀殺案》？」

「對啊，」老鼠惋惜地說，「本來以為還來得及，怎麼知道搬一搬就淹上來了。」

我望著那些吸水發皺的推理小說，又看看那疊乾淨的浦沢直樹，心中頓時升起一股感激之情。

「欸老鼠，」不知道為什麼，我有些不好意思，「謝謝。」

他再次咧開嘴笑了。

為了怕水繼續淹上來，我們把第三層的書也搬出來，易萱到的時候，已經弄得差不多了。隔天水退了，我們花一整天大掃除，之後又等了兩天，等到書櫃夠乾燥後，才把書放回去重新開店。那陣子易萱買了好幾個沙包，規定以後颱風前一天都要堆在門口。至於那些吸水泡爛的書，都被我們丟掉回收了。易萱說以後每個月撥一些錢，慢慢把書買回來。第一個月我請易萱先買那些推理小說，甚至連當月新出的幾本推理小說也一併買了。

從那之後，我和老鼠之間就有某種超過一般同事的情誼，而隨著時間過去，我們變得越來越熟，越來越要好。

以一個朋友來說，老鼠絕對是最詭異也最棒的。他很宅，所以我們不會在下班後去看電影，不會假日一起唱歌或吃飯。我們從沒有在線上聊過天，因爲他不用臉書和LINE，他唯一上的網站只有推理小說的論壇。老鼠不會熱情地走入你的生活，也不會主動拉你進入他的，以21世紀的標準來說，我們根本算不上朋友。但只要我一遇到麻煩，他永遠是第一個伸出手幫忙，第一個站出來挺我的傢伙。即使像今天這樣我什麼也沒說，他仍可以感知到什麼，彷彿身上裝有某種友誼出動雷達一樣，著實教人感動。

或許，老鼠不找我去喝酒，我有一天也會找他出來吧。我想著手機裡的電話簿，他似乎是我唯一可以在任何時間打過去，開口叫出來的朋友。這實在是很奇怪的一件事，因爲我們幾乎沒有在大魔域外見過面，但不知道爲什麼，我就是知道他會在我的一通電話下出門。

我在大學裡幾乎沒有朋友，與高中國中同學也斷了聯絡，老鼠可以說是我現在極少數，甚至是唯一的男性朋友。究竟是什麼時候開始變成這樣了呢？我突然對活至二十六歲的自己，只擁有如此稀少的友誼連結感到震驚。過去六年來，我和可潔形影不離，生活裡除了愛情和大魔域外什麼也沒有，我沒有和任何人保持聯絡，也不覺得有需要，但現在，現在在昏暗酒吧裡獨自喝著泛苦啤酒的我，覺得十分、十分後悔。

我抬起頭，老鼠在我身旁坐下。

「抱歉，等很久了嗎？」

「還好。」

老鼠盯著我的臉好一陣子，「你看起來有點糟糕欸，比下午看起來還慘。」

「是嗎？」我緊張地摸了摸臉，「燈光的關係吧。」

「啊，等一下再聊好了，先點酒吧，你也點新的。」

老鼠招來女服務生。

「這裡最棒的是Oliver調的經典雞尾酒。」老鼠指了指穿黑襯衫的酒保，「他也是這家店的老闆。」

我在老鼠的建議下點了Daiquiri，他則點了Mojito。我突然瞥到Menu最下面的Peter Cat，和其他三百元的調酒比起來，它便宜許多，只要一百元。

「這什麼酒？」

「看名字就知道是招牌囉，你可以點點看。」老鼠笑著對我說。

我想了一下，「下次好了。」

「沒關係啦。」老鼠對服務生說，「Peter Cat，謝謝。」

「沒問題。」女服務生離開前對我眨了一下眼。

「這次的事，我也覺得有點誇張，」在等酒上來的時候老鼠說，「當然易萱是老闆，但整件事她完全沒有先跟我們提過，還是讓人感覺很差。」

「嗯。」

我的淡漠回應讓老鼠再度皺起眉，盯著我的臉，五秒後他說：「還有別的事？」

「嗯，」我說，「算是吧。」

老鼠點點頭，沒有繼續追問，我們都有默契的等酒上來，空氣裡某個鋼琴三重奏輕輕響著。幾分鐘後，女服務生端著我們的酒過來。

「我分手了。」我說。

老鼠放下剛拿起的酒杯，叩的一聲，「什麼時候的事？」

「昨天。」

「怎麼會？你們不是在一起很久了，四年嗎？」

「六年了。」

他嘆了口氣，然後拿起酒杯喝了好大一口。沒有人開口說話，我們像哀悼彼此都認識的亡者一樣默默喝著面前的酒。

幾分鐘後，老鼠開始問我一些問題：分手的原因，我是否還想復合，現在的情況，未來的可能性等等。有些我知道答案，有些我不知道，但我都老實告訴他。他偶爾和我互碰酒杯，時間像酒液般緩緩流逝，我感覺四周的光線似乎暗了一點。

「Peter Cat來囉！」

女服務生不知何時出現在桌旁，她手上抱著一隻大胖波斯貓，對我露出笑容。

「啊，他點的。」老鼠指著我說。

在我還沒搞清楚發生什麼事之前，一臉睏樣的灰白波斯貓已經被放在我的大腿上，牠像來到自己家般自在地挪了挪位置，蜷成一團趴了下來。

「這就是Peter Cat?」我驚嚇的高舉雙手，彷彿腿上被放了一枚炸彈。

「對啊。」老鼠笑得很開心，「牠可是這家店的紅牌噢，一百塊就可以陪你整晚，平常人多的時候還點不到咧。」

我低下頭，看著腿上的波斯貓，牠似乎感受到我的動作，抬起頭看著我，扁扁的臉十分好笑，很快牠又把頭低下去，在我腿上舒服地窩好閉上眼睛。我的手慢慢放下來，輕輕貼在牠緩緩起伏的柔軟身體上，牠動了一下，但沒有睜開眼。我感受著腿上紮實的重量，以及那團透入心底的飽滿溫暖。

老鼠和我又點了兩輪酒。我們不再談分手的事，改聊棒球，聊電影，和其他各種事情。我偶爾會用老鼠教我的方法，搔癢貓的下巴，使牠發出舒服的咕嚕咕嚕聲。老鼠問我有沒有需要他幫忙介紹女孩，或是領養一隻貓，他說失戀最好的療傷方式就是開始新的戀情和養貓，我謝謝他的好意，說我會好好考慮。離開的時候我們都醉了，我把貓還給服務生，奇怪地感到有點依依不捨。付帳時我聽到老鼠和Oliver聊推理小說的事情，近距離在燈下看Oliver的臉，我才發現他是大魔域的常客，每次來都只借推理小說。

我和老鼠決定坐計程車回家，隔天再來牽車。計程車先開到我家，下車前老鼠祝我明天跟新店長上班一切順利，我說我希望一切爆炸。我對老鼠說謝謝，他似乎已經茫了，只是一直笑著對我揮手。我跌跌撞撞爬上樓梯，打開門時看見Peter Cat走出來蹭我的腳，眨眨眼牠又消失了。

我倒在床上，什麼也沒有想，睡得像根鐵棒一樣沉。

6 黑色的太陽

九點五十，我把機車停在大魔域門口，發現鐵捲門已經拉上，新店長正在裡頭，用充滿活力的聲音對我說早安。他不應該在這裡工作的，應該去演麥當勞廣告的店員才對。

今天是呂信維成爲店長後我們第一次一起上班。我不知道要用什麼心態去面對他，畢竟最早關於大魔域的事情都是我教他的。我想他一定也有自知之明，他知道店長是屬於我的，但他看起來就像平常一樣，於是我也決定像平常一樣就好。

中午的時候來了一對情侶，都穿著制服，不知道爲什麼沒有去學校。他們吃著外帶的麥當勞，互相餵著薯條，小聲地說話和笑。男孩趁女孩不注意的時候，用沾有番茄醬的薯條碰她的臉頰，女孩尖叫出聲，抗議地搥打男孩，兩分鐘後，男孩笑著讓女孩用番茄醬薯條在他臉上畫畫。

看著他們我無法控制地想起了可潔，想起我們剛在一起的時候，一切是那麼瘋狂，感情濃烈，隨時都可能爆炸般做出一些可怕又美妙無比的事情。

我想到我們的第一個聖誕節。

那年可潔不知去哪裡弄來一套聖誕老人裝，要我聖誕節穿著和她約會，我嚇壞了，抵死不從，但她說那是她從小到大的願望，她眨著水汪汪的眼睛，用宇宙等級的撒嬌聲音說服了我。聖誕節那天我穿上紅衣服戴上白鬍子，懷著忐忑不安的心去坐捷運，一路上大家都指指點點，小朋友跑來拉我的衣服，母親拜託我和她們的孩子合照。由於這些那些原因，我遲到了大概十分鐘，我用跑的衝出捷運站，在我們約定的地點，一個紅綠配色打扮的短裙少女對我揮手露出笑容，我驚訝地發現她頭上有一對超大馴鹿犄角。

「哈囉聖誕老公公，我叫羅可潔，是你今天的專屬馴鹿，請多多指教！」可潔對我鞠了一個躬，因爲動作太大鹿角髮箍掉下來，她啊一聲趕緊撿起來，笑著對我吐吐舌頭。

當年這使我心跳停止的畫面，此刻已像是上個世紀的事了，好久遠，也好模糊。

那一年她規定聖誕禮物要送自己最喜歡的東西給對方。我送她一套《乳牛俠》，她則送我一張顧爾德的《郭德堡變奏曲》。兩天後她問我怎麼沒有第四集，我說作者沒畫了，她大聲抗議，說她好奇到睡不著，要我負責。我便把我想過最精采的一個結局告訴她，邊說邊在紙上寫下靈光一閃的新點子，她雙眼發光地聽，最後給我一個吻，說這故事是她收過最棒的聖誕禮物。

第二年聖誕節我又被她可愛又可恨的撒嬌攻勢擊敗了，乖乖穿上咖啡色套頭毛衣，戴上麋鹿髮箍，任她扮演的聖誕老公公整天牽著我跑來跑去。第三年我們去泡溫泉，可潔規定要先在身上畫好刺青。我對著鏡子花了一個小時，畫了又洗洗了又畫，弄到皮都快脫下兩層，才終於在胸前畫出一棵掛滿愛心的聖誕樹。可潔則簡單地畫上快遞公司FedEx的商標，在蒸氣繚繞的溫泉裡對我說：「先生你好，你的聖誕禮物已經送到囉，請簽收！」

那眞是全世界最棒的聖誕禮物了。

但之後不知道爲什麼，我們就不再做這種事了。我已經想不起來第四年是怎麼過的，第五年又是如何，其他的節日呢？情人節？生日？週年紀念日？似乎後來我們總是去某個地方吃飯，看了某部電影，送了某樣禮物，但那一切的一切，都因爲太相似而像森林裡的樹一樣隱沒起來，最後終於消失了。

我試著回想最近的我們，分手前幾天的我們，但就連這樣也幾乎辦不到。我和可潔度過普通又平凡的每一天，她上班，我上班，我們互打些想不起內容的電話，晚上吃飯，放假逛街看電影，偶爾去彼此家過夜。要不是那天可潔跟我分手，可能我也會遺忘那個晚上的模樣吧，一定會吧。

想到這裡，哀傷像海水湧上沙灘一樣淹滿我的心，我閉上眼睛，好長一段時間無法動彈。

老鼠昨天問我知不知道可潔爲什麼要分手。

我告訴他，我不知道。

那天晚上，可潔提完分手就轉身走了。我打過幾次電話，不是關機，就是沒有接，傳了簡訊也沒有任何回應。

我知道分手不是因爲我打破她的驚喜，也不是因爲《眞愛旅程》的劇情，那些只是使她下定決心的最後一擊，那麼，眞正的原因究竟是什麼？

是我們已經平淡的愛情嗎？可是，不是每個人都這樣嗎？激情昇華，然後變得更穩定？我對可潔的感情並沒有改變啊，而且，我們也這樣好久了，雖然無法和以前的瘋狂相比，但也過得很開心啊，不是嗎，可潔？

爲什麼妳要離開我呢？

忽然我發現店裡空蕩蕩的，小情侶不知何時走了，只剩下一旁敲著鍵盤的呂信維。

午餐時間過去了，我已經超過十二個小時沒有進食，卻一點也不覺得餓。

胃空了，吃飯就好，但心空了呢？

□

下午的時候，發生了一件特別的事。

那時我正在把新書建檔，呂信維突然湊到我耳邊，「欸，你看那個人。」

呂信維指的是監視器上的人影，我花了好一段時間，才在真實的世界裡看到她，一個女生。她蹲在角落的書櫃前方，被沙發上的客人擋住，我站起來以便把她看得更清楚。她頭髮短短的身材略胖，大約十五、六歲，黑色背包抱在胸前，穿著學校的體育服。我看不出她究竟怪在哪裡，就在我開口要問呂信維的時候，她突然回頭望向櫃檯，我們四目相接，剎那間，她眼底的某種思緒飛箭般射穿我的眼球，跳進我腦裡。

我眨眨眼，女生已把頭撇了回去。

我坐下來，問呂信維，「她怎麼了？」

「她進來很久了，卻沒有借一本書，只是一直繞來繞去，把書拿出來翻，又放回去。」

「多久了？」

「快一個小時了吧。」呂信維說，「而且她的動作很奇怪，不太自然。」

我盯著他的臉，「你懷疑她偷書？」

呂信維遲疑了一下，點點頭。

「你有親眼看到嗎？有證據嗎？」

「沒有……」我的話似乎讓他有點洩氣，兩秒後他說：「還是我弄錯了，她只是不知道要借什麼？」

我搖搖頭，「不可能，人在買衣服的時候會猶豫不決，買女友生日禮物的時候會猶豫不決，但在借漫畫的時候不會，沒有人會因爲幾十塊的東西猶豫上一個小時。」

「那……所以……現在該怎麼辦？」呂信維臉上的表情讓我知道他全靠我了，這幾天來，我第一次有了勝利感覺。

「我也不知道，你決定吧，你是店長啊。」

「呃，可是……我們又沒看到她偷書，實在沒有理由干涉她在店裡的行爲……」

「是啊，不過沒關係啦，丟書陪書嘛，反正又不是第一次，客人最大啊。」

呂信維苦著一張臉，似乎不知道該怎麼辦。

剛剛的女生在我們講話的這段時間去了廁所，現在她從廁所出來，一張胖臉神清氣爽，但我知道這和暢快解放沒有任何關係。我注意到呂信維陷在自己的思緒裡，對胖臉妹的舉動渾然不覺，一個邪惡的念頭突然冒出來，像一顆不祥的黑色太陽，大地一片黑暗，我身在陰影之中。

「欸，她要走了。」我說。胖臉妹正往門口走去。呂信維緊咬下唇，似乎拿不定主意。

「有時候要相信直覺。」我在他耳邊輕聲說出惡魔的耳語，「我之前也不相信，每一次都是事後看監視器才後悔，眞的是每一次喔，從來沒有一個我覺得可疑的人，最後是沒有偷書的。」

呂信維轉頭望著我，我看著他的眼睛，不用太費力，下一秒，呂信維猛然起身衝到店門前。

「小姐，請妳等一下。」呂信維的聲音因爲緊張變得乾乾的，和他過去悅耳的「歡迎光臨」

完全不同。胖臉妹則神態自若，沒有一點心虛，這讓呂信維更加不安。

我在一旁默不出聲，等著看場好戲。

「小姐不好意思，可能要請妳打開包包讓我們檢查一下。」呂信維說話的同時瞄了我一眼，我輕輕點頭鼓勵他。

胖臉妹瞬間變臉，氣忡忡地大吼，「幹嘛？懷疑我偷東西喔？」她把包包砰一聲放在桌上，「看就看啊！」

一個無辜的人受到冒犯，會先感到疑惑與驚嚇，接著才出現生氣的念頭，而不是像胖臉妹這樣，彷彿早就知道劇本般流暢地唸出台詞。做賊的喊抓賊，這句話來自人性，幾千年也不會改變。

呂信維在胖臉妹的注視下開始檢查起包包。我盯著胖臉妹，她一看就知道還未成年，這也是店裡小偷最常見的兩個年齡，一個是中年人，另一個就是國高中生。前者多半是擁有無法克制的偷竊癖好，後者則是沒有足夠金錢滿足慾望，不擇手段以致用錯了方法。

呂信維很快地檢查完一遍，又面有難色地檢查了第二遍。接著他抬頭看向我，眼裡都是求救的訊號。

我裝出一個驚訝的表情，倉皇失措的擺擺手，無奈的聳聳肩。呂信維的失望瞬間溢於言表。他站在那裡，像一個無助的小男孩，一個發窘的雕像。所有人都在看，店裡的客人，一臉被冤枉的胖臉女孩，還有設計這一切的我。

在這個當下，會想到試用期這三個字的，應該只有我了。

呂信維噈了噈口水，把包包關起來還給胖臉妹。

「現在是怎樣？」胖臉妹咄咄逼人，如果不是要搞呂信維，我眞想馬上衝到廁所把她藏的書拿出來摔在桌上。有些人需要教育，我承認，但不是現在。

「對不起。」呂信維的腰開始下折，頭垂得很低，「對不起……是我們搞錯了，對不起……」

胖臉妹的勝利表情，還有呂信維的難堪，隱隱刺著我心中的某個地方，但我還是什麼話都沒有說，默默站在櫃檯後。

「你們這家店在搞什麼？隨便就說人家是小偷？有沒有證據啊？」胖臉妹開始咆哮，呂信維只能繼續鞠躬道歉。

五分鐘後，胖臉妹終於離開，「這種爛店我再也不會來了。」這是她撂下的最後一句話。我知道她以後一定不會來了，除非她笨到以爲自己半小時前的舉動沒有被監視器錄下來。

呂信維很沮喪，幾乎可以說是被擊潰。這絕對是他在大魔域工作以來出過最大的包。至於他的上一個錯誤，大概是四個月前他忘記補廁所的衛生紙，從那以後廁所永遠都有兩捲衛生紙。

呂信維的話變得很少，我試著想了幾句話安慰他，但最後都沒有說出口。我從他背後開了好大一槍，如果這時還假裝止血，那我就成了一個最小的小人。我不想那樣，我甚至有點後悔，但只後悔了一下，因爲我很快就想到試用期，還有本該屬於我的店長。

整個下午，我忙著在兩種情緒之間遊走，充滿黑暗的後悔內疚，還有小小的報復快感，也因此就算客人沒有很多，我仍舊感覺筋疲力竭，像漆黑大海裡載浮載沉的落難者般疲憊到了極點。

下班前我去了廁所，花不到一分鐘就找到了，塞在過期報紙下面，席絹和于晴的小說。我拿著書，盯著唯美的封面插圖，猛然想起一件事：從胖臉妹離開到現在，呂信維都沒有抱怨過我給他的建議，也沒有責怪，一句都沒有。

砰。

我把書丟在櫃檯上，呂信維睜大眼睛疑惑看著我。

「廁所找到的，剛剛那女的離開前把書留在廁所，所以你才搜不到東西。」呂信維看看書又看看我，似懂非懂，我沒有再多說一句話就離開。

一走出門口我就嚇了一跳，我遇見易萱。

「今天還好嗎？」易萱微笑問我。

「還好。」我答得很快，沒有看她的眼睛。

一直到快騎到家了，我的心跳還是快得不得了。

我是怎麼了？這只是個無傷大雅的惡作劇，只不過是讓呂信維丟臉的小玩笑罷了，但為什麼我卻覺得罪惡感好重好重？不應該這樣的啊，我才是那個被欺負的人，我才是受害者啊。

我強迫自己想關於呂信維的各種事情：他打招呼的做作笑容，裝模作樣的歡迎光臨，刻意熱心的團購和生日蛋糕，以及那些送給易萱的小禮物。雖然罪惡感還沒完全消失，但我感覺已經好上許多。沒錯，就是這樣，沒必要擔心他或同情他，是他先用小手段奪走屬於我的東西，一切都是他自作自受。

但隨即我又想到，呂信維會怎麼告訴易萱今天下午的事？易萱又會有什麼反應？

原本平復的心情又因此波動起來。我把停好的車子重新發動，調頭騎出巷子，加速往山下騎去。

我不知道要去哪裡，只知道現在不想回家，只想一直騎，讓思緒沉浸在速度裡，把一切全都甩開。

狂風在耳邊呼嘯，我發現剛剛摘下安全帽後忘記再戴上了，但我沒有停下來，反而把油門催到底。安全帽什麼的現在一點也不重要了，要罰就罰吧，一切都無所謂了。

我壓車高速過彎，兩旁的景物快速殘影後退，我決定下山找一個直線道狂飆到一百四。前方的慢車像巨大路障，我俐落地超過去。風是冷的，身體卻在發燙，眼眶因爲強風溢滿淚水，用力一眨就可以擠出淚滴，一秒滑到臉頰外側，消失在風裡。

「啊啊啊啊啊啊啊啊啊啊啊——」

我放聲大吼，聲音瞬間就被強風帶走了。我騎得更快，讓我的聲音、眼淚和情緒都留在風裡，留在身後，眼前只有直線和彎道，其他什麼都沒有。

我撇過一個左彎，刺眼白光突然射入眼裡，一輛開過中線的小客車迎面駛來，我瞳孔急縮，耳旁傳來急促煞車聲，我龍頭一扭，連人帶車摔了出去。

我不知道自己在地上躺了多久，只知道我爬起來的時候，小客車已經不見了。

我在最後一刻成功閃過它，但卻摔得亂七八糟。衣服破了，手肘膝蓋都是血，我把車扶起來，車殼上的刮痕怵目驚心，後照鏡斷了一支，右煞車也完全壞了。

我把車牽到路旁，在路燈下檢查傷勢。手肘的傷口黑黑髒髒的，膝蓋和小腿也有，幸好只是皮肉傷。

和下山時的風馳電掣截然不同，我緩緩騎回山上，回家前先去便利商店買了生理食鹽水。停車和走路都慢慢的，深怕弄痛傷口。

到家後我先看月曆，確認明天不用上班，然後把衣服全脫掉，進到浴室沖洗傷口。一照鏡子我才發現右眼外側也有一片擦傷，明亮的白光讓傷口看起來異常恐怖，伴隨著姍姍來遲的熱辣刺痛感。我看著鏡子裡的臉，突然冒出一股無法克制的怒氣。

爲什麼？爲什麼這些爛事全找上我？

我一腳踹上浴室的門，啪嚓一聲，門上出現一道三十公分的歪斜裂口。我呆住了，盯著那道裂縫，好長一段時間無法動彈，體內的憤怒不知何時已經消失，只剩下無法言喻的巨大哀傷。

我突然好想好想可潔。

但她已經不在了。

我沖洗完畢回到房間，在床上縮著身體，咬牙忍受那比任何傷口都要痛苦的強烈寂寞，祈禱自己趕快入眠。

7 乖乖軟糖桶

我被手機吵醒，一開始我以為那是鬧鐘，後來才發現是老弟打來的。

「喂？」

「你還在睡？」老弟的嗓音透著不悅。彷彿有什麼鈍物戳著我的後腦，一股糟糕的預感，我似乎忘了一件很重要的事。

「你有要來嗎？」他冷冷地說。

我終於記起來了。

今天是老媽的生日，我們相約中午去青園吃飯，這就是為什麼我今天沒有班的原因，我把這天空出來了。

我在心底用力罵了句髒話，跟老弟說我馬上到後掛掉手機。我衝進浴室，下一秒卻停住了，彷彿中了石化咒語無法移動半步。

鏡子裡是一張有著恐怖擦傷的驚惶臉孔。

我哀號出聲，彷彿一隻被弓箭射中要害的野獸。為什麼？為什麼偏偏是昨天摔車？為什麼正好是今天要聚餐？為什麼一連串的鳥事全接踵而來，連喘息的時間也沒有？

我忘了買禮物，我沒辦法帶可潔去，然後我臉上身上還有一堆難看傷口，除了承認自己是個混帳兒子外，我還能做什麼？

十五分鐘後，我穿著長褲和薄外套進到藥房，付錢請他們幫我在臉上貼塊紗布，接著去居臣氏買保養品當作禮物。我到青園時已經一點四十了，整整遲到了一小時又十分鐘。

服務生領我到老弟訂的包廂外頭。我沒有馬上進去，我需要一點時間整理情緒，趕走臉上的陰霾，裝出個最棒的笑臉。從小到大，我沒有讓老媽看過我的任何傷口。十一歲那年在公園的腳踏車意外讓我整個夏天都戴著帽子，也沒有人知道我曾摔過兩次車，除非仔細盯著我的膝蓋瞧。

而現在，我要和一塊嚇人的大紗布一起走進去，微笑對媽說生日快樂。

我在心底默數一二三，推開門，圓桌上老媽的身影背對我，她隔壁坐著老爸，另一頭是老弟和他女朋友。他們正聊得開心，空氣裡有股植物的清香，牆上的陽光像最柔和的壁紙，整個房間充滿溫馨感覺。我注意到包廂角落有一大束花，我猜是老弟的女朋友送的。

「終於來了。」老弟先看到我，他語氣透露出些許的厭惡，接著他皺起眉頭，「你臉怎麼了？」

老媽轉過身來，微笑以最快速度從她臉上消失，取而代之的是我見慣的擔心表情，「唉喲！怎麼回事？受傷啦？」

「沒有啦，前幾天長針眼，醫師說要切開引流，會比較快好。」在藥局我買了一塊足以蓋住傷口和右眼的大紗布。我不太會說謊，但我做得還不錯，老媽的表情馬上和緩下來，到這一刻爲止，她仍認爲我得過最嚴重的病是針眼，受過最嚴重的折磨是引流針眼。這樣很好。

「媽生日快樂。」我把禮物拿給她，親了她臉頰一下，媽開心地笑了。那笑容值得世界上任何寶物，只可惜，我並不常讓媽笑，這比較像是老弟的專長。

從小到大，我總是讓媽傷心的那一個。我書念不好，青春期又叛逆，國中便常混網咖不回家，還交上了壞朋友，好幾次都讓媽媽在夜晚落淚。

當時班上有個叫阿龍的傢伙，我跟他特別麻吉。他單眼皮，和尚頭，帶點壞壞的笑容很吸引女孩子，我則是被他的個性所吸引。

開學第一個禮拜，他就因為在午休時間撬開通往頂樓的鐵門，被叫去訓導處。我問他上去幹嘛，他說睡覺啊，我問他幹嘛不在教室睡。

「你不覺得時間一到所有人一起趴下來睡覺，很讓人想吐嗎？像養殖場的豬一樣。」他說。

我們很快就熟起來，成天都混在一起。阿龍總是有許多好玩的點子，像是在掃除時間含水噴別人正在擦的窗戶，或是將鹽水塗在大家的直笛吹口之類，此外我們也貨眞價實幹了許多違反校規的事，蹺課、作弊、塗鴉司令台、上頂樓抽菸、摔椅子頂撞老師、和別校學生幹架。理所當然，所有人都認為我們是沒救的敗類，沒有一個老師正眼瞧過我們，但我們不以為意，反而覺得自由自在。

二年級的時候，開始有人謠傳阿龍在外頭加入了幫派，我們受到的注目越來越多，慢慢有人向我們靠了過來。有女生，不過大部分還是男生，一些爛到極點的人渣，他們又孬又想幹壞事，於是便跑來找我們，找阿龍，而他也來者不拒。到最後，頂樓無時無刻都至少有十來個人，我們自成一幫，在校園裡無法無天，沒有人敢得罪我們，老師家長全部睜一隻眼閉一隻眼，只希望我們趕快畢業然後消失。

那陣子老媽天天都打我，打到我不敢回家，也不想回家。每次都趁老媽睡了才偷溜進去，或是住在網咖，有時則乾脆去阿龍家睡。他家只有外婆一個人，沒有人會管我們唸我們，曾經有一段時間，我覺得那裡是最接近天堂的地方。

直到有一天，阿龍要我和他去堵人。

「堵誰？」我和阿龍躺在他家的榻榻米上，吹著有氣無力的電風扇。

「我也不知道，好像是清華那邊的。」

清華是一個社團的名字，社團則是幫派的另一種說法。

「不知道幹嘛去。」我們從來只做和自己有關的事，只打威脅自己的架。

「小蔡哥叫我去的，他還叫我多帶點人。」小蔡哥是他的表哥，混三聯，是阿龍與黑社會的唯一交集。

「不好吧，搞不好很危險。」

「不會有事啦，小蔡哥說我們只是去充充人數，免驚啦！」阿龍蹺著腳，眼睛閃著光，彷彿全世界都沒什麼好怕的。

我最後真的去了，還加上阿龍和其他十一個人。我們什麼都沒拿，赤手空拳，大家嘰嘰喳喳走路過去，熱鬧得像是校外教學。

我們還沒到達約定的地方就被抓了。

那是一次很大的圍捕行動，卻只抓到我們幾個小鬼，大咖早就得到風聲跑光了。

我記得警局的椅子很硬，屁股坐久了很不舒服。我們寫字的桌子和學校老師的辦公桌一樣，有一片透明的大玻璃覆蓋其上，下面壓著各種事件的報案流程表，還有幾家便當店的名片。

那時我很害怕，怕得快要哭出來。不是怕會留下案底，也不是怕那些警察，我是怕我媽，我怕她把我活活打死。怎麼知道她來的時候，一張臉哭得好花好腫，沒有巴掌，也沒有責罵，只是緊緊抱著我。回到家後，媽催促我趕快去洗澡，把穢氣洗掉。

後來我才知道，那天晚上新聞報導了這起事件，但重點不在我們，而是一名十六歲的青年。他在我們原本要去的地方被另一群少年圍毆，有人往他腹部刺了一刀，三個小時後，他在某家醫院的急診室裡宣告不治。

我在家裡待了一個禮拜，整整一個禮拜沒有出門。

之後我沒有再跟阿龍他們混在一起，我開始念書，準備基測，雖然有點晚，也的確是來不及了，但我還是考上了一所私立高中。

那次的事件，像是有人把我心中歪掉的地方使勁扳正，我變回正常的青春期男孩，仍然有一點叛逆，愛玩不愛念書，但有條絕對不可跨過的線，在我待在警察局的那個晚上，深深地刻在我的意識裡，永遠不會抹滅。

儘管我還是會讓老媽頭痛，我的成績也依舊讓她吃不下飯，我卻沒有再害她哭得像那晚一樣傷心，一次都沒有。

老弟則和我完全不同，他是一個模範生，無論是和我相比，或是和其他模範生相比，他都是一個標準完美的模範生。

他領市長獎，以全校第一名的成績進入高中，從小到大都是小提琴首席，打網球校隊，家裡的獎狀多到可以當壁紙貼。他去年剛從牙醫系畢業，下個月退伍後要去學長的診所上班，同時繼續在研究所念碩士。

除此之外，他還是一個和我完全相反的貼心細膩兒子。每次有誰生日或是父親節母親節，老弟總是提前替大家訂好餐廳，三、四天的連假，他也會帶老爸老媽出去玩。大學的時候，幾次我回家都看見他勾著媽媽的手，坐在沙發上一起看韓劇。他每年送給老爸的生日禮物，也總是讓他笑得合不攏嘴。他從沒有讓爸媽失望過，我也沒有看過他們對他唸過一句話，他就是這麼一個完美的弟弟。

但便是如此不同的個性，讓我們兄弟倆在生命的前十幾年相處得不甚融洽，甚至可以說是惡劣。在我最糟糕的那段日子，弟弟可以說厭惡我到了極點。那些我讓媽媽難過傷心的晚上，他都不和我說話，甚至不正眼看我。我像是家裡的一顆毒瘤，唯一會做的事就是讓他美好的家庭天天充滿叫罵和淚水。

儘管我最後回到了正途，但老弟對我的那份厭惡，始終留在他的個性裡，像天花板上的汙痕，不抬頭便看不見，但它始終都在那裡。他知道，我也知道。

而在今天這種日子——我差點毀了他準備許久的生日聚餐的日子——那種厭惡又會浮上檯面，咄咄逼人的衝著我來。我無話可說，這是我自己造成的。

終於，老弟收起從我進來就一直掛在臉上的不悅表情，和女友小聲的談論什麼，接著，他拿起小湯匙在玻璃杯上輕敲兩下。所有人都看著他，我注意到老媽的眼睛閃著光，像是期待驚喜的小女孩。

「我要在這裡宣布一件好消息，」老弟看了身旁的女友一眼，「慧君答應嫁給我了，我們要結婚了！」

我聽到老媽小聲的驚呼，然後是一連串帶著喜悅的問題：「什麼時候決定的」、「慧君的爸媽知道了嗎」、「弟弟怎麼跟妳求婚的」、「有想好什麼時候請喜酒嗎」、「要請在哪裡」。一時間，整個包廂充滿熱鬧歡喜的氣氛，這個家庭有人要結婚了，這可是一件不得了的大事。媽媽和爸爸都笑得好開心，慧君和弟弟臉上則是和平常不太一樣的笑容，說不上來哪裡不同，不過我從沒看過弟弟露出那樣的笑容，彷彿整個世界的幸福都在他身邊。

綠豆西米露上來後不久，我去上廁所，沒多久老弟也走進來。我們肩並肩站在小便斗前，他的臉色通紅，渾身上下透著幸福的幹勁，像是最強壯的超人。我們的差異就連在小便的此刻也如此明顯，如此刺鼻，讓我差點尿不出來。

「恭喜欸。」等待洗手的時候我對他說。

「謝謝。」他嘴巴笑得好開，雙眼始終盯著鏡子，用沾水的手指來回梳攏頭髮，等到每根線條都完全滿意之後，他轉身把洗手台讓出來，「我先回去。」

我甚至還來不及說好，他就已經離開了廁所。我慢慢洗手，彷彿想要拖延什麼，然後我注意到紗布上滲出的紅點，不過已經沒關係了，已經沒有人會注意到了。

吃完飯，我們一起走去停車場。爸媽打從一小時前就拚命談著弟弟的婚禮，也回憶自己當年的結婚往事，兩個人似乎同時年輕了十歲，好有好有精神。我和他們在停車場告別，媽媽走的時候問我，「弟弟都結婚了，你什麼時候才要娶可潔啊？」我只是笑笑沒有答話。

他們離開後，我突然覺得整個人都虛脫了。一早便緊繃的神經鬆懈下來後，疲累像反撲的巨浪，重新淹沒了我。

我沒有去牽車，我在路上晃著，漫無目的，想讓頭腦和身體放空，但我發現這幾乎辦不到。弟弟剛才宣布婚訊的臉龐不時出現在腦海。我沒想過老弟會那麼早結婚，他和慧君從大一便在一起，感情穩定，個性也很合，或許早一點結婚也是好的，說不定還可以讓爸媽早點抱孫子。他們預定九月結婚，我想起自己必須在那之前，先告訴大家可潔的事。

我忽然感覺好難受，不只是因爲分手的前女友，也因爲我知道剛剛聽到喜訊的自己，並沒有眞正開心起來，反而沉浸在一股複雜的情緒裡。

我想這是因爲最近發生太多事了。這三天來，我的人生像是被好幾個颱風掃過的棉花田，辨識不出原本的模樣。而今天的喜訊，像是災難後的太陽，把所有的殘破不堪照得一清二楚，讓人更加絕望。

即使這些我都知道，都可以解釋，但我仍然無法不去討厭自己，無法不討厭沒替老弟打從心底開心的自己。

我越走越心煩，在一條巷子裡回頭，往停車的地方走去。我想去大魔域看一下，或許幫忙把書上架，或和當班的同事聊天，我需要換個環境，一個人只會想東想西。但我隨即想到呂信維是今天的晚班，我現在最不想看到的就是他的臉。

我來到機車旁，邊想著要去哪裡，邊拿出安全帽，正要戴上的時候卻停住了。

空氣裡飄來一段音樂旋律，雖然微弱，卻十分熟悉。我放下安全帽，側耳傾聽，最後我終於聽出來了，這是披頭四的歌曲〈快逃命吧〉（Run For Your Life）。

這首歌我十分熟悉，高中的時候不知道聽了多少遍。我很快就發現這不是CD或廣播，而是有人在唱歌，還配著吉他。

我把安全帽放回機車裡，往聲音的來源走去。拐出巷子後，聲音頓時清晰許多，唱歌的嗓音乾淨舒服，吉他刷扣也是。我越走越快，來到一個小小的廣場，前方十幾公尺處，一個戴棒球帽的男人坐在石椅上，抱著一把吉他，對著面前的麥克風唱著：「Catch you with another man, that's the end, little girl.（當我逮到妳和另一個男人，就是妳的末日了小女孩。）」

我慢慢朝男人走去，心跳悶悶地響，全身都被包裹在一股不可思議的感覺裡，周遭的一切暈染模糊，彷彿走進時空隧道。

男人意識到我的接近抬起頭，我們四目相對，約翰．藍儂威脅小女孩的歌聲戛然而止，男人黝黑的臉上綻出驚喜的笑容。

「幹！」他對著麥克風大吼，「你怎麼會在這裡？」

我的老天。

這個用乖乖軟糖桶當作打賞箱的街頭藝人，就是我高中畢業後便沒再見過的超級死黨，王勁威啊。

8 越過桌面的流星

〈快逃命吧〉這首歌收錄於披頭四一九六五年的專輯《橡皮靈魂》，這也是我和王勁威一起買的第一張披頭四專輯。那時我們都很窮，就算中午只吃麵包一天也只能存二、三十元，於是我們決定聯手合作，一起存錢買CD聽。

第一張專輯在兩人一致通過下買了槍與玫瑰（Guns N' Roses）的首張專輯《毀滅慾》。我們用大老二決定前兩個禮拜CD在誰那裡，之後交換，輸的人則可以選擇下次要買哪張專輯。這規則十分神奇，有時候輸甚至比贏好。所以我有好幾次都故意放水，有大老二不出，只爲了買齊電台司令（Radiohead）的所有專輯。我知道王勁威也是如此，只不過他爲的是超脫合唱團（Nirvana）。

我們最後總共買了二十八張專輯，我挑的大部分都在我家，他挑的則放他家，只除了《橡皮靈魂》。我因爲村上春樹《挪威的森林》選了這張專輯，它的書名來自裡頭的第二首歌。我十分喜歡這張唱片，但王勁威卻比我更加熱愛，甚至連續三個月沒把CD拿出他的音響，後來便一直放在他那裡。

《橡皮靈魂》裡的好歌多得不得了，幾乎要塞爆整張專輯，其中我特別喜歡那首明明寂寞卻逞強的〈如果我需要陪伴〉（If I Need Someone）。

當時流行在書包上用立可白寫些標語，或是畫上各種商標，我因爲覺得蠢所以一直沒這麼做，但在聽了〈如果我需要陪伴〉後，我馬上在書包上寫下裡頭的一句英文歌詞，「把妳的電話號碼刻在我牆上吧，或許哪天寂寞我會打給妳。」雖然自己覺得很酷，但從沒有女生問我這句話哪裡來的。高二的時候，我把偷偷問到的暗戀女孩手機刻在牆壁角落，結果被老爸發現，痛罵了一頓，還扣了一個月零用錢。

王勁威也覺得這首歌不錯，但他更喜愛那首使我們意外重逢的〈快逃命吧〉。〈快逃命吧〉裡有句歌詞「我寧願看到妳死，小女孩，也不願意見到妳跟別的男人在一起」，讓這首歌引起廣泛的討論。約翰．藍儂曾在一次訪問裡說這是他最喜歡的披頭四歌曲之一，後來卻又改口說他後悔寫了這首歌。

有一次早自習，王勁威興奮地跑來跟我說，那句爭議歌詞其實來自貓王的一首歌〈一起玩吧寶貝〉（Baby, Let's Play House），一字不差一模一樣。他還說有次多倫多的一家電台把〈快逃命吧〉禁了，有人跑去問電台負責人，貓王的那首歌是不是也要一起禁呢？電台負責人回他說，我沒聽過這首歌。後來他回去聽完之後，也把貓王的歌一起禁了。

我問王勁威他怎麼知道，他說是昨晚的電台主持人說的。那是一個叫做「章魚花園」的廣播節目，節目名稱來自披頭四的另一首歌，是少數由鼓手林哥．史塔寫的歌曲。

我在王勁威的推薦下開始聽起「章魚花園」，一聽就是兩年多。主持人專門介紹各種西洋音樂，從四、五〇年代到最新的歌都有，我們每天都飢渴地守在音響前，一集也不願意錯過。遺憾的是，節目在我們畢業前一個月結束了。最後一集那晚，我和王勁威帶著收音機來到學校體育館後的空地，把音量開到最大，一面看著星空，一面喝他從家裡拿出來的威士忌，然後輪流在牆邊小便。

我高中的許多美好回憶都和王勁威一起，他是我最要好的死黨，我最混帳的麻吉，但我們並非同班同學，我們是在社團裡認識的。

那是一個叫流行音樂社的社團，主要活動是歌唱研究，講白一點就是卡拉OK。每次社課大家便聚在一起分析張學友的抖音、陳奕迅的假音、陶喆的轉音，然後再輪流用自己那受上帝詛咒的淒厲嗓音重新詮釋，差不多就是這樣的一個社團。

我去了第一堂後，馬上發現這情況和我預期的相差甚遠——原本我以為是討論西洋流行音樂之類的社團——但我仍抱著一絲希望，我等到所有討論張學友〈秋意濃〉的意見都告一段落後，舉起手來發問。

「請問，我們可以討論槍與玫瑰的歌嗎？」

看全場靜默無聲，我又說了一句。

「他們主唱的唱腔很屌喔，眞的。」

仍舊沒有半點回應。終於，有個像是社長的傢伙站起來，說他們只討論國語歌，甚至只討論男歌手——我在這一刻才知道爲什麼教室裡沒有女生。

五分鐘後，我在他們討論到林志炫的某首情歌時，偷偷從後門閃出教室，發誓再也不要和這社團有任何牽扯。

王勁威就是在那個時候，那條走廊，從背後叫住了我。

「嘿！」

我回頭，一個膚色極黑的男孩，對著我傻笑。

「你也喜歡槍與玫瑰嗎？」他問。

還不等我回答，他就在離我五公尺的地方大聲唱起了槍與玫瑰的〈不要哭泣〉（Don't Cry）。

「Don't you cry tonight, I still love you baby——（今晚不要哭泣，寶貝我仍舊愛你）」

他瞇著眼伸長脖子唱完整段副歌，一點也不在乎路過的人們，和他們的好奇視線。

我永遠也忘不了那一幕，那是我人生中少數感覺和某人靈魂相通的時刻。

而現在，在他宣布要唱今天的最後一首歌後，我又發現內心有什麼東西緩緩震動起來，就像那天一樣。

王勁威閉眼悠悠唱著〈不要哭泣〉，我安靜聆聽，從高中到現在的十年光陰彷彿都融在這首歌裡，歌曲結束的時候，我感覺有一陣風吹進我的胸膛，帶走了一些東西，然後又吹了出去。

我用力鼓掌，他抓抓頭笑了。

□

王勁威花了十分鐘把東西收拾好。他帶了一個放得下音箱的行李箱，方便拖著走，巨大背包裡塞著譜架、麥架、導線和麥克風，乖乖軟糖桶用裝籃球的網袋裝著，掛在肩上，吉他則放在褪色磨損的硬殼吉他盒裡，他全身的行頭不像一個街頭藝人，比較像街友。

我們決定找個地方好好敘舊，由於他是坐捷運來的，我便載他去「Peter Cat」。

上次見過的短髮女服務生似乎對我有印象，微笑和我打招呼，領我們到裡頭的一張桌子。我想和她點Peter Cat，她卻抱歉地說貓今天不在店裡，做運動去了。

「做運動？」

「嗯，牠太胖了，醫生說對心臟不好，所以送去專門幫貓減肥做運動的地方。」

「好厲害。」我讚嘆。

我們點了啤酒和下酒的起司與香腸。服務生走後，我對王勁威說彼得貓的事，他說下次他還要再來，點點看這隻貓。

啤酒上來後，我們舉杯相敬，痛快地灌了一大口。

「你現在在做什麼？」我問王勁威。

「街頭藝人啊。」

「就這樣？沒做別的事？」

「沒有。」他拿出護貝的街頭藝人證照給我看，我接過來仔細端詳。

「在路邊唱唱歌也要證照喔？」

「要啊，這還要考試咧，有了這個就不會被警察趕了。」

「就像保護費一樣嘛。」

「完全正確。」他笑著說。

「等一下，你不是念科技大學嗎？怎麼沒有去科技公司上班？」高中畢業後，王勁威就去南部的學校念書，一整年幾乎沒有回來幾次，我們就這麼慢慢失去聯絡，我現在甚至連他念哪一所大學都想不起來。

「有啊，我當完兵後應徵了好幾家公司，最後在大直那邊找到一家做手機硬體的，不過我的工作比較像是公關，去各個地方辦展覽會說明會銷售會，從南到北，從東到西，每天一大半時間都在車上，不是自己開車就是坐高鐵火車客運，睡旅館也是家常便飯，有時候一整個星期只有週末在家。」

「聽起來蠻好玩的啊。」

「一開始是很好玩啦，但三個月之後就變得很空虛，我每天發同樣的傳單，講同樣的power point，遊說別人下一些無關痛癢的鳥訂單，那種空虛感簡直就是一種折磨。」

我招手叫來短髮女服務生，請她幫我們收拾一下桌面，又點了兩瓶啤酒。

「所以你因爲這樣辭職了？」我問。

「不是，」王勁威搖搖頭，「你知道葛依蔓嗎？」

我當然知道。當紅的年輕演員，人氣極高，上半年的一齣偶像劇還創下了收視紀錄。

「她怎麼了？」

「她兩年前發生了一場車禍，你有印象嗎？」

「是不是在仰德大道上？」

「沒錯，」他點點頭，「那天我也在現場。」

「你有看到車禍？」

「不是，」他說，「我在另外一台車上，和她相撞的那台。」

「什麼!?」

我在腦海中搜尋那場車禍的記憶。似乎是大雨又高速行駛，葛依蔓助理駕駛的車打滑開到對向車道撞上來車，助理當場身亡，她的傷勢也十分嚴重，一度發出病危通知，後來總算搶救回來，休養了整整一年才再度復出。但我印象中完全沒有關於另一台車的消息。

「你在另一台車上?」我不敢置信。

王勁威點點頭，「我開到一半，眼角突然出現一個紅色影子，下個瞬間就撞了，連反應的時間都沒有。」

我想起新聞裡葛依蔓那輛幾乎全毀的紅色奧迪。

「那後來……」

「活下來啦，總算。」王勁威笑了一下，「但那時候眞的是快掛了，葛依蔓脫離危險期的時間還比我早兩天呢，連幫我開刀的醫師都覺得沒望了，要說是奇蹟也不爲過，只差一點我就走了，永遠二十四歲了。」

王勁威忽然沉默下來，用手指敲著酒瓶，久久不發一語。

我看著王勁威，想到如果他那時就這麼走了，我不知道哪一年才會聽到這個消息。我突然感覺無比糟糕，他可是我高中最好的朋友啊。

我舉起酒瓶，「敬二十六歲相遇的我們!」

「好!今晚不醉不歸!」

酒瓶撞擊，我們仰頭一飲而盡。

我們又點了兩瓶海尼根，酒送來後，王勁威和我說起住院的情形。他在加護病房生不如死待了快一個月，要轉出去的時候又不小心院內感染，多住了兩個禮拜，他說插管的感覺像是有人把一根水管一直放在你嘴巴裡，還往你身體裡拚命打氣，「難受到眼淚都會自己流下來。」我開玩笑問他導尿的事情，他雙眼發光的說：「就像拿原子筆往你的尿道捅，滿清十大酷刑啊。」

王勁威在醫院住了兩個月，出院後兩個禮拜就回去上班，左手的石膏甚至還沒拆掉。

「你老闆也太沒人性了吧。」

「其實車禍後我發現他人比想像中好，可能也因爲這是出差時遇上的吧，他包了一個超大紅包，還說我就留職停薪好好休養，什麼時候回去都可以，」王勁威輕輕笑了，「他以前根本不是這樣，以前完全不管我們死活，我的工作時數早就超過不知道多少，也從來沒有加班費，很多事情經過一個車禍和昏迷，就通通都變了，每個人對你的態度都有一點不同，讓人覺得自己是不是跑到另外一個世界一樣。」

王勁威的話使我不禁幻想，如果自己現在也出個車禍，躺在加護病房，我的世界會因此變得更好嗎？我醒來的時候，可潔會在旁邊哭著說我們再也不要分開嗎？易萱會淚流滿面地要我趕快好起來回去當大魔域的店長嗎？老弟會含淚抓著我的手說他願意原諒我過去的錯嗎？

會這樣嗎？我會因爲被汽車撞飛就得到重來一切的機會嗎？

「後來是我自己決定提早回去的。」王勁威的話打斷我的想像，「你知道我住院的時候最想幹嘛嗎？我每天想的都是趕快回去上班，很誇張吧，之前覺得那麼厭煩，住院的時候卻覺得可以做那些事情好幸福。」

「大概可以理解。」

「但這就是我最後離開的原因。」他說，「在醫院的時候，我是那麼想要回去上班，整整兩個月，我都想著自己要是可以重新在台灣跑來跑去，可以再次對各種人宣傳產品拿到訂單，該有多麼幸福，但在我開始上班後，我卻發現不是這麼回事，我發現一切都和我躺在床上的時候完全相同——都沒有活著的感覺，所以我就辭職了。」

王勁威停下來喝了一口酒。

「但我辭職之後，一切卻更加混亂，我每天有用不完的時間，我可以睡到自然醒，可以想做什麼就做什麼，人生第一次擁有這樣無限的自由，幾乎可以說是奢侈，但即使如此，我還是沒有活著的感覺，我不知道怎麼辦，那陣子我幾乎崩潰了，做什麼都不對，然後有一天，我把畢業後就沒彈的吉他拿出來，一彈就彈到半夜，完全沒有發現時間是怎麼過去的，只覺得很暢快，然後隔天也是如此，大後天也是，最後我知道這就是我想做的事。我彈了兩個月後，偶然看到街頭藝人考試的資訊，就去報名了，然後就開始在街頭混飯吃到現在。」

王勁威看著我露出笑容，「而且我又開始寫歌了。」

「寫歌？」

「對啊，雖然都只有曲子沒有歌詞，但已經累積了三十多首吧，我想靠音樂吃飯。」王勁威的語氣沒有任何改變，但我知道他是認真的。

同樣喜歡音樂的我們，高中時也像其他男生一樣好好練過吉他，甚至曾經合寫了一首歌叫

〈他身邊的妳〉，王勁威作曲，我負責寫詞。那首歌始終都沒有完成，因爲我一直沒有把詞寫出來，但他寫給我的曲，我到現在都還記得，偶爾也還會哼。

那是一段很有味道的旋律，光是啦啦啦地唱，就會有股淡淡的哀傷感覺，彷彿煙霧般環繞全身。

我曾經試著寫下幾句歌詞，但都和曲調相差甚遠，怎麼唱怎麼不對，最後我知道一件事，那就是自己完全沒有寫詞的才能，從此我沒有再提過寫歌的事。

王勁威突然問我，「你現在還有在彈琴嗎？」

「早沒有了，高中畢業後就很少了。」

「是喔，要不要再一起玩？」

「怎麼玩？」

「你現在在哪裡上班？」突然改變的話題使我愣了一下，我已經許久沒有被問到這個問題，我感覺臉頰熱熱燙燙的。

「一家漫畫出租店。」

「酷欸。」王勁威笑著說，接著問我，「請假方便嗎？」

「嗯，如果找得到人代班的話。」

「太棒了，你要不要跟我一起去旅行，我想來個環島音樂之旅。」他忽然激動起來，說得口沫橫飛，「兩個禮拜，不，一個禮拜就夠了，我們一人帶一把吉他，練一些歌，然後騎車上路，看哪裡順眼就停下來表演，再用那些錢繼續旅行，一定超級好玩啊。」

王勁威的熱情越過桌面，流星一般打中了我。我胸口發熱，心臟劇烈跳動，有那麼一瞬間我幾乎就要答應了，答應丟下一切，和他去幹這件瘋狂的事。但我很快便冷靜下來，兩秒前的激情像丟入水中的菸頭，嘶一聲冒出白煙熄滅了。

我想到了呂信維。

在我請假去環島的這段時間，會不會正好給他一個機會，證明沒有我的大魔域也可以生存得很好？而回來後的我，會不會懊悔地發現自己失去了最後奮力一搏的機會？

「怎麼樣？」王勁威的臉龐充滿期待，閃閃發亮，「我們可以像過去一樣每天唱歌，還可以在野外露營在星光下嘶吼，很棒吧？」

「嗯。」我在兩個念頭間掙扎，隨著時間過去，王勁威也感受到我的猶豫，他的笑臉慢慢淡了下來。

「你不想噢？」

「也不是，雖然可以找人代班，但不知道可不可以請那麼久。」我說了謊，如果有人願意代班，一路請到聖誕節也沒問題。

「唉呦，喬一喬就可以啦，來嘛來嘛，環島這念頭我半年前就開始想了，想超久，可是總覺得少了點什麼，今天看到你，我才知道原來是少了你，沒有你這重返青春之旅就不對了，你說是吧？」

「喂，你是東西太多，想找人幫你提吧。」我故意開玩笑轉移話題，「你那身行頭真的超像流浪漢的。」

「怎麼會呢？跟《20世紀少年》裡面的賢知很像啊，帥到爆。」

我們開始聊起《20世紀少年》的漫畫和電影，又聊到浦沢直樹和尾田榮一郎，話題沒有再回到環島之旅。我鬆了一口氣，我不知道如果王勁威一直問我，我會不會改變主意，和他一起音樂浪遊絕對是最近我遇到最教人心動的事，可惜時間不對，現在不是可以拋下一切的時候。

王勁威又點了啤酒來喝，他依舊興致勃勃，不時大笑，活力十足的與我乾杯。

不知道爲什麼，明明是剛送來的啤酒，我卻覺得好苦好苦。

9 在妳揍扁我之前

和王勁威相遇的隔天開始，我的生活似乎又回復正常，上班，下班，休假，睡覺。那幾天的事件像一場連環惡夢，如今我已從夢中醒來，睜開眼睛繼續生活，但有什麼東西的確留了下來：傷口癒合後的色素沉澱，一通倒背如流卻沒人接的電話，和一個新的店長。我努力適應這一切，我知道這是我現在唯一能做的。

不知道是不是小偷事件的關係，現在呂信維除了自己的班外，沒事也會來大魔域晃晃，有時候待個十幾分鐘，有時候則待上好幾個小時，用用電腦，打打電話，十分忙碌的樣子。易萱的班則比以前少了許多，人也不常出現，似乎在忙新分店的事。

某次放假的隔天我踏入大魔域，發現門口進來右手邊的第一個書櫃全空了，《要聽神明的話》、《感應少年》、《火鳳燎原》、《詐欺獵人》、《醫龍》、《封神演藝》、《殺戮都市》，還有其他漫畫全不見了，只剩下一個空書櫃立在那裡。

「怎麼了？」我問一個白班的夜校女生。

「不知道。」她搖搖頭，繼續逛她的韓國網拍。

一個小時後，我找到了那些漫畫，它們各自被遷去了不同的書櫃，然後換成別的漫畫消失了，一些更舊的漫畫，像是《烈火之炎》、《掰掰演劇社》、《幸運女神》和《鹹蛋超人》。我猜它們可能也被移去另一個地方，所以我拚命找，但卻哪裡都找不到。

後來我終於在販賣過期雜誌的凌亂箱子裡，發現了幾本《掰掰演劇社》和《鹹蛋超人》，彷佛是在硝煙瀰漫的戰場上找到戰友的項鍊一般，我產生不好的預感。我們很少清舊漫畫，幾乎沒有，易萱今天晚上有班，我決定問她怎麼回事。

整個下午，我都在翻著僅剩的幾本《鹹蛋超人》。雖然我已許久沒有重看了，但這絕對是我最喜愛的漫畫之一。這部漫畫和眼睛塞兩粒鹹蛋頭上插一把迴旋刀的鹹蛋超人沒有任何關係，它的主角是擁有超強運氣的幸運超人。不管是努力超人、勝利超人還是天才超人，都敵不過幸運超人的幸運，這部漫畫就是在傳達如此重要的東西。

看著充滿回憶的漫畫只剩下支離破碎的三集，我感覺十分難過。下班前五分鐘，易萱進到店裡，我迫不及待問她消失的漫畫的事。

「沒辦法，放不下了，所以呂信維把最近幾個月都沒有租次的漫畫賣掉，把書櫃空出來。」

「可是，不是可以買新書櫃嗎，加在外頭的那種？」

「還沒跟你說嗎？不是要放漫畫，我們要進DVD了，所以需要空出一大塊空間。」

「DVD？」

「對啊，租DVD，呂信維前幾天都在弄這個，現在價錢都談好了，只差簽約。」

我震驚到說不出話來。

「他一個禮拜前跟我建議的，他說現在很多漫畫出租店都在租DVD，我們也可以來弄弄看，他有先去打聽過，說利潤還不錯。」

我忽然一陣暈眩，有種一局被對手連灌三分的感覺。我試著穩住陣腳，畢竟租DVD這件事我可是內行，皮包裡放著附近四家不同出租店會員卡的我，就算是最熱門的新片也從沒有租不到的時候。

「可是，我們附近已經有蠻多DVD出租店了欸。」

「這呂信維也有跟我分析過，他說附近雖然有百視達和亞藝影音，但他們隨便一支新片都要一百塊，我們的價錢比他們低，應該不會輸給他們。」易萱臉上有著小小的鬥志。

我沒有再多說什麼。我問易萱片子哪天會進來，說我會過來幫忙後就離開了。

我沒想到呂信維會主動出擊，這讓我十分意外，那瞬間甚至差點有一切完了的感覺，但我冷靜下來好好思考後，便發現這可能是我反敗爲勝的大好機會。

幾天後，我聽到他們討論出來的定價，新片八十，舊片五十。我默默坐在一旁，把剛送來的DVD整理建檔，貼上大魔域的專屬貼紙，什麼也沒說。

下班後，我爲了確認心中的想法，逐一拜訪了附近的四家DVD出租店。非連鎖的兩家店新片都是七十，若預放現金最低可以到五十。百視達和亞藝影音的新片雖貴，但他們放預付金後的租金便和我們差不多，差別是他們的片子數量比我們多上許多。

我看不出我們有任何優勢，不對，是我看不出呂信維有任何優勢。

隔天我看了上架的DVD，心中的感覺更是篤定。全國都看過的年度賣座電影，呂信維竟然進了快要十片，絕對會剩下一堆。此外他還進了十幾部卡通，雖然大魔域是漫畫出租店，但現在連小學生都不看卡通了，他們看的是《復仇者聯盟》和《變形金剛》。至於像是《戀夏（500日）》這種優質舊片，他則一部都沒有進。

站在店裡嶄新的DVD牆面前，我似乎可以聽到體內血液奔流的巨響。

你好樣的，呂信維。

滿壘是你自己搞出來的，別怪我要上場打擊啦。

□

DVD開始出租的頭幾天，反應頗為熱烈，出乎我的意料之外。一些老客人每次借漫畫就順手借了幾支電影回去，頭一個週日結算時，我們的業績竟比上個禮拜多出了百分之十七。

易萱對這結果十分滿意，呂信維更是無比激動。他現在天天都來上班，常常從早待到晚，只差沒睡在這裡了。

「他會不會太誇張，每個客人來結帳時，都要跟他們宣傳DVD的事情，好像他們全是瞎子看不見那面DVD牆一樣。」老鼠忿忿地說。

不久前我才知道，原來整面書櫃淨空的代價不只是幾套老漫畫，還有一批老鼠鍾愛的推理小說，經典，同時也年代久遠。

「別生氣啦，我的《鹹蛋超人》也不見啦。」

「拜託，《鹹蛋超人》哪能跟白羅比啊。」

白羅，推理女王克莉絲蒂筆下擁有灰色腦細胞的潔癖偵探，我不知道老鼠到底喜歡他哪一點。我最喜歡的偵探角色是《池袋西口公園》裡的眞島誠，不過老鼠始終不承認他是偵探，他說他只是個賣水果的。

不只是老鼠，我上班的心情也受到了影響，尤其是每次有人拿DVD來結帳時特別明顯，我發現自己越來越難忍受呂信維幫忙結帳的喜悅聲音。

就在我開始懷疑自己四張出租店會員卡的實力時，情況慢慢有了改變。DVD的借閱次數漸漸掉了下來，雖然下降的幅度不大，但卻像是有堅強意志的頑固生命體般，執著地往下探底，測試我們忍耐的極限。

「怎麼會這樣呢？」易萱皺眉盯著電腦上的數字。

呂信維在一旁雙手扠腰，緊抿著唇。

「會不會是最近沒出什麼超級新片的關係？」綽號兔兔的工讀生說。她住在隔壁三樓，還是大學生，有時我臨時要找人代班又找不到老鼠，便會打給她。

「有可能喔。」易萱恍然大悟地說，「所以這應該只是暫時的吧，就像淡季一樣。」

「那個什麼第二集快出了，到時業績就會上來啦。」兔兔說。

所有人都接受了這個解釋，鬆了一口氣，安心的等待。兩個禮拜後，那個什麼第二集出了，業績的確往上攀升，但沒有上升太多，因爲呂信維片子進太少了，很多客人都租不到，我們也無形中損失了一筆可觀的租次。

三天後，呂信維緊急補了五片，但那些之前抱怨看不到的客人，都沒有再問起這部片，想來是其他出租店已經解決了他們的問題，現在反而是剩下太多片了，成了我們最討厭的成本浪費。

至於那沒有上升太多的業績，也很快就像發射出去的憤怒鳥一樣掉了下來，並以無法想像的速度一路下墜，兩天前才好不容易停下來，靜止在一個新的低點。如今的業績和第一個禮拜相比，少了差不多快要一半。

「呂信維看著螢幕，整整說了三次不可能啊，三次喔。」老鼠說，他昨天和呂信維一起上夜班。

「哈哈哈那畫面一定很好笑。」我最近的心情好上許多，呂信維結帳的聲音也不像之前聽起來那麼噁心了。

「跟你說，最近我推理小說的租次也掉了超多。」老鼠叫出他自己整理的Excel檔，和上個月相比業績掉了兩成。

「怎麼會這樣？」

「因爲都沒進新書啊，都拿去進DVD了，沒新書看，業績當然掉，很多客人也在跟我抱怨，怎麼很多新書都沒有進。」

最近只注意客人有沒有借DVD的我，完全沒發現這件事，突然覺得有點對不起老鼠。

「你覺得我要不要和易萱說？」老鼠問我。

「易萱喔……」我腦中突然跑出個畫面，老鼠穿著球衣上場代打，面對機歪投手呂信維，偷點出一支漂亮的內野安打。

我抓抓鼻子，「可以啊，讓她知道一下比較好。」

「不過我最近的班都遇不到她，眞麻煩。」

「我明天和她一起，還是我幫你跟她說？」

「那太好了，拜託你了。」老鼠感激地說。

隔天下午，我把推理小說的事情告訴易萱，她皺著眉頭好一陣子沒有說話。

「如何？」

「好吧，我再跟呂信維說，把DVD的預算分一部分給老鼠。」她嘆了口氣，「可是這樣一來，DVD的業績就更難上來了吧。」

「至少這樣推理小說可以上來啊，有進新書的話，那部分一直都蠻穩定的。」

「這樣說是沒錯啦，可是，唉……」

看易萱煩惱的模樣，我差點就要脫口說出調低租金的事，但我還是在最後一刻忍住了。現在還不到時候，我要繼續等待，等情況來到最糟糕的谷底，再一舉出拳擊倒呂信維。

我注意到這兩天借片的人比之前更少，或許是別家出租店開始什麼優惠活動了吧。快下班前我看著螢幕，偷偷估算還要多久呂信維才會撐不下去，就在這時易萱突然開口問我。

「你最近還好嗎？我聽老鼠說你分手了。」

我愣了好大一下，幾秒後才回過神來，嗯了一聲。

「你們也好久了，怎麼突然就分手了，我還以爲你們會結婚呢。」

「喔，嗯，對啊……」

易萱盯著我的臉，「你還好嗎？」

「還好吧……還可以。」

易萱又看了我的臉一會兒，然後嘆了口氣，「爲什麼分手？」

我沉默了一會兒，「不知道欸，可能就是淡了吧，不像以前那樣了。」

「她提的？」

我點點頭。一陣短暫的沉默後，我開口問易萱。

「是不是久了都會這樣？淡了？」

「生活裡很多瑣事的確會把感情逐漸磨損掉，依依和念念出生後更是如此，可是我佩服我老公的地方，就是他仍然會從中找出樂趣，可能是一個驚喜小禮物，或是早起做的一頓早餐，讓我感覺好像回到過去熱戀的時候。」

「所以，是可以接受的平淡？」

「唔，你要這樣說也可以啦。」

「那如果以後無法接受呢？他變得越來越懶，妳也是，每天只是不停的日復一日，那怎麼辦？」

易萱很認眞地思考我的問題。

「那我會做出改變，然後要求他也做出改變，努力讓生活成爲我們想要的樣子。」

「如果他辦不到呢？」

「不會，」易萱露出笑容，「我相信他，我也相信我們的愛情。」

騎車回家的路上，我一直想著易萱的笑容，那笑容無比溫暖，而且擁有某種力量在裡頭。我發現自己十分羡慕易萱。

到家後我吃了一碗泡麵，打開電視，遙控器轉轉停停，始終沒有停在任何節目。最後我關掉電視，打開電腦。

我突然好想找人聊天，隨便聊什麼都好。我卻絕望地發現沒有一個人可以聊，一長串的好友列表像是一個最大的反諷。

我下意識點開可潔的視窗，裡頭留有我們上次聊天的最後幾句話。

我：所以我們決定看貞愛旅程嗎

可潔：明天再告訴你嘻嘻

我：好啦晚安

可潔：掰我的愛

看著分手前一天留下的訊息，我幾乎無法呼吸。可潔打下這些句子時的臉龐，彷彿近在眼前，清晰得可以觸碰到似的。那一刻她臉上仍留有笑容，一切都還沒有結束。

我移動游標，點開過去的訊息紀錄，放在滑鼠上的手指微微顫抖。我知道這樣做可能會使這個夜晚更加難熬，但我無法控制自己，今晚太寂寞孤獨了，我需要一點溫暖，就算那來自可潔過去的幽靈也沒有關係。

網頁跑了一陣子才跑完，是我們整整六年的訊息紀錄。我從頭開始看，想尋找是否有我完全不記得但卻美好無比的事，就像可潔最後打的那句「掰我的愛」一樣。

很快我就停住了，停在我們早期的對話，放眼望去每一個句子都閃著甜蜜的光輝，燦爛奪目，幾乎使我睜不開眼。我繼續往下拉，看見我們開始吵架，但就算是最激烈的爭吵，裡頭都有一種專屬於愛情的生命力，暴風雨般猛烈，又充滿無所不能的可能性。那時就連吵架也充滿了熱情。

我彷彿在檢視久遠的化石骸骨一樣，覺得十分傷心，這些過去活生生的感情和對話，究竟是什麼時候死掉了，消失了呢？

接著，我的游標完全停住，一個看不見的石頭壓上胸口。

那是我早已遺忘的，關於斐濟的開端。

□

可潔：史卡莉喬韓森和綺拉奈特莉你喜歡哪一個

我：妳是在問我喜歡大胸部還是小胸部嗎

可潔：並不是喔

我：我喜歡妳的小胸部啊

可潔：你很過分欸

我：好啦，我選史卡莉喬韓森

可潔：我就知道

可潔：那史卡莉喬韓森和娜塔莉波曼呢
我：這有點難
我：我想想
我：還是史卡莉喬韓森
我：妳一直問這個幹嘛
可潔：看你喜歡大胸部還是小胸部啊
我：我就知道
我：那換我問了
我：妳喜歡湯姆漢克還是湯姆克魯斯
可潔：湯姆漢克啊當然
我：那金凱瑞和班史提勒呢
可潔：班史提勒
我：爲什麼？金凱瑞很棒欸
可潔：我不喜歡，他只有一張橡皮臉
我：那妳一定沒看過王牌冤家
可潔：沒有欸，好看嗎
我：超級好看，下次我們租來一起看
可潔：好:D

可潔：我沒看過王牌冤家，可是我有看過楚門的世界
我：好耳熟喔，那是在演什麼
可潔：金凱瑞演的主角從小到大都生活在一個假的世界裡，身邊到處都是隱藏攝影機，他其實是現實世界裡實境節目的主角，但他自己並不知道
我：喔喔我知道，我有在電視上看過，蠻好看的
可潔：我雖然沒有很喜歡金凱瑞，但我很愛這部片，我也是看了這部片才知道斐濟這個地方
我：是電影裡金凱瑞一直想去的國家嗎
可潔：對！！！
可潔：我看完電影後立刻上網搜尋斐濟，發現它超漂亮，超級超級漂亮
可潔：偷偷告訴你一個祕密，很久以前我就決定這輩子一定要去一次斐濟，就算一個人去也沒關係
我：那種地方一個人去不好玩吧
可潔：那我的愛人想去嗎
我：沒辦法，我陪妳去就是了（抓頭）
可潔：嘻嘻
可潔：那說好囉，一起去斐濟
我：沒問題，說謊的變成對方的大便
可潔：好啊，你這個大便人

我：妳大便豬

可潔：哈，你才是大豬豬咧，我揍扁你

我：那在妳揍扁我之前，我可以先親妳嗎

可潔：可！

□

一開始我以為那只是一段隨口的情話，沒有人會當真，畢竟才大學生的我們，沒有那個能力一起出國旅遊。但在我和可潔都開始打工後，一切好像變得不是那麼不可能，斐濟好像可以出現在任何一次暑假，閃閃發亮近在咫尺。

但我們始終沒有去。

我已忘了可潔問過我多少次斐濟的事，也忘了自己究竟說了多少藉口，但很快我就可以知道了，我在對話紀錄裡搜尋斐濟兩個字。

我呆住了。

我沒有想到竟然跑出來這麼多，這麼多關於斐濟的對話。

我一則一則仔細地看，似乎可以聽到可潔說著那些句子的聲音，可愛的、撒嬌的、哀求的、生氣的、倔強的，種種嗓音和她說話的臉孔一起衝進我腦海，使我幾乎撐不下去，但我仍繼續看，強迫自己面對這一切。

我一直以為，我們早已失去戀愛開始時的熱情，我一直以為，我們如今過的是老夫老妻般的平淡生活。

但事實上根本不是這樣。

看著這些紀錄的同時我才了解，關於她的夢想，關於我們的斐濟，可潔一直都在努力，從來沒有放棄過。不管是在一起的第一年、第三年，還是今年，她都沒有放棄一起去斐濟的夢想。她總是不斷提醒我存錢。她會在我說要吃大餐的時候，撒嬌地阻止我，要我想想斐濟的藍天碧海。在我終於存了一筆錢，卻拿去買筆電的時候，她也認認眞眞的生氣了好久。她總是不斷傳給我看各種介紹斐濟景點的網站。她早已決定了一家最喜歡的旅館，甚至把旅館陽台的照片當作電腦螢幕桌面。每年暑假前幾個月，她都會和我討論今年有沒有機會去。甚至在她開始上班後，在那幾乎不可能有連假的工作制度裡，她也始終在想著如何喬出一段可以出國的長假。

而我呢？我又做了什麼？我從來沒有認眞看待可潔的夢想，我沒有好好存錢，我沒有研究過機票和簽證，我甚至連她丟給我的那些網站都沒有打開啊。

彷彿是爲了減輕心中的懊悔痛楚，我點開其中一個網站，螢幕瞬間被整片純粹的藍色佔滿，那是斐濟的海和天空。好漂亮，眞的好漂亮。網頁上寫著斐濟是全球十大蜜月度假地之一，金凱瑞也曾在此舉辦傳統的斐濟婚禮。

看到這裡，我再也無法控制自己，眼淚衝出眼眶。

「那我會做出改變，然後要求他也做出改變，努力讓生活成為我們想要的樣子。」

「如果他辦不到呢？」

「不會，我相信他，我也相信我們的愛情。」

我發現自己痛哭失聲。

可潔是不是也曾像易萱那樣，露出笑容打從心底相信我？

我終於了解了，不只是斐濟，也包括我們之間所有的一切，可潔始終都在努力，就連最後一天，她也努力要給我一個驚喜，努力創造一個不同的夜晚。

但我在做什麼？

我發狂似地推開各種雜物，找到手機打給可潔。我的心跳蓋過了等待接通的聲音，我心急如焚，我從沒有這麼想要聽到一個人的聲音。

嘟聲中斷，我立刻開口說。

「可潔對不起，我知道了我終於知道了，我知道妳爲什麼要離開我了，是我不好，我不夠用心，我讓妳一直失望，對不起以後不會再發生了，我發誓，我會改變，會變成妳想要的那個樣子，妳回來好不好，我們再一次一起努力，我眞的——」

我突然打住，沒辦法說半個字。

我終於聽清楚了手機裡的聲音。

「……開始計費，如不留言請掛斷，快速留言，逼聲後請按井字鍵。」

逼——

10 左右對稱才威

早晨終於來了。

我睜著痠紅的雙眼，躺在床上，全身疲憊到極點。

昨晚我幾乎沒有睡。

我後來又打了兩通電話，都在響了十二聲後，轉入語音信箱。

但我不甘心就這樣放棄，於是又傳了一封簡訊給可潔，說我終於知道爲什麼妳要分手了，拜託接我的電話，一次就好，讓我和妳好好談一談。

我等了五分鐘，沒有簡訊傳回來，然後我撥給可潔。

我沒有想到那便是整個夜晚痛苦的開始。

可潔關機了。

這事實幾乎要把我擊潰，我感覺自己裂成一千片，有把刀子直接插進心底。

結束了，眞的結束了。

我淚流滿面，強迫自己接受這個事實，卻發現好難好難。

我眞的好愛可潔。

在這一刻我才清楚體認到自己有多麼愛她。但她卻已關上手機，關上所有我們之間的可能。

她已經不會回來了。

整個夜晚我躺在床上，翻來覆去，各種回憶不斷跑來找我，對我說話、撫摸我、痛罵我、擁抱我、折磨我，讓我哭了又笑，笑了又哭。

然後現在，我睜著雙眼，像是暴風雨船難後被沖上岸的倖存者，筋疲力盡，發現整座島只有我一個人。

六點半的早晨，窗外的空氣一片霧白，偶爾可以聽見汽車駛過馬路的聲音。這將是沒有可潔的一天，而未來只會有更多更多沒有可潔的每一天。

我躺在床上動也不動，儘管整夜沒睡，我卻一點睏意也沒有，我無比清醒，但我只想這樣一直躺下去。

起床幹什麼呢？

有什麼事情值得做嗎？

可潔已經離開了，就算我下一秒就變成她想要的模樣，也沒有人會看見了，無論我做什麼她都不會回來了。

我想要忘了可潔，我想要將她的一切從我的記憶裡刪去，我想要大叫，我想要爛醉，我想要不再心痛，我想要新的生活。

剎那間，一個念頭掠過腦際。

現在這個時刻，不就有一個改變的機會在我眼前嗎？

我瞪著天花板，手心冒汗，心臟噗通噗通跳得好快。遮住陽光的雲朵似乎移動了位置，房間倏地亮了起來，一切都看得好清楚。

或許，這就是我現在需要的。

□

七點半的時候，我再也等不下去，拿起手機打給王勁威。就在我以為要轉入語音信箱的時候，電話接了起來。

「喂。」

王勁威的聲音像是剛從某個黑暗沼澤被拉出來一樣。

「嘿，是我啦，抱歉這麼早打給你。」

「現在幾點？」

「七點半。」

他發出一聲痛苦的呻吟。

「不好意思吵醒你，但有一件事我現在就想跟你說，我決定和你一起去環島。」

手機裡傳來一陣窸窸窣窣的聲音，王勁威似乎正從床上爬起來，沒多久傳來他的聲音，「你確定？你真的可以嗎？請假什麼的？」

「可以啊，不可以我也要去。」

「幹！」他大叫一聲，似乎完全醒了，「就等你這句話！」

我笑了，「那你想什麼時候出發？要先練歌吧？」

「當然啊，先估一個月吧，越快練好越早出發。」

「我今天要上班，從明天開始可以嗎？」

「沒問題。」

掛掉電話後，我馬上找出裝有紅色吉他的吉他盒，把灰塵擦乾淨，帶著它騎去樂器行。到了門口我才發現時間太早它還沒開，於是我在路旁坐下，拿出吉他，試著彈一些過去練過的歌曲。早已柔軟的指尖，因為生鏽的弦而隱隱作痛，才彈了五分鐘就紅了起來，這使我想起剛練吉他的那段日子，我反而越彈越起勁。

不知道過了多久，有個人出聲叫我。

「我們開門了，你要進來嗎？」一個穿著重金屬樂團「金屬製品」（Metallica）T恤的男人站在樂器行門口。

空無一人的樂器行，擺滿了各種外型和顏色的吉他，我向「金屬製品」買了一套弦和幾個pick，在裡頭換起弦來。

換好弦後，我看著牆上的吉他造型時鐘，一個強烈的衝動忽然佔滿我腦海。我用最快速度收好吉他，跨上機車，狂飆到一棟公寓樓下。我憑著記憶按下對講機的門鈴，在心中默默祈禱。沒多久，對講機爆出一陣雜音，很快我就在雜音裡頭聽到一聲再熟悉不過的幹。

「幹！你怎麼在我家樓下？」王勁威說。

我對著鏡頭舉起手中的吉他，「開門啦，我一定要唱一首槍與玫瑰，不然我今天沒辦法去上班。」

後來我們不只唱了槍與玫瑰，還唱了披頭四、邦．喬飛（Bon Jovi）、火星人布魯諾（Bruno

Mars）和綠洲合唱團（Oasis）。

我彈得亂七八糟，唱得五音不全，但彷彿有團火燄隨著歌聲把我內心的可燃垃圾一次全部燒光，燒得無比舒暢。

我唱到忘我，也忘了時間，等我趕到大魔域的時候，已經遲到快半小時了。

如果是易萱當班，我一定連說好幾聲對不起走進去，但我在門口沒有看到易萱，只看到呂信維。

我走進去把背包放下，呂信維很快走到我身邊。

「嘿。」

「嗨。」我裝作沒事一般。

「你還好嗎？」

我看著呂信維，不知道他在說什麼。

「是不是身體不舒服？有的話可以請假沒關係？」

我愣了一下。

「沒有。」

「那就好。」呂信維露出笑容，「因為易萱說你一向都很準時，所以我想你今天是不是不舒服才比較晚到，沒事就好。」

說完呂信維便轉身走回櫃檯。

接下來一整天，我都在等他什麼時候要再跟我說遲到的事，但一直到他下班為止，他都沒有再提起這件事。

我感覺好像受了呂信維的恩惠一樣，十分不舒服，我寧可他唸我一頓，或是扣我薪水，無論他做什麼都比現在好。他的態度讓我覺得更有罪惡感，好像只有我一個人愚蠢地把他當作敵人。

一直到傍晚的時候，我才好不容易甩掉這股自厭的感覺。我想起這一切都是他的演技，就像他做的其他事情一樣。他在塑造一個寬大店長的形象，騙取我的好感，我怎麼會沒有看出來呢？他最後露出的微笑就跟他其他時候的笑容一樣假。我爲自己差一點被騙感到羞愧，我不會再上當了，我對自己發誓。

我算一算日子，環島音樂之旅出發的時間大概是三個月試用期的最後一個月，在這之前，我就要用DVD作戰計畫終結呂信維，帶著勝利的心情上路。

然後，我絕對、絕對不會再遲到了。

□

「哇，還是跟高中一樣同一把欸，真懷念。」王勁威說，他把我的紅色吉他拿去把玩，「哎喲，剛換新弦喔。」

「一定要的啊。」

昨天下班回家後我抱著琴彈了兩個小時，彈到左手指尖破皮痛到受不了才停止。經過這麼久沒有彈，手指的移動變得緩慢許多，換和弦也不太順暢，幸好刷扣和指法還沒有退步太多。

王勁威的房間除了床之外，其他地方幾乎都被唱片佔滿了，我只好把背包裡的二十幾片CD放在床上。我們今天的任務是要從這些唱片裡找出想做的歌曲，由於許多唱片都是高中時我們一起買的，我和王勁威像是看到久違的老朋友一樣，熟悉又驚喜地翻看彼此的唱片。

「哇靠，我都忘了我們有買這張，到底你爲什麼想買這個啊？我那時候一直問你都不肯說。」我看著前男孩特區團員羅南（Ronan Keating）的唱片大惑不解，這種音樂完全不是他喜歡的類型啊。

「還不就是那個，那個嘛。」

「哪個啊？」

在我的不斷逼問下，王勁威總算說出眞正的原因。原來是他不想寫暑假書法作業，所以用他妹妹最喜歡的羅南當作交換，請他妹妹幫他寫。

「靠我還想說裡面是不是有什麼好歌，認眞聽了一個禮拜欸！」

由於王勁威只是不知羞恥的一直笑，我只好用封印許久的螺旋拳修理了他一頓。

在胡亂鬧了半小時後，我們終於開始認眞的聽歌選歌。最後我們決定了二十幾首歌，一半是西洋歌曲，另一半則是周杰倫五月天陳奕迅蘇打綠還有原住民歌手陳建年和王宏恩，雖然我們比較喜愛西洋搖滾樂，但考慮到是在台灣環島，國語歌還是要多一點比較好。

歌曲決定好後，我們就開始隨意練習，有一些歌曲有譜，有一些沒有，沒有的就放CD出來邊聽邊抓和弦，大部分都是王勁威抓的，他不僅唱歌好聽，吉他也強到沒話說，我抓一首歌的時間，已經夠他抓完三首再加上修飾和弦。他的實力不要說是街頭藝人，就算去當錄音室吉他手也綽綽有餘。

我們十六歲剛認識——也是剛一起離開流行音樂社——的時候，都還是吉他的菜鳥，連六根弦分別是什麼音都不知道，但對搖滾抱持無可言喻憧憬的我們，很快就在兩人團報優惠一百的背景下，一起加入了吉他社。

雖然用〈歡樂年華〉開頭的教學課程，實在令我們大感洩氣，但為了擁有學長們行雲流水的指法，我們仍是花了好一段時間，紮紮實實的苦練一番，只是一個月後，我們就受不了裡面的枯燥氣氛，決心出走。

「可是我們什麼都還不太會欸？」我抱著才買一個月的紅色吉他，彈著很初級的〈愛我別走〉，有點不知所措。

「幹，這種東西，自己學就會了啦。」王勁威抱著同樣剛買一個月的Yamaha吉他，彈著同樣很初級的〈浪人情歌〉，大言不慚地說。

當天他就跑去買了一本《彈指之間》，自己開始看書練了起來，我也跟著他一起練，有不懂的地方我們就厚著臉皮去吉他社問人。雖然沒去上社課，但我們練得比任何社員都勤，所以很快就超過同年級的其他人。

儘管我已算是十分努力練習，但王勁威卻比我更加勤奮瘋狂。只要不是上課時間，他幾乎都抱著吉他，反覆彈奏各種新的技巧。他會找來困難的樂譜，嚴格限定自己練好的時間，要求自己彈得和CD一樣快，甚至比CD更快更好。每當他練成一個新的段落時，他就會雙眼發光的彈給我聽，然後問我的感想。

高一升高二的暑假，我去台中的外婆家住了一個多月，回來的時候驚訝的發現，王勁威的吉他實力比我上次見到他時厲害了大概二十倍，已經遠遠超過學校的每一個人了。

儘管我和他的實力差距越來越大，卻不影響我們繼續一起彈琴唱歌，眞正影響我們的是無法發出噪音的木吉他，於是嚮往暴力音牆的我們，又一起加入了搞樂團的熱音社。

來到熱音社後，我們都覺得自己眞正來對了地方，這裡才是有可能彈奏出槍與玫瑰精髓的地方，於是我們各買了一把電吉他，一起朝夢想中的搖滾之路大步邁進。

我們在那裡認識了一些朋友，有些很酷，有些很怪，最後我們和另外三個人一起組了團。在幾個晚上的爭執不休後，我們用猜拳決定團名，最後是熱愛日本視覺系樂團的鼓手超人猜贏了，於是我們五個人就成了「華麗墮落」。

我曾經設計了一個樂團logo，是一顆從眼窩長出茂盛玫瑰的骷髏頭，我們都覺得那標誌很酷，只可惜從來沒有機會把它做成T恤，因爲沒有店家願意只做五件，除非我們再找到其他三十個願意買這件T恤的人，但我們始終沒有找到。

雖然沒有湊齊做T恤的人，但我們其實混得還不賴，在學校裡頗爲出名，甚至有外校的同學專程來看我們表演。每一次演出，王勁威的吉他solo都可以引起台下爆炸般的尖叫與掌聲，屢試不爽。

原本我們都以爲可以一直玩團到畢業，甚至幻想在畢業後繼續玩下去，自己寫歌，錄EP，發地下專輯，去音樂祭表演，慢慢受到大家的注目，然後成爲廣受歡迎的搖滾樂團。但現實總是和夢想相距甚遠，由於高二下的一起事件，熱音社被迫解散，所有表演活動全部禁止，我們後來便再也沒有拿起電吉他。

那起事件的關鍵人物是學校邪惡勢力的首領，訓導主任老沙。

老沙是我和王勁威幫訓導主任取的代稱，一來是在公開場合討論訓導主任可以不用顧忌，二來是他的禿頭長相實在太像《西遊記》裡的沙悟淨，讓我們不得不這麼稱呼他。後來其他人也開始跟著我們一起叫，這綽號便暗中在學校流傳開來。

老沙就任何角度來看，都絕對不是一個教育者，他比較像戰俘營的指揮官，我們則是喪失所有權利的俘虜。他認爲一切和讀書無關的事都是罪惡，篤信段考成績代表一個人的價值。他討厭福利社，因此每節下課都堵在福利社門口抓違規，只爲了讓我們也討厭起福利社。他也討厭下課時間，討厭音樂課美術課，討厭學校裡的每個球場，我猜他甚至討厭笑聲，因爲笑只會浪費念書的時間，至少我就從來沒看他笑過。

據說他曾向校長建議過許多恐怖的政策，例如下課時間不准踏出教室，廢除所有社團活動，體育課只能跑步，禮拜五最後一堂課集合全校做放假前的精神講話等等，幸好這些從來都沒有成眞。

儘管如此，他的大部分理念依舊和學校的精神完美吻合。升學念書永遠是比彈好封閉和弦更重要的事，不論你多有彈吉他的天分也是一樣。高中畢業後那麼多年，我慢慢了解到學校的本質，它是一輛載滿年輕靈魂的火車，笨重，堅固，只有一個目的地。一路上有些人自願跳車，有更多人被拋下車，而始終都在車上的人，有時並不是眞的想去那個終點，只是沒有在車外生存下去的勇氣罷了。老沙和學校教育就是讓人無法鼓起勇氣的元兇，他們用盡全力消滅任何想離開的念頭，只因爲他們的驕傲來自於抵達終點站的乘客人數，而不管他們眞正想去哪裡。

對老沙來說，課外社團就是學生有可能跳車的窗口，必須全數堵死。其中他最看不順眼的就是熱音社。他覺得熱音社不是在製造音樂，也不是在製造噪音，而是在製造邪惡。在他眼中，我們就是撒旦。只要社員被他發現有一點小違規，就會受到最嚴厲的處罰——在下課人來人往的穿堂唱校歌——那比任何懲罰都要殘酷丟臉。他也多次處心積慮要解散熱音社，但始終沒有找到正當的理由。

高二下的某個週末，一整排的社辦教室不知道爲什麼突然起火，木造的老房子全燒光了，只剩下焦黑的柱子。一個月後調查報告指出起火源是一根菸蒂，起火點則是熱音社辦外頭的走廊。

老沙一口咬定是熱音社社員違反校規抽菸後留下的菸蒂，儘管沒有任何證據，他仍在校長和家長會支持下解散了熱音社，禁止所有演出活動，甚至限制其他社團的活動時間。

由於這起事件，「華麗墮落」只維持了半年多便解散了。雖然我們也曾試著繼續玩下去，在外頭租場地練團，找地方表演，但最後還是在時間和金錢的壓力下放棄了。

雖然沒有樂團可玩，我和王勁威仍舊用過去的木吉他繼續彈琴嘶吼。沒有社辦可去的我們，改成去實驗教室大樓的頂樓唱歌。通往頂樓天台的樓梯間被學校當作儲藏間，沿著牆壁堆滿高至天花板的廢棄課桌椅。每次我們經過時都小心翼翼，不是怕弄倒它們會被壓傷，而是怕課桌椅摔落的巨響會把老沙吸引過來，這裡就不能再來了。

由於不想被老沙看到我們每節下課帶著吉他走來走去，我們便把吉他藏在堆滿課桌椅的樓梯間裡，後來那裡也藏了一台王勁威從家裡帶來的手提音響和七吋螢幕的DVD播放器。我們在頂樓用音響聽廣播和CD，用DVD播放器看胡士托音樂節和蒙特利音樂節的紀錄片。當綁著紅頭巾的吉他之神吉米・罕醉克斯（Jimi Hendrix）用電吉他彈奏激昂的美國國歌時，我們都感覺有股電流通過身體。有整整一個月，我們都在試著改編中華民國國歌，並幻想有天可以在國慶大會或跨年晚會上演奏，用煙火炸裂般的吉他單音震撼整座台灣島。

那裡是我們的祕密基地，是我們最後的搖滾樂園，我願意犧牲一切保護它，但就算那裡不能唱了，我們一定還會找到新的地方繼續唱下去。沒有什麼可以阻止我們用那些歌曲感動自己，老沙不行，校規不行，指考不行，就連我最平凡無趣的嗓子也不行。

可以阻止我們繼續搖滾的，只有我們自己。

高中畢業後，我就沒有再嘶吼過了。是有拿起吉他幾次，在一些系上的活動以及聯誼的場合，但那都不是搖滾，連裝模作樣也稱不上，我自己最了解。

離開大學後的某一年夏天，我把電吉他拿去網拍，賣了五千塊回來。面交那天烈日當空萬里無雲，幾乎快要把人熱死。出現在我面前的是一個即將升大一的男孩，他在路邊用〈自由〉試琴時的靦腆笑容，不知道為什麼，似乎比那天的太陽還要耀眼，還要讓人難以直視。

那把吉他被男孩小心翼翼的帶走，也似乎一併帶走我的青春。出於某種無法理解的憤怒沮喪感，我在當天就把五千塊花完了，然後跟自己發誓，絕對不賣掉我僅剩的那把紅色木吉他，就算窮到只剩一條內褲也不行。

此刻，握著手中的紅色吉他，看著眼前努力抓和弦的王勁威，我彷彿進入時光隧道，回到看《彈指之間》練琴的下午，回到我們的第一個樂團，回到十七歲的祕密基地，種種回憶海潮般淹上胸口，伴隨一陣無法形容的悸動，我突然熱血沸騰。

我把吉他放下，扭大音響的音量，拿了張紙坐在書桌前。

五分鐘後，一個熟悉的玫瑰骷髏頭出現在紙上，但它和十年前的有個最大的不同，那就是多了兩把被藤蔓纏繞的吉他在骷髏頭下方，擺成一個V字樣。

過了一會兒，我又在紙上寫下兩句話。

青春已死　恨與暴力

我拿給王勁威看。

「這什麼啊？」

「我們這次環島的logo啊，你有沒有覺得似曾相識？」

「唔……」

「靠你忘囉，這是我們當年華麗墮落的標誌啊，我還多加了兩把吉他上去，一把我的，一把你的，帥吧！」

「喔喔喔喔喔眞的欸，超懷念！」王勁威把紙拿近眼前，「靠你畫圖還是跟高中一樣屌欸，我一直覺得你大學應該要去念個設計什麼的才對吧，啊這兩句話是幹嘛的？」王勁威喃喃唸著青春已死恨與暴力，嘿嘿嘿傻笑。

「這是我剛想到的，我們不是要騎車去環島嗎，我們可以做兩面旗子，在上面用粗獷的毛筆字寫下這兩句話，下方再畫上環島logo，像日本的暴走族一樣插在機車後面，絕對屌翻天。」

我們開始瘋狂討論還有什麼標語可以寫在旗子上，畢竟一台機車至少要插兩把旗子，左右對稱才威啊。

我們用麥克筆在白紙上寫下各種句子，也參考王勁威家裡的暴走族漫畫《湘南純愛組》，最後在忍痛刪掉「嘶吼最高」和「永不放棄」後，終於決定剩下的兩個標語。

回家吃飯　明天放晴

我和王勁威看著紙上八個大字呼呼傻笑，幻想著未來我們上路時，會有多少目瞪口呆的臉孔和靈魂。

不管任何人怎麼說，在那一刻，我們的旅程已經瀟灑地開始了。

11 沒有唱不到的音

高中的時候，我和王勁威都很著迷浦沢直樹的《20世紀少年》。漫畫的開頭，還是小學生的主角強行侵入廣播室，在午休時間大力播放他喜愛的搖滾樂〈20th Century Boy〉給全校師生聽。當年的我和王勁威都同意，這是一個無比熱血的開頭。只是熱血過後，王勁威竟然提議在現實中仿效這段劇情。

「我們也來放一首吧，就放槍與玫瑰的國歌〈Sweet Child O'Mine〉好了。」王勁威抱著吉他邊彈邊說。

「你認真的嗎？」我不敢置信，手裡的pick一滑掉了下來。

「還是放超脫合唱團的〈Smells Like Teen Spirit〉，你覺得哪個好？」

「我覺得……好像……都不太好……」

「怎麼會？很熱血欸。」

「是很熱血啦，但是……你知道我們學校的廣播室在哪裡嗎？」

這本來只是一句勸他打消念頭的隱喻句子，沒想到我說完後，王勁威就站了起來，要我和他一起去找學校的廣播室。

我們在學校裡整整繞了三圈，但哪裡都沒有看到什麼鬼廣播室，其他像是播送室還有放送室之類的東西也沒有，最後王勁威終於放棄，乖乖回去彈他的吉他。

我原本以爲這只是混沌高中歲月的一段青春插曲——兩個男孩在校園內不斷奔跑尋找不知在何處的廣播室——而多年後這段青春插曲將會在時間的調味下，變成一個充滿笑聲的美好回憶。

怎麼知道，事情完全不是這樣。

當天晚上，我在房間裡聽著何許人合唱團（The Who）的搖滾歌劇專輯《湯米》時，老弟憤怒地推開房門，把無線電話丟在我床上，「幹嘛不出來接啊，你的電話啦。」

原來是王勁威。

「告訴你一個好——消——息！」王勁威的聲音超級興奮，「我知道廣播室在哪裡了。」

我心中一驚，這對我來說不算是個好消息。

「你怎麼知道的？」

「就，我打去問楊芷昀。」

我心中頓時天崩地裂。媽呀，王勁威竟然打電話給校花楊芷昀啊。

楊芷昀是我所知地球上少數才色兼備的女孩，除了校花這個身分外，她還是話劇社及廣播社的社長。每兩個禮拜一次的早自習新聞雙週報，是我們這些凡夫俗子能聆聽她美妙嗓音的唯一機會，無論是多麼過動的狂暴男兒，都會在那十五分鐘裡，像隻綿羊般溫馴地待在座位上，傻痴痴望著擴音器，幻想楊芷昀朗讀新聞稿的美麗容顏。

「你怎麼會有她的電話？」

「隔壁班大傻給我的，他以前跟楊芷昀是國中同學。」

「那你、你怎麼敢打電話給她？」幹啊，光是想到打電話給楊芷昀這件事，就可以讓我結巴了。

「沒什麼好不敢的啊，我是打去問她廣播室在哪裡，又不是要騷擾她。」

王勁威說得不卑不亢，在我耳裡卻一點說服力也沒有，畢竟上個月拉我去排球場看楊芷昀的無聊男子就是他。

「對啦對啦，那你打過去她有嚇到嗎？」

「她喔，我也不知道，因爲她不在家。」

「她不在家？那你怎麼問到廣播室的？」

「喔，我問她媽的，她媽是家長會長，知道廣播室在哪裡。」

我整整三十秒沒有講話，等我終於開口後，我講了我最該講的那個單字。

隔天整個上午，我都沒辦法專心上課，因爲王勁威一直傳簡訊來，要我和他討論「21世紀少年解放學校大作戰」計畫。

雖然他滿腔熱血，但我實在是不想理他，因爲根本就沒有什麼廣播室，所有的廣播器材都好端端的放在一個叫做訓導處的地方。

要我跟王勁威一起侵入訓導處去放〈我的甜美孩子〉（Sweet Child O'Mine）或〈彷若青春氣息〉（Smells Like Teen Spirit），除非我瘋了才會答應。

「誰說我們要放那個的，那兩首都太遜了，我昨天想到一首更屌的。」王勁威在掃除時間跑來找我，當時我正在用口水還有報紙擦窗戶。

「哪一首？」我吐了好大一口口水在玻璃上，透明的唾沫緩緩滑下，不知道爲什麼，這畫面讓我想到時光流逝這類東西。

「你猜。」他也吐了一口口水在我原本吐的地方，所有關於時間的想法瞬間消失無蹤，我現在只感覺噁心。

「猜你媽啦，快說。」

「你猜啊。」說完他又啐了一口份量十足的唾液上去，我看了差點把早餐嘔出來，趕快拿報紙擦掉。

「我不要猜啦，你快說喔。」報紙吸了我和王勁威的口水變得濕濕的，一股寒意從指尖傳遍全身，我突然很想跟衛生股長要求換工作。

「好啦，就是宋岳庭的〈Life's A Struggle〉，屌吧！」

宋岳庭是第十五屆金曲獎最佳作詞人獎得主。他十四歲就到美國生活，曾因一場冤獄服刑三個月，外加三年的緩刑期。在那段最痛苦的緩刑歲月，沒有學過音樂的他，用三百美元的簡陋器材創作了許多歌曲。其中一首一千三百多字的饒舌歌〈Life's A Struggle〉，字字流露出他對生命無從宣洩的憤怒和不滿，以及一個年輕靈魂面對人生的徬徨與孤單。

只是命運對待他實在太殘酷，等不及才華被整個世界看見，他就在二十三歲那年因骨癌走了。兩年後，蔡依林在頒獎典禮上宣布宋岳庭拿到最佳作詞人獎，他媽媽和弟弟上台領獎，隔天是母親節。

每次聽這首歌，我都會感覺有股力量，從那些怒濤般的歌詞傳進我心裡，充滿我的靈魂，一次也沒有例外。宋岳庭是我們的偶像，他給了我們難以想像的勇氣，那勇氣是如此巨大，以至於我看著頒獎典禮的轉播時，要拚命忍住才能不讓自己的眼淚決堤。

要是全校的擴音器同時吼出「我討厭穿制服，討厭學校的制度，討厭訓導主任的嘴臉，討厭被束縛」，那眞的超級、超級酷啊。

「你認眞的嗎？」不知道爲什麼，我的內心突然出現一股混雜期待和害怕的激動感覺。

「廢話。」王勁威笑了，一如往常的黝黑笑容。

我們蹺掉了那天的最後一堂課，在頂樓討論「21世紀少年解放學校大作戰」。下課鐘聲響起的同時，一個完美的作戰計畫也誕生了。

□

執行計畫的那天，我吃不下早餐，一口都吃不下。

出門的時候，我感到一陣激烈的心跳，接著猛然想起一件很重要的事，這可能是我最後一次上學了，因爲一個勇於挑戰老沙權威的傢伙十分有可能被學校退學。想到這裡，我的心情整個盪到谷底，停止計畫的念頭瞬間佔據我全部思緒，直到我在走廊上看到王勁威——他看起來活力充沛，臉龐散發光芒，好像今天是什麼運動會還是校外教學一樣。

「你幹嘛一臉大便？該不會是怕了吧？」王勁威笑著說。

「最好是啦，有什麼好怕。」我擠出全身力氣回嗆他，在這同時，神奇的事發生了，我感覺體內生出一股力量，微小但確實存在的力量，讓我開始有種錯覺，侵入訓導處好像眞的沒啥好怕的。

整個上午的時光過得異常緩慢，我不時把燒錄好的兩張CD拿出來檢查，裡面各有十首歌，全部都是〈Life's A Struggle〉，這是爲了防止任何可能的意外。

中午我們用最快速度吃完便當，然後去頂樓的祕密基地，複習今天的作戰計畫。

「練習一次吧。」王勁威說。

下一秒，我倒在地上，兩眼上吊全身激烈抖動，過了十幾秒才回復正常。

這個點子是我想出來的。我曾經在公車上看過癲癇發作的乘客，他就是這樣兩眼上吊全身激烈抖動，五分鐘後他悠悠轉醒，好像什麼事情都沒發生過一樣。

等一下午休的時候，我會在樓梯轉角癲癇發作，王勁威則會跑去訓導處找人來幫忙，等所有人都衝出來圍到我身邊後，他就回去把門鎖上，然後徹底搖滾校園裡一千八百個等待解放的沉睡心靈。

不過，這計畫有個很大的缺點，那就是我們兩個都逃不掉，我會在癲癇現場被逮著，王勁威則會晚一點，因爲要等警衛拿鑰匙來開門。老實說，本來我們還有別的腹案，但這個計畫的成功率最高，而且它還有個強大的誘因，那就是我們可能會在隔天朝會後變成全校最知名的英雄，每班最正的女孩都會想來認識我們。因此，就算有可能會被退學，我們還是要試它一試。

「哇塞，眞的很像欸。」王勁威欽佩地說。

接著我們試播了兩片CD，都沒問題後，王勁威把它們小心地收進口袋。準備工作告一段落，我們開始隨意彈著吉他唱歌，一切就和平常沒什麼不同。

十分鐘後，鐘聲響起，各種嘈雜的聲音慢慢從校園淡去，學校彷彿進入一個安靜恍惚的默片時光。

我和王勁威並肩走向訓導處，像兩個有去無回的烈士。我在樓梯轉角停了下來，他繼續向前走，分別前我們用眼神互相打氣。這是一場革命，屬於我們自己的青春革命。

我躺在冰冷的水泥地上，聽著王勁威的腳步聲漸漸走遠，周圍無比安靜，彷彿全世界都睡著了，但我知道等一下就會有一群人叫嚷著衝過來，他們是我的觀眾，準備觀賞我毫無破綻的癲癇實境秀。

我利用僅剩的時間反覆練習兩眼翻白的動作，很好，無懈可擊。

一切準備就緒，我靜靜等待，數著自己的心跳聲，隨時準備全身觸電般抽搐起來。

只是，怎麼還是這麼安靜。

王勁威應該已經到訓導處了，怎麼遲遲沒有聽到任何騷動。

耳邊只有蟬聲。

彷彿融入整個夏天的清脆蟬聲。

唧唧唧——　　唧唧唧——

唧唧唧——　　唧唧唧——

我繼續躺著，像個白痴一樣躺在樓梯的轉角，不知不覺背已經汗濕了。我豎起耳朵，試著找尋任何一個腳步聲，但除了不間斷的蟬鳴之外，沒有任何聲響。

好奇怪。

眞的好奇怪。

突然，腳步聲出現了，但不是訓導處的方向，而是從相反方向傳來。

怎麼辦？

我要開始演嗎？還是先躲起來，等他走過去。

先躲起來好了……

但是……如果訓導處的人這時候來了，我來得及躺回去嗎？

怎麼辦？

我該怎麼辦？

唧唧唧——　唧唧唧——

唧唧唧——　唧唧唧——

我的腦袋一片空白，我只知道自己站了起來，往訓導處的方向走。

我的呼吸粗重，腳步蹣跚搖晃，但我仍然一步步往訓導處前進。

我要去找王勁威。

我要暫停這個計畫。

沒關係的，還有明天，還有後天，這個計畫隨時都可以執行。

突然，我聽到王勁威的聲音，還有一群腳步聲，啪嗒啪嗒朝我奔來。

下一秒，我和整群人迎面對上，王勁威不可置信地看著我，彷彿我剛死而復生。我們的眼神在一秒內交換了上百個訊息，接著，我想也不想便脫口而出：「在那邊！他倒在那邊，三樓的轉角！」

我試著引導大家，王勁威也跟我一起，等到包括老沙在內的所有人都衝上樓梯後，我們開始往回跑，比任何一次百米賽跑都還要快，然後我們笑了出來。

「靠，你怎麼起來了，想嚇死我噢。」王勁威整張臉笑成一團。

「你才嚇死我咧，我在那邊躺超久，你怎麼這麼慢？」我笑到快斷了氣，邊笑邊跑邊回頭，還沒有人追過來，至少目前還沒有。

「晚點再跟你說。」王勁威衝進訓導處，直接跑向擺著麥克風的那台機器，我則用最快速度把所有門窗都鎖起來。

按下播放鍵的那一瞬間，我的心跳速度輕易地打破世界紀錄。

〈Life's A Struggle〉的重低音前奏響起，在訓導處，在體育館，在穿堂，在走廊，在垃圾場，在福利社，在操場，在天台，在每一處樹蔭，每個有風吹過的角落。我和王勁威大聲跟著唱和，邊叫邊跳，完全無視於門外的大人們，他們拍打著窗戶吼叫，要我們停止，威脅我們關掉，但世界此刻只剩下我和王勁威和宋岳庭，沒有煩惱，沒有害怕，沒有未來，也沒有過去。

那個瞬間如夢似幻。

卻也如此短暫。

歌曲才播了一半，警衛就衝了進來，老沙怒氣沖沖地按下停止鍵，然後給了我們一人一個巴掌。

除了巴掌外，我們還得到兩個大過和一個小過。這處罰讓我媽歇斯底里了一整個月，王勁威他爸則帶著一個立法委員還是議員的助理來學校找校長理論，也因爲這樣，我們可以用一百個小時的勞動服務來抵消處分。這消息簡直是晴天霹靂，但這條件沒得選擇也不可拒絕，畢竟連校長都屈服了，何況是兩個十七歲的男孩。

一百個小時的勞動服務，我們能拖則拖能閃則閃，最後只完成了八成，留下一個小過跟隨我們直到畢業。它就像一個勳章，或是一個傷痕，一個男子漢努力戰鬥過的證明。

儘管我和王勁威已經算是出生入死的戰友，但有件事始終讓我很介意，那就是他一直不肯告訴我，那天我躺在地上那麼久的原因，不論我怎麼逼他都不肯說。直到有次勞動服務，我們一起丟了差不多十五袋讓人窒息的垃圾後，王勁威終於道出這個祕密。

「我那天碰到楊芷昀。」王勁威坐在地上喘氣，小聲地說。

「什麼？」他以爲我沒聽到，但我聽到了，聽得很清楚，「哪一天？該不會是那一天吧。」

「你聽到囉？」王勁威像偷吃點心被抓到的調皮孩子，笑得很開心。

「你給我說清楚噢，到底發生什麼事？」

「就我在去訓導處的路上遇到楊芷昀啊，然後我們就聊了一下。」

我幹。

在我拋棄自尊躺在骯髒無比的水泥地上時，王勁威竟然在跟校花聊天啊。

「幹，她跟你聊什麼？」

「也沒什麼啊，就問我幹嘛打給她之類的。」

「幹，你該不會說了吧。」要是王勁威把「21世紀少年解放學校大作戰」告訴楊芷昀，我這輩子都不會原諒他，那應該是只屬於我們兩人的寶物啊。

「當然沒有啊，不過我一時間還眞的想不出什麼藉口，最後我只好亂掰說和別人玩大冒險輸了，所以要打給她。」

「然後呢？」

「幹，哪有什麼然後，她說了句你們好無聊，就轉身走了。」

哈哈哈哈哈哈哈哈哈哈哈哈。

那一刻我突然很同情王勁威，校花隨口的一句無聊，對我們這種平凡男孩的打擊可以說是無法估量的強大啊。

楊芷昀是我們這次戰鬥裡唯一的女孩，至於那些原本應該瘋狂愛慕我們的迷妹，則一個都沒有出現。

我們不像自己幻想的那樣出名，畢竟宋岳庭的吶喊，在所有人還半夢半醒的時候，就被老沙切掉了。隔天朝會沒有關於這件事的隻字片語，同學間也沒有振奮人心的謠言，我們所做的一切，像是無人海上的一道彩虹，過後什麼都沒有留下。

有時我不禁會想，會不會所有的一切只是我們的一場夢呢？或者，這就是人生的模樣？無論你怎麼努力，怎麼把音量轉到最大，都不會有人聽到半點聲音，世界也不會因此有任何改變。

但是，眞的是這樣嗎？

現在的我，一個人站在西門町六號出口前方，不知爲何想起了那天的蟬聲、水泥地的冰涼觸感，以及那個始終不知道名字的腳步聲。

我的背和那天一樣汗濕了。

我抓著吉他，麥克風插在面前，腳邊的音箱已經轉到最大聲。王勁威在遠處看著我，他的眼神似曾相識，那是我們在樓梯轉角分別前的炙熱眼神。

「要成爲街頭藝人，就要敢秀，但對我們前無古人的環島計畫來說，只有敢秀還不夠，要完完全全的不要臉才行。」兩天前王勁威這麼對我說。

「可是，在西門町唱Vitas的歌會不會太誇張了？他的key比101還高兩倍欸，我根本唱不上去啊？」

「你當然唱不上去，你又不是盧廣仲，不過重點不在於你唱不唱得上去，而是你敢不敢唱，只要你敢唱，沒有唱不到的音。」

這百分之百是個謬論，我知道，但我還是相信，打從心底相信。

我相信彩虹不會白白消失，我相信只要大聲唱出來，聲音終究會傳到某個地方，抵達某個人心裡，就算因此而破音了，那又如何？

只有不敢唱的音，沒有唱不到的音。

「這是我的第一次街頭表演，請多多指教。」

12 不能說的願望

那次的Vitas演出，慘不忍睹。

那個下午的災難現場被王勁威用手機拍下來，還放上了YouTube。

「你看旁邊那個男的，他嚇得嘴巴都閉不起來了，哈哈哈。」王勁威在電腦前笑得前俯後仰。

後來王勁威把手機交給一旁的正妹，衝上來和我一起唱，除了噪音的分貝增加外，沒有多大幫助，不過那瞬間我有點感動，因爲本來的計畫是我一個人唱完整首歌的。

「放你一個人在那邊唱下去，我怕你自信心崩潰，以後就再也不敢在街頭唱歌了。」王勁威這麼說。

我們每天都練歌，有時在我上班前，有時是下班後，練了一個禮拜後，王勁威開始帶我一起上街頭表演，增加我的經驗値。西門町、威秀廣場、信義誠品、淡水、國父紀念館，任何有廣場空地的地方我們都不放過。

每次的街頭表演，我們都會騎摩托車過去，然後把摩托車停在我們的正後方，這樣所有經過的人，除了聽到我們的音樂外，還可以看到四支在風中飄揚的颯颯大旗，以及上頭氣勢十足的勁黑大字。

有好幾次警衛和保全都跑來趕我們，說不能在這裡停摩托車，這時候王勁威就會拿出他的街頭藝人證照，唬爛他們這兩台車也是表演的一部分，是市政府白紙黑字允許的。這方法有時候還眞的有用，而當遇到不吃這一套的警衛時，我們便假裝配合收東西離開，再繞到另一頭繼續演唱，唱一首算一首，用下一秒可能就會啞掉的分貝瘋狂高歌。

關於表演的歌曲，我們也做了一些改變。Vitas的〈歌劇2〉（Opera#2）——就是裡頭有無敵海豚音，我在西門町挑戰失敗的那首——被我們加進了歌單裡，每次我們都在沒人的時候嘶吼這首歌，用來吸引路人的注意，有時候我們也會在有十幾個人圍觀的壯觀時刻唱這首歌，觀察大家驚嚇的表情以及解散的速度。

此外，我們還唱了很多台語歌，從江蕙張秀卿黃乙玲到伍佰五月天都有，但我們不是完全翻唱，而是用節奏強勁的刷扣，和一點也不苦情的嘶吼唱腔，將整首歌變得搖滾起來。〈傷心酒店〉、〈舞女〉、〈志明與春嬌〉、〈繁華攏是夢〉、〈落雨聲〉、〈家後〉、〈樹枝孤鳥〉，當這些歌和邦．喬飛、魔力紅、約翰．梅爾（John Mayer）、女神卡卡以及電台司令穿插演唱時，那眞是一種無比過癮的體驗，所有歌曲之間的藩籬都被打破，只剩下一種魔幻美麗的自由感覺，無法言喻，無法複製，只在那個瞬間煙火般盛開，璀璨奪目。

「你最近心情好像不錯？」老鼠問我，他手上拿著《達文西密碼》作者丹布朗的最新小說，這類懸疑解謎小說也在他推理閱讀的範圍之內。

「對啊，我最近常跟一個朋友出去表演。」我把王勁威的事情說給老鼠聽，還有之後要去環島可能要拜託他代班的事。

「好啊，有什麼問題。」

老鼠接著問了我許多關於街頭演唱的事，我說到一半便閉上嘴巴，因爲我看見呂信維拿著午餐走了進來。

他看起來不是很好，沒有以前那麼精神了，雖然他的招呼仍舊大聲有力，但總覺得少了點什麼，像是沒有太陽的曌丁一樣，空空的不大對勁。

我和老鼠一人搬了一疊書，裝忙上架去，把櫃檯留給店長大人吃午飯。

「欸，你有沒有覺得呂信維最近怪怪的？」我問老鼠。

「還好吧，就心情比較差一點。」

「爲什麼啊？」

「還不就是DVD的事，業績越來越慘了，兔兔前幾天跟我說她不小心聽到易萱的電話，似乎是DVD的虧損影響到新分店的裝潢進度，開幕可能還會延後什麼的，不知道眞的假的，搞不好易萱很快就要宣布結束DVD出租了。」

老鼠的話讓我猛然一震。最近忙著和王勁威弄街頭表演和環島的事，幾乎把呂信維和DVD忘得一乾二淨，這樣可不行啊。

雖然DVD出租的崩垮絕對會讓呂信維的店長地位動搖，但這樣還不夠，我必須找出方法拯救DVD的業績，這樣才可以讓易萱對我刮目相看，重新考慮我當店長的可能性。

下班後我騎車去附近的DVD出租店，記錄下他們的租價、折扣、優惠活動還有店裡租到一支也不剩的片子。這工作比我想像中還要浩大，跑完第四家的時候，已經晚上十二點了。

一點半我洗好澡躺在床上，看著手中的數據，腦中隱隱有些想法。這些店的位置都很好，位置不好的，租價也很低。大魔域正好介於兩者中間，位置普通，價錢也普通，於是來借片的人數也普通得要命。

我最初覺得只要調低租價就能搞定一切的想法，經過今晚的調查之後，逐漸溶解消失了。沒錯，便宜能吸引客人，但價錢能調得多低，能比五十塊還低嗎？根本不可能。而且長期在百視達和亞藝影音租片的傢伙，也不會把一、二十塊當作一回事，他們考慮的是別的東西。

但到底是什麼？什麼東西才可以同時把兩邊的客人都吸引過來，牢牢抓住不放？

我需要一張王牌，可以讓大魔域起死回生、可以使呂信維乖乖下朝的超級王牌。

整個晚上我使盡力氣，把腦袋轉了又轉，擰了又擰，幾乎快要擠出汁來。

隔天太陽射破窗簾時我仍醒著，撐著兩窩眼袋和發酸的牙齒，人形骷髏般歪斜地臥在床沿。

儘管意識狀態極端模糊痛苦，但有一件事我清楚知道，那就是我現在站起來便會滑倒，滑得毫無窒礙天崩地裂。

因爲，我已經想出來了。

因爲，房間滿地都是我的腦汁。

超級王牌。

□

整個週末，沒有上班表演練琴的時間，我都在到處蒐集資料。

我把調查範圍擴大到機車車程十五分鐘內的地方，兩天內跑遍了附近大大小小名稱不同的十幾家出租店。

禮拜一一早，我拿著辛苦調查的資料，站在DVD牆前，超級王牌的面貌在我眼前慢慢浮現出來。

果然不出我所料。

「你在幹嘛啊？」

老鼠不知何時來到身旁，把我嚇了一跳。

「喔沒、沒幹嘛呀。」

老鼠皺眉看著紙上潦草的字跡，似乎無法理解。「你寫這麼多新片的名字幹嘛？想要借回去看喔。」

「沒有啦，寫好玩的。」我把手中的資料塞進口袋裡。

「你怪怪的喔。」老鼠微微搖頭，然後從書架上抽出湊佳苗的新書走回櫃檯。

我的腋下滿是汗水，口袋裡寫有筆記的紙已經被我捏皺了。我明白自己爲何會如此慌張，因爲我害怕被老鼠知道我正在做什麼。儘管老鼠不喜歡呂信維清掉他的書，他也爲我沒有當上店長而感到不平，但我就是無法告訴他我做的一切，我無法告訴他我的……

陰謀。

這兩個字突然跳到腦中，我今天第二次嚇了一跳。

但事實是，我知道這一點也沒錯，我所做的一切就和上次的小偷事件一樣不光明正大，甚至比那更糟，我暗中看著大魔域一路虧損，還拍手叫好。

我突然有點討厭自己。

我走回櫃檯坐在老鼠旁邊，考慮是不是要和他透露一些內容。但我隨即想到，這樣做究竟有什麼意義？這樣便可以合理我的所作所爲嗎？還是可以減輕我的罪惡感？還是我根本只是想把老鼠變成我的共犯？

「欸……」

「怎麼了？」老鼠抬起頭來。

我頓了一下，「你知道易萱什麼時候會來嗎？」

「不知道欸，最近她都沒有班，你找她幹嘛？」

「沒有啦，想說她很久沒來了，有點想念她。」

談話結束後，我在心底嘆了口氣。我還是沒辦法告訴老鼠我要做的事，告訴他我找易萱的眞正原因：我想和易萱說明我的計畫，請教她一些執行上的問題，並詢問採用的可能性。

我決定晚一點打電話給易萱。即將使出超級王牌的興奮漸漸壓過了稍早的罪惡感，我有些亢奮，不停在店裡繞來繞去，想像易萱可能會有的反應。

下午我打了兩通電話給易萱，她沒有接，也沒有打回來。下班前我又打了一通，仍然沒有人接，這讓我有些失望。或許她今天有什麼事在忙吧，我決定明天再打打看。

老鼠突然叫我。

「你記得我們今天有約吧？」

「當然啊，」兩天前老鼠問我今晚有沒有事，約我今天去吃飯，「要去哪？Peter Cat？」

「不是，行程改變了，我們去唱歌。」

「唱歌？」我懷疑自己是不是聽錯了，「我不知道你會去唱歌欸。」

「凡事總有第一次啊。」老鼠聳聳肩。

「蛤？所以你沒有唱過歌？」

「那不重要啦，我約了人，不要遲到噢。」

老鼠一臉「就這樣決定了」的表情，說七點半在東區錢櫃後便走了，留下大惑不解的我。

□

謎底在七點半揭曉了。

出現了兩個女孩，安妮跟小敏。

安妮穿著亮紅色長版上衣，藍牛仔褲，眼睛很大，笑聲也很大。她有一股可以擊倒任何尷尬氣氛的熱情，像是一顆紅色的太陽，一進包廂就把活力帶了進來。

小敏和安妮相比個頭嬌小許多，她有一頭媲美洗髮精廣告的黑亮長髮，穿了一件小碎花洋裝，笑起來有兩個小小的梨窩，鼻子嘴巴也很小巧，像是一個精緻的陶瓷娃娃。

一開始我懷疑她們是不是走錯包廂了。因爲她們是那種會讓人在街上回頭再看一眼的亮眼美女，而且還是兩個美女，重點是，她們是老鼠約的，這才是最讓人不敢置信的地方。

我覺得她們有些眼熟，直到老鼠介紹完後我才想起來，她們曾經來大魔域借過推理小說。

老鼠就是這樣和她們認識的。聽安妮說，老鼠在PTT的推理板上非常有名，即使他從來都沒有上去過PTT。

「在推理板上，老鼠有一個代號M，就是mouse的意思。」安妮說，小敏在旁邊猛點頭，

「大家都說有家漫畫出租店裡有超多推理小說，還有一個超懂推理小說的帥哥店員。」

安妮講得輕鬆自然，倒是老鼠在昏黃的燈光下，竟然臉紅了起來。

很快我就發現，安妮的話很多，但她不太唱歌，小敏的話很少，卻一直抓著麥克風不放。

至於老鼠，話不多也完全不唱歌，只顧著吃東西。

我就忙了，要和安妮聊天，也要跟小敏唱歌，還要陪老鼠吃東西。但即使是這麼奇怪陌生的組合，我卻完全沒有不自在的感覺，好像每個人都是認識很久的朋友，包廂音樂歌聲食物也都舒服得不像話。

中間安妮和小敏出去上廁所，我插播了一首〈戀愛ing〉拗老鼠唱，但他還是抵死不從。

「眞不懂你幹嘛約來這裡，你又不唱歌。」我說。

「小敏很喜歡唱啊。」

「這倒是眞的，你跟她們很熟喔？」

「還可以，去年冬天認識的，安妮是卜洛克的迷，小敏則喜歡東野圭吾。」

「她們還在念書嗎？還是已經在工作了？」

「我不知道欸。」

「那她們多大啊？」

老鼠搖搖頭，「不清楚。」

我又問了幾個問題，老鼠全部都不知道。最後我發現，老鼠其實只知道她們喜歡的推理小說，這樣根本不算認識嘛，老鼠找她們出來唱歌真的很奇怪。突然我想到一個可能性，莫非老鼠對安妮或小敏……

包廂的門被猛然推開。

「生日快樂！」

安妮拿著一個蛋糕走進來，嘴裡直嚷著生日快樂生日快樂，小敏跟在安妮身後，露出淡淡的笑容，眼睛裡閃著燭光。

我發現所有人全熱切地盯著我。

「生日快樂啊。」老鼠笑著說。

「我、我生日不是今天啊……」

「我知道啊，下禮拜嘛，先提前幫你慶祝。」老鼠的臉被蠟燭照得紅紅的。

電視上出現了生日快樂歌，不知道是誰點的，老鼠接過麥克風唱了起來，這是他今天唱的唯一一首歌。

唱完後，所有人拱我許願。

「呃……希望大家身體健康。」

「好爛喔。」安妮大喊，「我們不要聽這個。」

「對啊，你認眞點好嗎？」老鼠說。

「好啦，那，第二個願望……希望我們的環島計畫成功。」

安妮不知道環島計畫是什麼，老鼠很快地和她解釋，她聽完後開心地大喊一定要成功，還喔喔喔了好幾聲。

接著，我在心裡許下最後一個願望。

多年前有個金控廣告，在擁擠的客廳裡，爸爸媽媽兄弟姊妹幫小女孩慶祝生日，許到第三個願望的時候，小女孩在心底希望家裡可以有一個大房子，廣告最後打出一行字——不能說的願望，最希望被實現。

這廣告頗讓人感動，不過現實裡可能還要改一改，應該是不能說的願望，最不可能實現。

總之，我許完了不可能實現的願望，一口氣把蠟燭吹熄。

所有人起鬨拍手，老鼠迫不及待開始切蛋糕。

吃完蛋糕，服務生送來不知道誰點的啤酒，我們開始豪飲起來。

「啊啊啊啊啊啊啊全都去死啦。」安妮好像最近被主管欺負得很慘。

「哈哈哈哈哈哈哈哈哈。」老鼠喝了酒後，一直笑一直笑，不知道在笑什麼。

「生日快樂。」小敏臉紅得像顆籃球，坐到我旁邊對我說生日快樂，然後繼續小口小口喝著啤酒。

我則唱歌，唱各種歌曲，我點的歌，不是我點的歌，我全都唱，唱得荒腔走板，破音走調，但我還是拚命唱，也拚命喝。體內似乎有一股混濁的液體，隨著我的歌聲不斷打轉，讓我感覺很嗨。

然後我就吐了。

我來不及衝到廁所，只好吐在包廂的垃圾桶裡。

「壽星吐了，壽星吐了。」安妮大叫。

「哈哈哈哈哈哈哈哈哈哈哈。」老鼠笑倒在沙發上。

「你還好吧？」小敏搖搖晃晃走到我身旁，給我一張衛生紙。

我用衛生紙擦了擦嘴，還來不及對小敏說聲謝謝，她又搖搖晃晃走去拿麥克風，準備唱她點的〈傻瓜〉。

人總要喝到吐的時候，才體會到痛苦，才後悔剛剛喝了太多，這就像感情，直到分手，才知道過去傷得太深，愛得太少。

吐完後，我繼續喝，喝得比吐之前更多。

因爲我已經沒有什麼好失去了。

我是一個即將邁向二十七歲，一無所有的男人啊。

乾杯！

13 掉到地上的星星

那晚熱鬧的錢櫃包廂彷彿是魔衣櫥後的納尼亞王國，一個驚奇不斷的世界，隔天醒來魔衣櫥變回了普通的衣櫥，大家又回到彼此的生活，但有些事仍悄悄改變了。

首先是安妮和小敏，作爲一同遊歷納尼亞王國的夥伴，我們都覺得彼此似乎有責任和義務重現那晚的歡樂，於是我們加了對方的LINE和臉書，約定下次四個人一起去吃熱炒打保齡球，朝更深的友誼邁進。

至於我和老鼠，一切看來似乎和過去沒有不同，但就像夏日傍晚的雲朵，仔細瞧便會發現顏色慢慢在改變。

今天下午在大魔域，老鼠第一次和我說起他家的事。

他家有爸爸及一個哥哥，沒有媽媽。他媽在他三歲時意外過世了，留下從沒做過家事的大男人父親，以及兩個幼小男孩。

老鼠可以變成一個大學畢業的乖巧男生，簡直可以說是奇蹟。

「我爸就像超人。」老鼠說，「他對我們很嚴苛，但對自己更嚴苛。」

無論就字面上或實際上的意思，老鼠他爸都徹底身兼了父職與母職。白天工作無論多忙多累，他晚上一定趕回家煮飯，盯兄弟倆寫功課，等到兄弟倆上床睡覺後，他會繼續弄公事到半夜，隔天一早又爬起來，幫他們做完早餐才出門。老鼠和他哥可以有一千萬種變壞的方式，但他們始終沒有變壞，因爲每次父親教訓他們時，都是聲淚俱下，邊哭邊打。

老鼠說得很慢，我靜靜聽沒有開口，後來老鼠離開去幫一位客人找漫畫，回來後便沒有再提起這個話題。我知道老鼠一定沒跟多少人說過他家的事，就像我也從沒跟別人提過我弟的事一樣。我在心底默默下了一個決定，無論過了多久，無論發生什麼事，我都要努力維持與老鼠的這份友誼，絕不再輕易斷掉。

我偷偷打開電腦裡的員工資料檔案，看了老鼠的生日，明年三月，離現在還很遠，我告訴自己一定不能忘記。

傍晚我和老鼠一起吃著買回來的便當時，我突然想起一件事。

「老鼠。」

「幹嘛？」

「你是不是喜歡安妮啊？」

老鼠吃驚地看著我，好像我是一本他從沒聽過的推理小說。

「你可以跟我說啊沒關係。」

說吧，讓我幫你吧，好兄弟。

「你怎麼會這麼覺得？」

「嗯……就你突然找她們去唱歌，我想說你應該是有喜歡其中一個吧，小敏不太可能，她太安靜了，人家說安靜的人反而喜歡吵的，所以我才想會不會是安妮。」

老鼠用奇怪的表情看了我一會兒，然後說：「我沒有跟你說過嗎？我是想介紹她們給你欸。」

這次換我愣住了。

「上次你分手，我不是問要不要幫你介紹女生嗎？這次唱歌就是啦。」

原來是這樣。

「兩個都是嗎？」我腦中瞬間浮現安妮和小敏的模樣，一個太陽一個月亮，各有千秋啊媽的。

「她們是都沒有男朋友啦，不過你應該不會這麼人渣想要大小通吃吧。」老鼠斜睨著我。

「哈哈哈哈哈哈哈當然不會啦。」

我無法說出自己有多感激老鼠，但當他問我喜歡安妮還是小敏時，我卻答不出來。

她們都很不錯，外在條件絕對沒話講，還是我少數可以相處自在的正妹，但不知道爲什麼，我卻沒有心動的感覺，至少那天晚上沒有。

我這樣告訴老鼠時，他露出一個複雜的神情，欲言又止。在我半個小時的不斷逼問後，他總算說了。

「就……小敏好像覺得你不錯……」

老鼠的話使我突然想起小敏在我最痛苦的時候拿衛生紙給我，還有她微醺時說的那句生日快樂，很小聲，卻很溫柔。

有時候，知道有人喜歡自己，會改變很多事情。

當天晚上我和小敏在線上聊天，我有計畫地把話題轉到一部最近上檔的愛情片，但還不等我開口，小敏就先約我了。

我幾乎是立刻馬上瞬間答應她。

最後我們決定禮拜三——也就是我生日那天——出去，吃飯看電影同時慶祝生日。

下線後我去洗澡，在被冷水持續沖淋了十分鐘後，我忽然發現今晚曖昧心情的背後其實還藏著另一種情緒，一種難以形容的放心與解脫，彷彿終於辦好了一件掛心許久的事。

啊，終於不用擔心一個人過生日了，不用擔心會在思念可潔的寂寞與眼淚中度過這一天了。

眞是太好了。

太好了。

□

生日當天我被鬧鐘吵醒，今天我仍要上班。

由於害怕自己會整天關在家哭到脫水，所以排了這個班，當時怎麼知道今天會有一個可愛的女孩願意陪我度過呢？眞是失策。

老鼠今天沒有班，不過他昨天十二點一過便傳了封祝賀簡訊給我。

王勁威本來想約我吃飯，後來知道我和女孩有約，便改成今天下班後拿禮物給我。我沒想到他仍記得我的生日，這讓我十分感動。

今天依然沒看到易萱，她很久沒來了。前幾天我打過一次電話給她，短短三分鐘就聽到她吼了雙胞胎兩次。她跟我道歉，說最近被雙胞胎安親班的事弄得焦頭爛額，開新店的壓力也讓她變得十分煩躁。我還是沒有機會和易萱討論我的王牌，不過她答應我，這禮拜她會找一天過來和我聊聊，關於我在電話裡說的那個必要轉變。

在這個特別的日子和我一起上班的是兔兔，她不知道今天是我生日，我也沒有打算告訴她。不過生日可以和她一起上班蠻開心的，她有點笨拙，是會讓人覺得可愛的那種，跟她一起上班總是很有趣。

然後，我生日最不想見到的人，在十點十五分出現了。

呂信維穿著一件天藍色polo衫，臉上掛著大大的笑容，朝我筆直走來。

「生日快樂！」

我最不想聽到的生日快樂絕對是這一個，但我仍微笑和他道謝。

呂信維似乎想再說什麼，但兔兔的驚呼聲打斷了他，她很意外今天竟然是我生日，她對我說了聲高分貝的生日快樂，然後猜起我的年齡，我用一杯五十嵐賭她猜不到。呂信維在這之間默默離開了，然後我才想起他沒像過去一樣準備蛋糕還有卡片。

中午的時候，呂信維找我去外頭吃飯，請兔兔幫忙顧店。雖然覺得很奇怪，我仍和他來到附近一家西式簡餐店。一點完餐，他就從口袋裡拿出一個紅包，有點不好意思地遞給我，又對我說了一次生日快樂。

「這是什麼？」我猶豫著要不要當場打開來。

「這是生日禮金，是我和易萱建議的，裡面有一千六百塊，以後員工都會有這福利，還有三節獎金。」

「喔喔這麼好。」我稍微瞥了一下，眞的是一千六百塊新鈔。

「其實，我找你出來還有另一個原因，我有件事想要拜託你。」

有事情要……拜託我？

「什麼事？」

「我想請你負責進新片。」呂信維直直看著我的臉，眼神誠懇，甚至有點像是……求救？

「你也知道最近DVD業績一直很差，我覺得自己好像弄不來，所以想請你幫忙，像是決定要進哪些新片，還有進的數量等等，我聽老鼠說你很喜歡看電影，對電影也很了解，應該比我勝任這個工作。」

有那麼一瞬間，我以爲呂信維說的是我比他勝任店長這份工作，幾秒後我才意識到，他說的只是進新片。

我沒有馬上開口，因爲他要求的是一個他無法想像的東西，他要求我拿出我的王牌。

雖然呂信維的拜託讓我得到某種程度的滿足優越感，但這還不夠，我想要擊倒他，徹底KO他，向任何人證明我比他適合當大魔域的店長。

我不知道如果我在這裡讓了步，從一個攻擊者的姿態妥協成了輔助者，會不會我們之間的位置便永遠定調，永遠不會再改變了。

我不知道。

呂信維爲什麼要拜託我？

爲什麼他的眼神這麼認眞，這麼透明？

媽的，爲什麼啊？

不對。

不對，別被騙了。

他只是想利用我救回業績，一旦我拿出超級王牌後，他便會把我丟在一旁，像用完的保險套一樣沖進馬桶。

我要拒絕他。

我要直接向易萱提出我的構想。

我要讓易萱知道我有能力做呂信維做不到的事情，而不是有能力做呂信維吩咐的事情。

我要照著計畫走。

「對不——」

呂信維打斷我。

「我和易萱說過了，她也覺得讓你來做似乎比較好，她還說你有跟她提到一個想法，可以提高DVD的業績，她說你可以試試看。」

我怔住了。

呂信維繼續說話，但我卻什麼也聽不見了，此刻我眼前只有一個畫面，那就是易萱笑著對我說試試看吧，語氣充滿了信心和期待。

這樣可以了吧？我問自己。

可以了。

在這家貼著藍白條紋壁紙的簡餐店裡，我聽見嘹亮激昂的巨大號角聲。

出征時刻，終於來臨。

□

離開簡餐店後，我的心情仍尚未從亢奮中平復回來，終於開始戰鬥了，飽含我所有力量的驚天一擊，就在奶油海鮮麵和冰奶茶之間揮了出來。

只是我沒有想到，即將被我硬生生打趴的男人，竟然會是如此反應。

「這個方法太棒了！」

呂信維聽完後興奮地叫了出來。

其實這是個再簡單不過的點子，任何人都想得出來，只要知道一個問題的答案就可以了，那就是，客人對一支影片最重要的要求是什麼？

不是價錢，也不是地點，最重要的東西是，他要借得到。

在週末把想看的影片帶回家，放進客廳的DVD播放器，和情人家人好朋友們窩在沙發上一起觀賞，這才是最重要的事。沒有比滿懷期待出門，卻租不到想看的電影更掃興了，這時如果有個地方可以租到影片，哪怕是貴一點、遠一點，也絕不會有人介意。

所以，只要我們有一大堆別人已經借光的片，我們就贏了。

贏定了。

但實際上當然沒有這麼簡單。DVD不像漫畫，一片的進價都是好幾百塊，若沒有估好進片數量，很容易就大虧本，因此要有一個嚴謹的長期計畫。我的策略是，每週選三部最熱門的新片各進三十支，並且在外牆的電影海報上貼「保證租到」的標語。一開始絕對會賠錢，頂多只能回本十支，但這是一個必要投資，只要建立起「大魔域可以租到任何強片」的口碑，租金和地點就再也不是問題了。當客人在週五夜晚，背負著女朋友的期待出門時，他會選擇去一定借得到影片的出租店，還是去上次白跑一趟的地方？等到客人量養起來後，便可以漸漸把「保證租到」的活動停掉，改用優惠的押金折扣和其他活動留住客人。

回到大魔域後，我立刻打開電腦的點片系統，指出三部本週可以實行「保證租到」的熱門強片，這是我研究台北市票房、奇摩電影的觀眾評分和網路上的影評後選出來的電影。

我告訴呂信維我們可以跳過點片系統，直接去跟片商談，看能不能用較低的價錢進到大量新片，若一切順利，甚至可以省下好幾千元，因此他跟片商的斡旋相當重要。沒想到他卻把電話遞到我面前，像是遞給我一把寶劍，「現在是你負責了，要不要試著打看看？」

呂信維直直盯著我，眼神裡藏有一樣東西，過了一會兒我才瞧出來，那是信任。儘管有些不安，我還是接下了話筒。

電話接通的瞬間，我的腦袋一片空白。

所有的想法和計畫，在聽到話筒裡陌生的喂的那一刻，全都啪嚓消失不見，像整個草原的野兔同時鑽入了地洞。

我彷佛突然失去說話的能力，只能聽著話筒裡低沉粗魯的中年男子嗓音不斷地喂，越喂越不耐煩。

我從來沒有應付過這種事。我知道每一本漫畫擺在哪裡，我知道打催書電話的眉角，我知道每兩個小時就要把沙發重新挪正，因爲客人會不自覺將沙發坐到移位，我知道下雨時要趕快把廁所的腳踏墊搬到門口，否則很快店裡就會全是汙泥腳印，我知道關於大魔域一個超級店員該知道的一切，但我從來就不知道面對片商的喂，我該怎麼開口。

我的掌心全是汗，呂信維的表情漸漸疑惑起來，他嘴唇嚅動「怎麼了」，耳裡中年男子用台語大聲說著什麼，我必須趕快開口，就是現在，但我卻發不出任何聲音。

我辦不到……

剎那間，像是被人從後面猛推了一把，我開口說出了第一句話，「你好這裡是大魔域書坊。」接下來一切就像打開的水龍頭，全嘩啦嘩啦自然流了出來。

造成如此奇蹟般轉變的原因，是易萱。

在我幾乎要放棄的那一刻，我看見易萱從滑開的玻璃門走了進來，背後的陽光使她看起來像發光的天使。

她讓我想起我爲什麼要打這一通電話。

因爲我要幹掉身旁的這個男人。

那通電話沒有很成功，我辛苦地國台語交雜使用，還是無法說服中年男子。

不是很好的開始，但仍舊是個開始。

我打給第二個片商，講了二十分鐘，最後他終於同意讓我們以點片系統八折的價錢進一部熱門強片，代價是要再買五部爛片。我同意了，但條件是以後我們進大量新片的時候，都要直接給我們八折價。

易萱聽到三十支片子的價錢時，沒有我想像的驚訝，她只問我以後可以賺得回來嗎，在看到我慌張地猛點頭後她便笑了，要我加油。

「對了，你最愛的《乳牛俠》已經絕版了，所以我上網買了一套二手的放在新店，你有空可以過去看看。」

我感動到說不出話來。她給了我一個小蛋糕祝我生日快樂，我才知道她今天來是爲了我。易萱沒有待很久，離開前她說我今天可以早點走沒關係，於是我打給王勁威跟他說我四點下班。我走之前，呂信維又對我說了一次生日快樂，有那麼一瞬間我幾乎要相信他的笑容了，但很快我就恢復理智，他是敵人不是夥伴，搞不清楚這個我就輸定了。

王勁威下午陪母親去行天宮拜拜，一時走不了，所以我騎車去找他。我沒有在平常日的下午到過行天宮，人比想像中多一點，但整個廟前廣場仍是十分空曠。

我正要走進廟裡時，聽到王勁威喊我的聲音，我在廣場牆邊發現他的身影，他朝我用力揮手，我驚訝地看到許多熟悉的器材擺在他面前，就在我還搞不清楚那是要幹嘛的時候，他已扭開音箱，用力刷下第一個音，對著麥克風大聲唱了起來。

所有廣場上的人都停下腳步，驚訝地望向噪音的來源，在廟裡拜拜的許多婆婆媽媽也走出來，想知道究竟發生了什麼事。

我瞪大雙眼，不敢相信眼前發生的一切。

王勁威正在行天宮廣場上，一面刷著震耳欲聾的破音吉他，一面唱著生日快樂歌啊。一遍唱完後，他又用英文和台語各唱了一遍。我原以為會有人來阻止他，像是藍色制服的保全、嚼檳榔的行天宮圍事，或是看不下去的解籤師阿伯，但沒有任何人衝出來，只有幾個志工歐巴桑開心地拍著手。

終於，王勁威唱完了三次不同語言的生日快樂歌，正當我以為他要下台一鞠躬時，他卻對著麥克風用殘破的台語加國語說：「今麼，讓咱鼓掌歡迎今仔日的壽星上台。」

頓時整個廣場一片拍手叫好聲，王勁威招招手要我過去，所有人的視線瞬間集中到我身上，大嬸阿婆們對我露出友善的微笑，遠處的兩個黑衣平頭男則雙手抱胸冷眼看著我。我快步走到正在架第二支麥克風的王勁威身旁，小聲地問他，「靠，你在搞什麼鬼？」

「送你一個生日禮物啊。」

「謝謝噢，我收到了，我們可以閃了吧。」

「急什麼，你不是六點多才要約會，我們還可以有一個小時的party time耶。」

「趴你媽啦，有人在行天宮辦趴踢的嗎，你看那兩個平頭男，我們再不閃今天就不是過生日，是過忌日了。」

「別擔心啦，我爸都打點好了，這一個小時絕對沒有人會來趕我們。」王勁威說得斬釘截鐵，一個遙遠模糊的記憶突然像外野傳回來的棒球砸進我腦海：王勁威他爸是行天宮理事會的總幹事，他認識的立委和議員，比三個橄欖球隊加起來還多。就是拜他爸所賜，我們當年才慘遭勞動服務的酷刑，這件事我永遠不會忘記。

但沒想到，他爸的無法無天，竟然也有這種用處。

「而且這是行天宮欸，在這裡開演唱會比紅磡還屌。」王勁威說，語氣興奮驕傲。我完全同意他，這件事的瘋狂程度應該只有小便在羅浮宮的十五世紀噴泉裡可以比擬吧。

看著笑容咧到嘴角的王勁威，我突然從腦門後湧出一股似曾相識的旺盛熱血，就像當年王勁威第一次對我說「21世紀少年解放學校大作戰」時一樣。

既然有他爸罩著，那就徹底大鬧一場吧！

「怎麼樣？先來首宋岳庭吧。」王勁威笑著說。

我接過他不知道從哪裡弄來的米黃色Fender電吉他，觸電般猛然記起一個回憶。

「宋岳庭是不錯，但我想到一個更棒的。」

「哪一首？」

「還記得Jimi Hendrix在胡士托音樂節彈什麼嗎？」

他露出不解的神情，但很快就瞪大眼睛，「幹！」

「沒錯！」

「眞的假的？」

「當然是眞的，你該不會忘了怎麼彈吧？」

王勁威笑了，「我前幾天才好玩練了一下，倒是你行嗎？」

「開玩笑，高中彈了上千遍了，來吧。」

我們把音量和效果器調好，由我數拍子開始。第一個音從音箱裡傳出來的時候，我幾乎落淚，我想起我們在頂樓拚命彈這首曲子的情景，那時我們都還那麼年輕，充滿希望與笑聲，時間多到可以隨便浪費，未來像是永遠不會走到面前，那麼那麼遙遠。

然後，一眨眼，一眨眼就……

我們彈下最後一顆音符，左手用力揉弦，壓緊不放，最後一個音在廣場悠悠迴盪，彷彿是我們不願離去的青春。

雖然沒有在國慶大會或跨年晚會上演奏，但在行天宮用電吉他表演國歌，也是夠屌了。

我和王勁威互望，他臉上是無比滿足的神情，我知道我也一樣。

「爽吧？」他問我。

「爽到我現在就可以死了。」

「接下來呢？還想玩什麼？」

「來個宋岳庭吧。」

「好！」

我們調整了效果器，吉他再次刷下，煙霧繚繞的空氣中瞬間充滿爆破聲響，整座古廟似乎被拉進了未來世界。在匾額楹聯之間，在醜陋羅漢和威武飛龍之間，我們的聲音盡情穿梭，我們的吉他放肆撒野。

雖然是一首國語饒舌歌，但廣場上的香客與志工們仍給足面子拍手點頭，有人甚至扭腰擺臀，隨著節拍舞動。

看到這群臨時觀眾如此捧場，我們決定拿出壓箱寶搖滾台語歌。起初婆婆媽媽們還無法分辨這是她們再熟悉不過的〈雙人枕頭〉、〈酒後的心聲〉及〈舞女〉，等到她們聽出來後，驚訝歡喜之情頓時溢於臉上，紛紛開始跟著唱了起來，四肢也隨著吉他旋律舞動。一些可愛的老婆婆還到處告訴大家她們的發現，深怕其他人沒有聽出來一樣。

而在我們唱到〈海波浪〉和〈重出江湖〉時，始終不苟言笑的兩個平頭男也一臉動容，甚至緩緩嚅動嘴唇跟著唱和，神情激動難以自已。

一個小時很快就到了，我們最後用一首〈行棋〉收尾，這是曾紅爆全國的八點檔《娘家》的主題曲。結束時我們得到所有人的滿堂喝采，有個阿伯甚至跑來和我們握手，要我們繼續加油。

我本來要幫王勁威搬器材，他卻趕我走，要我趕快去和女孩約會。我向他道謝，謝謝他準備這麼屌的生日禮物，他看著我一臉正經地說，他生日時想在101八十五樓表演自己的歌，我叫他去吃屎比較快。

離開行天宮時，我身上都是拜拜的煙香味，於是我先回家換衣服。決定衣服花了比預期久的時間，害我遲到了兩分鐘，好險小敏也還沒到。就在我暗自慶幸的時候，女孩出現了。

一開始我沒有認出那是小敏，我注意到她，只因爲她是所有過馬路的路人裡頭最正的，像是一顆星星掉到地上的那種正法。一秒半後，我才認出那是我的約會對象徐小敏。

「嗨。」她走到我面前，輕輕打了聲招呼。她今天和上次看起來不太一樣，可能是衣服的關係，又似乎是髮型的緣故，總之，她今天就像從化妝品廣告走出來的完美女孩。

「呃，嗨。」

「喔我忘了——」她吐了吐舌頭，「原本第一句就要跟你說的，生日快樂欸大壽星。」

我看呆了。「喔，生日快樂。」

「你幹嘛也祝我生日快樂啊？」小敏用手遮著嘴笑了，然後我才發現自己剛剛有多蠢。

就在這時，老鼠的話突然竄進我腦海——小敏好像覺得你不錯。

我不用照鏡子也知道，我的臉瞬間紅起來了，還隱隱發燙。

「我們先去買電影票？」小敏的大眼睛注視著我，完全沒發現我內心的波濤洶湧。

「好。」

我們先去買票，然後吃飯，接著看電影。

今晚還沒開始，但我知道一切都會很美好。

明天，或許就是一個新的紀元了。

祝我生日快樂。

14 揭開序幕

我在浴室刷完牙，站在鏡子前，仔細盯著自己的臉。

我看著自己二十七歲的眼睛、鼻子、下巴、額頭、皮膚，試著找出和二十六歲的我的差別，但無論怎麼看，兩者似乎都沒有任何不同。但是，如果是跟二十五歲的我相比呢？二十二歲呢？十八歲呢？雖然我無法清楚記得每個時刻的模樣，但我知道的確有了轉變，有些東西消失了，有些東西增加了，無論是怎麼樣，無論是好的壞的，我都再也無法回到過去，無法改變了。

我到家的時候，小敏打了電話給我，我沒有接。

今天的晚餐十分愉快。我已經很久沒有和可潔以外的女孩子一起單獨吃飯了，就算是和可潔，也很久沒有這種心跳加速的曖昧感覺。似乎有塊粉紅色的氣團在我和小敏中間，一切都變得朦朦朧朧，連平凡普通的電影，也變得有趣起來。

電影結束後，我們在附近漫無目的走著，最後來到一座小公園，我和小敏並肩坐在木頭長椅上，溫暖的橘黃光芒將我們包圍。

小敏談起了她的夢想。

她高中念中山女中，三年都是全班第一名，大學塡志願時順著爸爸的意思進了成大資工。但小敏對系裡的一切都沒有興趣，一年級被當了兩科，二年級增加到四科，眼看再念下去就要被退學了，小敏她爸趕緊殺到台南幫女兒辦了休學，把小敏帶回家。

「那是我第一次的家庭革命，一般人都是國中或高中吧，我卻到二十歲才第一次和父母意見不合，我受夠了，過去的我就像他們養的小狗，可是我不想再當小狗了，你懂嗎這種感覺？」

「我懂，妳是夏天還要穿超熱寵物衣的受虐小狗。」

「哈哈，對。」小敏露出了小虎牙。

小敏和她爸說她想念建築，大大聲聲地說出來，沒有任何請求的姿態。她爸妥協了，唯一的要求是小敏要把成大資工先念完。小敏沒有再當掉任何一科，三年後以第一高分進入淡大建築碩士班。

「我喜歡建築，對我來說那是一種光芒，近乎永恆的藝術之光。」

小敏對建築的熱愛，十分諷刺地來自差點斷送她夢想的老爸。她十三歲整理儲藏室時，發現一紙箱的舊書，都是她爸年輕時留下的。沒想到商人老爸也有文青的過去，一整箱的康德、巴爾札克、卡夫卡以及托爾斯泰，讓小敏開了另外一扇窗。但她最喜愛的，還是那本當代建築師全集，她看了不下數十次，小小的靈魂第一次因爲某件事物燃燒起來。

「讀了研究所後，我感覺整片天空星星都亮了，每天都沉浸在各種美麗的建築裡，彷彿做夢一樣，我最喜歡的建築師是法蘭克蓋瑞和安藤忠雄，明年暑假我想去日本來趟安藤忠雄之旅，自助旅行，你知道安藤忠雄的光之教堂嗎？那在大阪，這個我一定要去，還有表參道之丘和本福寺水御堂……」

小敏神采飛揚，臉因爲激動漲得紅紅的，手在空中拚命比畫，想讓我了解住吉長屋的美好之處，她和平常的文靜模樣判若兩人，那是比任何時刻都更有魅力的小敏。但我卻只是呆在那裡，像被閃電打到。後來整個晚上我都魂不守舍，連小敏邀請我一起去日本的暗示都充耳不聞。

我騎車送小敏回家，進門前她擔心地問我是不是身體不舒服，我露出抱歉的笑容搖搖頭。

到家後手機響起，我沒有接。我走進浴室洗澡，在鏡子前仔細刷牙，花很長時間觀察自己的臉。接著我泡了一杯熱可可，喝完後把燈關掉躺在床上，閉上眼睛。

但我卻無法入睡。

我又躺了半個小時，然後我知道繼續躺下去也沒有用。

我爬起來，打開燈，費了一番功夫拖出床下的紙箱，裡面是我和可潔在一起的所有紀念品。各種節日的卡片、電影和展覽的票根、扭蛋的空殼、隨手塗鴉的紙片、她印給我的桌曆、她送我的昂貴巧克力的盒子、壞掉的鑰匙圈掛飾、朋友幫我們拍的立可拍、我們在鶯歌捏的陶杯，以及一大疊的明信片。我把明信片拿出來，很快就找到我要的那幾張，我數一數，總共七張，七張安藤忠雄建築的明信片。

幾年前可潔在電視上看到梁靜茹的MV〈崇拜〉，裡頭的拍攝場景是安藤忠雄的水之教堂。在這支MV之前，可潔沒有聽過任何一個建築師的名字，但那首唯美哀傷的情歌，還有那支MV，讓可潔瘋狂愛上安藤忠雄。

可潔在Google搜尋安藤忠雄，去圖書館和誠品尋找安藤忠雄的書，甚至狂熱到上eBay競標一張安藤忠雄的手繪草稿，可惜最後沒有標到。拜她所賜，我知道寶兒的〈Merry Christmas〉MV也在水之教堂拍攝，我知道安藤忠雄當過貨車司機，做過職業拳擊手，但在目睹蠅量級世界拳王的高水準練習後放棄拳擊，開始自學建築，之後在大阪起家，最後用獨一無二的清水混凝土成為世界的建築師。

可潔某次在一家藝術書店發現一套安藤忠雄的明信片，興奮的又叫又跳，儘管那價錢誇張得嚇人，她仍把它買回家。從那之後，我就偶爾會收到她的安藤忠雄明信片。有時可能是她和家人或朋友去外地玩時寄的，有時可能什麼地方也沒去，她就在她家旁邊的郵局寄給我，有時甚至被她當作特別節日的卡片，寫滿祝福放在信封裡拿給我。

一整套十張的明信片我已經收到了七張，很多了，但我還是覺得不夠，我還想要剩下那三張，我還想要某天起床，可以在信箱裡發現可潔寄來的驚喜，我還想要和可潔一起去日本看安藤忠雄的建築，甚至去歐洲看安藤忠雄的建築，我還想要好多好多，好像永遠都不夠。

我想要她回來。

在我和一個可愛女孩一起度過二十七歲生日的夜晚，這念頭像從海中冒出的橘色浮標，在我腦中搖搖擺擺，無論我如何努力，它都不肯沉入記憶的海底。

我想要妳回來。

我喃喃說出口，這六個字聽起來奇怪的空洞，不像我的聲音。它們停在空中，彷彿忘記目的地的小鳥，慢慢變硬變小，就這麼消失了，沒有留下任何東西。

突然響起的簡訊鈴聲嚇了我一跳，我拿起手機，是小敏傳來的，她要去睡了，希望我今天生日開心。

眼前出現對我說生日快樂的小敏笑臉，一股濃稠的罪惡感和歉疚從心底不斷湧出，我究竟在幹什麼？我根本不配小敏陪我過生日，她值得更好的、更用心的人，一個不會看著她燦爛笑容的同時，腦中還想著別的女孩的人。

我曾經以爲我可以，我以爲我可以忘掉可潔，接受事實重新開始，和王勁威環島，和小敏約會，展開新的生活，但我錯了，大錯特錯。

我沒辦法，我還留在過去，我一點用也沒有。

我緊握著手機，感覺憤怒又絕望，這是什麼爛生日？

生日……

我猛然彈起。

現在幾點了？

手機顯示十一點四十八。

我的心一陣狂跳。

今天還沒結束，我仍然是壽星。

壽星有權利做任何事，壽星有權利在生日這天得到一點特別的待遇。

我沒有多想，撥了可潔的電話號碼。

可潔妳不可以不接電話，今天是我的生日，妳一定要接電話。

我需要妳，我不要其他人，我只要妳。

我將手機緊貼耳朵，等待接通的聲音聽起來像巨大山谷裡的回音，我站在懸崖邊，望著深不見底的漆黑幽谷。

拜託。

接電話可潔。

拜託。

回過神來時，手機早就沒有任何聲音，電話已經斷掉了。

沒有人接。

我彎下身，大口喘氣，彷彿在一個眞空的空間。

她不會回來了。

不要再做夢了。

我跌坐地上，頭頂日光燈亮晃晃照著一切，照著無用的我。我感覺自己好悲慘，我站起來關掉燈，讓溫暖的黑暗籠罩一切，在黑暗中什麼都模糊消失了，連痛苦也會慢慢消失吧，會好的，我會好的，一切都會過去的。

我爬上床，鑽進棉被裡，就這樣吧，二十七歲的第一天就這樣結束吧，我不要再讓自己的心受到任何傷害了。

突然我聽見一個熟悉的聲響，我坐起來，黑暗中有個地方發出小小的白色光芒，我感到十分疑惑，無法理解爲何那裡會有一團螢光，下一秒我才發現那來自我的手機，我恍惚地朝光芒走去，拾起手機。

我的心跳瞬間停了。

有一封來自可潔的簡訊

我深呼吸，用顫抖的手指點開。

抱歉剛在忙沒接到，生日快樂。

我盯著螢幕好久好久，彷彿是害怕只要移開眼神，一切就會消失了。

我看著這封十二個字的簡訊，一遍又一遍，讀著我今天最後一個生日祝福。

我無比激動。

可潔還沒有背過身去，她仍是面向我的。

知道這些就夠了。

我下了二十七歲的第一個決定。

只要門還沒有關上，我就要再試一試，我要用盡全力，試著把可潔找回來。

我沒有打回去，這樣就夠了，她的生日祝福是今天最好的句點。我不知道自己是什麼時候睡著的，隔天醒來之後，我想起自己做了一個關於彼得貓的夢。在夢裡我到處都找不到牠，最後我疲憊的回到房間，發現牠在我床上睡著了，蜷曲著身體，像團大大的毛球，很舒服似的熟睡著。

下午的時候，彷彿是為了確定可潔真的重新打開了門，我又傳了一封簡訊，等待回信的時間難熬無比，就在我幾乎要絕望的時候，我收到她傳回的訊息，內容簡單，字數也少，沒有任何特別之處，但那毫無疑問是來自她手機的簡訊。

我二十七歲的生活就這麼揭開了序幕。

在大魔域，我比過去都更認眞上班。我和每個客人宣傳我們的「保證租到」活動，仔細研究進片和租片的數量，每天都跑去別家店探查敵情。我越來越少打電話和片商交涉，因爲已經有了前例，現在幾乎都可以用八折價拿到我們要的片子。低迷的DVD出租率開始慢慢有了起色，雖然還沒有回到第一個禮拜的盛況，但正確實地增加當中。

我和王勁威表演的默契越來越好，我們練了更多歌，開始在表演時和觀衆互動，講事先背好的笑話和即興的屁話，乖乖軟糖桶裡的錢一次比一次多，我們已經準備好要出發了。

至於可潔，我其實並不很清楚要如何才能使她回心轉意，但我仍用自己的方法，做了一些努力和準備。

出發環島前的一個禮拜，我傳簡訊給可潔，告訴她我要暫時離開台北一陣子，問她我回來後要不要找個時間吃飯。

她說好。

我高興呆了。

眞的是徹底呆了五分鐘。

我知道那天將會是我二十七歲最重要的一天。

然後，隔天新聞突然就出現了。

一直到現在，我還是無法確實明白，這新聞究竟給我的人生帶來什麼影響。如果沒有這則新聞，我現在還會是這個模樣嗎？或是，不管如何我都會走到這裡？

有時候，人生和漫畫，誰又眞的可以分得出來呢？

15 落腮鬍男人

新聞播出的時候我正在睡午覺，老鼠打來給我，要我趕緊打開電視。

我在他催促下轉到他說的新聞頻道，電視裡的影片解析度不高，明顯是從YouTube翻拍的。影片裡我和王勁威正在唱〈海波浪〉，兩個人唱得東倒西歪，背景可以看出是行天宮廣場。記者說這是最近廣為流傳的影片，已有十三萬八千人點閱，截至今日中午為止，行天宮方面仍沒有任何回應。

我瞬間便醒了，我和王勁威？〈海波浪〉？YouTube？

我看著自己顆粒化的模糊臉龐在電視上晃動，感覺一切不真實到了極點，要不是老鼠也正盯著這畫面，我一定無法相信自己所看見的。原以為一切只留在那天的行天宮廣場和我的腦海裡，沒想到現在卻變成了YouTube影片，上了新聞，還已經有十三萬人看過了……

我扶著頭，這一切實在太不可思議了。我突然想起一件事，趕緊謝過老鼠，掛斷電話打給王勁威，但他沒有接，沒多久新聞也播完了。我在其他新聞台間轉來轉去了半個小時，沒有再看見關於我們的新聞。

我上YouTube搜尋，很快就找到了，影片音質不好，畫面搖晃得厲害，甚至可以聽到一旁中年女人跟著唱和的聲音。儘管如此，這影片還是讓我嚇了一跳。我和王勁威從沒有錄下自己的表演來看，我從不知道我們看起來竟然會是這個樣子，這麼瘋狂，這麼……搖滾？

光是盯著影片就讓我感覺口乾舌燥，血液衝向腦門，腳不自覺用力跺地打拍子，想要站起來往上跳。我發現我竟然被自己的表演感動了。沒多久我又找到別的影片，是我們那天表演的其他歌曲，瀏覽人次雖然沒有〈海波浪〉那麼高，但也都有五、六萬以上。我看了我們唱的〈I love you無望〉、〈舞女〉、〈藏鏡人〉等歌曲，心情激動不已，這些表演裡面有某種東西，我無法說出那是什麼，但卻深深吸引打動著我，我知道那也同樣吸引打動這些點閱的人。

我發現我和王勁威，似乎幹得比我們當初想的還要好啊。

後來我終於聯絡上王勁威。他在電視前守了一個小時終於看到新聞，也看了所有的YouTube影片。

「我們眞是屌炸了！」他打來這麼對我說。

隔天晚上我和王勁威來到西門町表演，街頭的氣氛隱隱和過去不太一樣，開始後半個小時人便漸漸聚集起來，不像平常那樣來來去去的，似乎是發現了我們就是電視上那兩個人。

和往常不同，我們演唱的時候，空中開始出現手機對著我們錄影，也有人拿出相機拍照，閃光燈像小小的閃電一樣攻擊我的眼睛。我變得異常焦躁，十分害怕出錯。終於，我在唱林宥嘉的〈說謊〉時破音了，還刷錯了幾個和弦。歌曲結束後王勁威拿水給我。

「休息一下，喝口水吧。」

「謝謝。」我感覺就連喝水的此刻也有人在拍照攝影，我差點嗆到。

「還好嗎？」王勁威問我。

「喉嚨緊緊的。」

「是喔，那下一首先不要唱好了。」

我點點頭，我以為是先讓王勁威獨唱，接著我才發現他是說要彈演奏曲。

我們練過的演奏曲只有一首，唯一一首。

中華民國國歌。

「怎麼樣？」王勁威看著牆壁般密密麻麻的圍觀人群，露出惡作劇般的笑容，將音箱的音量旋扭轉到最大，「轟炸他們一下吧。」

嘖，這傢伙。

我對他比出一個大拇指。

國歌第一個小節出現的瞬間，觀眾便爆出驚喜的歡呼，有幾個高中男孩誇張地立正站好，空中的手機更多了，閃光燈此起彼落，但我卻不再緊張了，沒什麼好緊張的，吉他在我手中，這裡是我們的地盤。

國歌彈完，我們又接著唱了周杰倫的〈擱淺〉和音速青春（Sonic Youth）的〈超級巨星〉（Superstar），可惜〈超級巨星〉唱到一半時天空開始落下雨滴，由於顧慮到器材的關係，我們只好提前結束。

在我們收東西的時候，兩個高中女生手挽著手跑來問我們下次表演是什麼時候，王勁威說後天七點我們會在信義威秀的廣場，她們興奮地說一定會出現，然後又手挽著手咯咯笑跑走了。

當天晚上我就在YouTube上看到我們表演國歌的影片，而且還不止一個版本。行天宮的國歌演出沒有被放在網路上，所以這是我第一次看到我們演奏國歌的樣子。雖然不像吉米·罕醉克斯那麼教人心醉神馳，但畢竟是自己的國歌，我還是被感動得亂七八糟。

我打給王勁威叫他看，沒想到他說他已經看三遍了。他還告訴我其中一個影片下方的留言串，有人提到我們下次表演的時間地點，似乎是那兩個高中女生留的。隔天我再上去看的時候，發現有則新留言說這次表演是我們近期最後一次演出，大家一定要去看。正當我嚇一跳這人怎麼會知道時，發現那帳號是王勁威的英文名字。

「人多比較熱鬧啊！」王勁威笑著說，「而且也可以多籌點錢，這樣才可以安心上路嘛哈哈哈！」

雖然已經準備得差不多了，但我今天還是跑到王勁威家練歌。說是練歌，我們其實沒做什麼事。我畫了一張海報，準備明天表演時貼出來，告訴大家我們要去環島，希望大家可以贊助我們一些錢。王勁威趴在床上看我帶來的漫畫《暗殺教室》，後來我們開始看起第四台的《古惑仔3之隻手遮天》，由於被陳浩南和小結巴的愛情大大感動，我在回家前花了二十分鐘和王勁威練了鄭伊健的〈甘心替代你〉，決定以後都要放進曲目裡演出。

隔天到信義威秀時我們都嚇了一跳，廣場上已經聚集了十幾個人，他們看到我們出現紛紛鼓掌。我和王勁威架完器材時，面前已經或站或坐聚集了二十幾個人。

王勁威看起來很嗨，我也不像上次那麼緊張了。我們用電台司令的〈怪胎〉（Creep）開場，緊接著又唱了黃立行的〈Circus Monkey〉，很快大家的情緒就被拉了起來。夜晚的溫度漸漸下降，我們卻感覺越來越熱，體內好像有把火在燒，我和王勁威每唱完一首都要用衣服擦汗，在唱到陳奕迅的〈好久不見〉時，有個女生拿來一手冰透的台啤放在我們面前。王勁威當場用四和弦編了一首〈天使謝謝妳〉送給她，沒多久我們面前就堆滿了啤酒。

今晚的氣氛比任何一次表演都要熱烈，我和王勁威說了許多話，大家也都很捧場，無論我們說什麼都掌聲不斷。王勁威在觀眾的鼓譟下首次騎了當作裝飾的摩托車，在警衛出現之前飛快地蛇行三圈，我在這同時唱著〈軋車〉幫他助陣，並看著我們的精神旗幟在機車後啪嗒啪嗒飛舞。

不知道是不是酒精的關係，我和王勁威常常大笑，我們都感覺今晚好像是什麼同學會還是同樂表演一樣，有時王勁威會到台下拉人上來和我們一起合唱，但就算我們不這麼做，他們也時常大聲唱和，甚至在空地裡跳起舞來。

很快就十點了，我們昨天便決定好今晚的最後一首歌，那就是YouTube上點閱率最高的〈海波浪〉。待了整晚的大家似乎也都在等待這首歌，前奏才響起所有人便瘋了，歡呼不斷，雙手高舉在空中，整個場地的情緒熱烈沸騰，巨浪般朝我和王勁威衝來。我第一次有這種感覺，似乎每個音彈出來都不只是一個音，而是一場煙火，一次高潮，一個熱吻，一串笑聲，擁有無窮的力量，可以帶我們離開地表，對抗重力，擊碎所有現實的枷鎖。

刷下最後一個和弦時，我和王勁威在衝天掌聲中對望，他的漆黑眼珠閃閃發亮，我們都知道今晚幹了一場不得了的表演，不用任何言語，我們同時伸出右手擊掌。

表演結束後，陸續有人來找我們合照，要我們環島的時候加油，有人問我們有沒有粉絲頁或部落格，王勁威說我們馬上就會弄一個敬請期待。在這些十幾二十歲的年輕人之中，突然走出一個中年男子，他穿著格紋襯衫藍牛仔褲，整齊的落腮鬍包著感覺良好的微笑，在我還不知道發生什麼事之前，他已經伸出手跟我和王勁威相握。

「你們好。」男人的嗓音低沉又富有磁性。

我和王勁威點點頭說你好。不知道爲什麼，我感覺男人似曾相識，我似乎在哪裡見過他，但我對他臉上的落腮鬍完全沒有印像，我試著想像他沒有鬍子的臉，可惜完全辦不到。

男人拿出名片給我們，我和王勁威雙手接下。名片右上角寫著藍鯨娛藝，我沒有聽過這家公司，看名字似乎和演藝圈有關。

「我先自我介紹，我叫劉柏鍵，是藍鯨娛藝的創意總監，我們公司主要是幫電視台製作節目。」男人接著說了幾個收視不錯的節目名字，我點點頭表示知道。看他說話的模樣，我越來越清楚自己一定見過他，只是我卻怎麼也想不起來究竟是在哪裡。

男人繼續說下去，王勁威卻突然出聲打斷他。

「你是批J？」

起初我聽不懂王勁威在說什麼，然後我注意到他手中的名片印著英文。我把名片翻到背面，果然還有英文版本，我倒吸了一口氣，名片中央大大寫著PJ Liu。

原來，這就是我會覺得如此熟悉的原因，不是因爲他的長相，而是他的聲音。

劉柏鍵就是「章魚花園」的主持人PJ啊。

「你們聽過我的節目？」

「我們愛死了！」王勁威大聲說，不只PJ，我也被嚇了一跳。

PJ露出笑容，「謝謝。」他的聲音十分溫暖，所有關於「章魚花園」的回憶瞬間湧入腦海，每天十點的節目前奏，PJ開頭道晚安的嗓音，爲了點歌打的那些電話，和王勁威跑遍台北只爲了買節目提到的一張EP，以及那個夜晚，我們在體育館後的空地，自己進行的小小告別派對。

PJ的聲音陪伴我度過十幾歲的青春時光，我看著眼前的男人，感覺胸口一陣悸動，許久無法平復。

就在我如此感動的時刻，王勁威卻一臉傻笑地說：「沒想到你是大鬍子欸。」

「很多人都這麼說。」PJ微微一笑，似乎一點也不介意。接著他問我們有沒有聽過一個歌唱選秀節目。

我和王勁威都點點頭。那是之前紅極一時的節目，有幾個現在知名的線上歌手都是從裡頭出來的。雖然節目仍一直在播出，但似乎是熱潮已過，現在收看的觀眾已少了許多。

「是這樣的，我現在就在負責這個節目。」PJ輪流看我和王勁威的臉，露出溫暖的落腮鬍笑容。

「我想問你們有沒有興趣上節目PK。」

16 桃樂絲踏上旅程

周遭的風景進展得很快，不斷在變化。

我和王勁威像是被龍捲風帶到奧茲王國的桃樂絲，碰到了關節僵硬的鐵樵夫、膽小的獅子、想要變聰明的稻草人，還有一切在原本的世界看不到也想像不到的事物。從遇到PJ的那天晚上開始，事情似乎就自己動了起來，往我們沒有去過的地方大步前進。

我們和節目製作團隊見面開了會，也見過其中兩名評審。兩個小時的節目，需要比想像中更龐大嚴謹的前置作業，每一個環節，每一個娛樂效果，都要確定再確定，做到分毫不差。

我們被安排兩個禮拜後錄節目，和呼聲最高的創作二人組PK。

創作二人組是看起來像姊妹的兩個女孩，都留著簡潔直短髮，擁有知性女大學生的長相。拿木吉他的負責和音，拿鈴鼓的則是主唱。兩人搭配完美，曲風沒有時下女歌手的甜膩，反而像是初綻放的櫻花公園，和諧而自然。

「一直以來她們表演的時段收視率都是最高的，」PJ對我們說，「但最近也漸漸掉下來了，問題不在她們，而是對手的程度差太多了，就像沒有烏龜的瑪利歐兄弟一樣，激不起觀眾的興趣。」

PJ希望我們可以像載滿汽油的卡車一樣撞進去，給節目帶來一點活力。

「老實說，公司開會決定找你們上節目，多少有點借用你們最近人氣的意思，但我不只是這麼想，我覺得你們真的有實力，我希望你們可以贏。」

「可是……」我說，「如果我們淘汰了人氣最高的歌手，節目的收視率不會下滑嗎？」

「會啊。」PJ笑了起來，落腮鬍裡充滿皺紋，「我現在就好像矛盾的職棒簽賭組頭一樣，明知道你們輸了對節目比較好，還是忍不住想支持你們。」

PJ的話和笑容使我感覺心底暖暖的。

「而且，」PJ臉上的笑紋更深了，「還有敗部復活啊。」

「吼我就知道，又來這招。」王勁威說。

「不過……」PJ用大手摩擦下巴的鬍子，眼裡閃著亮光，「那也要你們先打敗她們才行。」

我和王勁威瞬間噤聲。幾天前我們在網路上看了她們至今全部的表演，很強，很完美，就連輸給她們的參賽者也都有一定水準。我和王勁威都同意，那個舞台的等級和威秀廣場完全不同。

「你們不用想那麼多，」PJ似乎看穿我們的心思，「照平常的樣子唱就可以了。」

接著PJ和我們討論了歌曲的詮釋方式，以及當天的服裝道具等等，這已經是我們第三次討論了，前兩次都沒有討論出結果，今天終於有一個大概的結論。五點的時候，PJ滿意地說今天就先到這裡。

我和王勁威來到電視台旁的一家拉麵店吃晚餐，這家店是PJ推薦的，這已經是我們最近第二次來了，裡頭的特大豚骨拉麵王勁威十分喜歡。

這一個禮拜來，我的生活有了很大的轉變。遇見PJ的那個晚上，我和王勁威幾乎沒有睡覺，整夜在線上討論是否要答應PJ上節目表演，我們都隱隱覺得生活會因此產生改變，但又不曉得會變成什麼樣子。最後我們還是決定試試看，並把環島旅行暫時延後，等PK結束再重新開始。

隔天王勁威告訴PJ我們的決定後，他便請我們去電視台找他。他帶我們到一個有電腦的房間，要我們討論出想表演的曲子告訴他，他會跟我們說可不可以。

「時間不多了，要趕快決定然後開始練習。」PJ說。

我們上網尋找歌曲的時候，有個男人突然扛著攝影機進來對我們拍攝，我和王勁威瞬間愣在當場不知所措，攝影師說：「不要理我，繼續做你們的事。」他拍了大概五分鐘後離開。他走後我和王勁威都有種震撼教育的感覺，心裡七上八下，不知道剛剛那段會不會在電視上播出來，還有我們看起來是不是很蠢。

我們選的歌曲頻頻被PJ打槍，不是有人表演過，就是和其他參賽者的歌曲風格太像，弄得我和王勁威幾乎崩潰。最後我們花了將近四個小時，才好不容易選出一首PJ同意的曲子。

當天晚上我們就在王勁威家裡開始練習，並上網看了之前表演者的影片。很快我們就發現，要做到可以上電視演出的水準，必須花上比想像中更多的時間練習才行。

隔天我去大魔域找呂信維，告訴他最近有事必須要請假一段時間。

我掙扎了很久才下了這個決定，畢竟DVD計畫正在最關鍵的階段，如果這時請假勢必會造成不小的影響，雖然我仍可以每天用電話遙控進片，但無法天天去各家出租店調查，也沒有在店裡觀察客人第一手租借的情況，實在沒有信心可以做到跟之前一樣好。但由於和王勁威約定要把這次演出做到完美，我實在沒有選擇的餘地。

呂信維聽完我的話有些詫異，他問我要請哪幾天，我說到十一號之前都無法上班。他說真的完全無法來嗎？兩三天來一次也不行？我搖搖頭說眞的沒辦法。呂信維想了一會兒，說請假的事情沒問題，他會安排其他工讀生代我的班，接著他說他會負責接下我的DVD業務。

我愣了一下，說我可以打電話來調整進片量，不會丟著不管。但他很快就露出微笑說不用這麼麻煩，我也差不多知道訣竅在哪裡了，你儘管放假吧沒關係，我會搞定的。

我看著他的臉，感覺有股氣流在心窩附近衝撞著，怎麼會這樣，都已經做到這一步了，只差一點就可以讓易萱看到我的實力，卻這樣就結束了，沒了，所有的功勞全都送給眼前這個傢伙。我張嘴想要說些什麼，但最後什麼也沒說就閉上了。

兩碗豚骨拉麵端了上來，我眼前一片霧濛濛，都是碗裡冒出的蒸氣。

「之前看你有點悶悶的，還很擔心你是不是後悔參加比賽，不過最近終於比較有幹勁了。」王勁威邊說邊把筷子遞給我。

「有嗎？沒什麼不同吧。」

「有啦。」

我沒有說話。最近我的確越來越少想起DVD跟呂信維了，和王勁威一起的練歌時光漸漸把我的心從大魔域拉走。

「對了，」王勁威說，「你今天有看到PJ的兒子嗎？」

「他有來喔？」

「我離開前在走廊上看到PJ在和他說話，好像是高一的樣子，還穿著學校制服。」

「就是那小子害節目結束了啊。」我怨嘆地說。

兩天前，我和王勁威終於鼓起勇氣問PJ當年爲什麼停掉節目，他說是因爲當時五歲的兒子的關係。他白天忙廣播公司的事，晚上又要錄節目，常常一整天下來只能看到兒子的睡臉。老婆有一天終於發火，要他在家庭和電台之間選一個，如果選擇電台，以後就不用回來了。

「這就好像問你老媽和老婆一起掉到海裡你要救誰一樣。」PJ笑著說。他最後選擇家庭，關掉主持了七年的節目。

「不過，他們現在看起來感情很好的樣子，我還聽到他兒子找他晚上去河濱公園打籃球。」王勁威說。

「可是他跟老婆離婚了不是？」

「他離婚了？」

「對啊，」我說出上禮拜在網路上搜尋PJ時看到的消息，「好像是離開廣播界後，開始接電視台的工作，認識了一個女導播，後來外遇就離婚了。」

「我完全不知道這件事欸。」王勁威驚訝地說。

「當初PJ要是繼續主持下去的話，現在不知道會怎麼樣。」我回想著最後一集PJ道別的嗓音，在微涼的空地上，那像是從星空傳下來的聲音一樣。當時的我怎麼會想到如今我們竟然會這樣相遇呢？

「可能那天來找我們的就不是PJ了吧。」王勁威說。

「可能他和兒子也不會那麼好了。」

裡。

「可能吧。」

好一段時間沒有人開口，我安靜吃麵，思索人世間的各種選擇，和選擇之後的各種可能。我想著大魔域的店長，想著未知的PK，想著我是否做錯了決定，以及我究竟會被這節目帶去哪裡。

「嘿，」我突然開口，「你覺得我們會不會上電視就紅了啊？跟那個誰一樣。」

王勁威轉頭直直望著我的眼睛，想也不想，「廢話，一定紅的啊！」

「這麼有信心？」

「當然，我們的搖滾實力已經是宇宙等級了。」

「那紅了之後咧？」

我只是隨口問問，沒想到王勁威竟然用力拍我，露出大大的笑容。

「就一起去小巨蛋開演唱會啦！」

我的心靈和身體都大大震了一下，他卻沒事一般低下頭繼續吃麵，發出呼嚕呼嚕的聲音。我發現他快吃完了，我的則還剩下半碗。高中畢業九年了，很多事情卻和過去一樣絲毫沒有改變，他吃東西很快，我吃得很慢，他彈吉他很穩，我時常落拍，他擁有踏出第一步、向前衝出去的勇氣和熱情，我則可以看到前方路上的石頭，然後一一指給他看。

想到這裡，不知道爲什麼，我所有的猶豫和恐懼突然都消失了，我知道不管他去哪裡，我都會緊緊跟著。不管是離開吉他社、衝進訓導處、上電視表演，或是在小巨蛋開演唱會，都沒有什麼好怕的，因爲我們是無敵的拍檔，不是成功搞定購物中心定時炸彈的那種拍檔，而是儘管失敗了，還是可以在最後一刻一起大笑的那種無敵拍檔。

我的肩膀隱隱發疼，仍留有他剛剛拍下的力道。我把碗拿起來，大口吃麵，我知道我現在最重要的事就是趕上王勁威，不管是吃麵或其他東西都是。

吃完拉麵後我們來到樂器行「音爆」。幾天前PJ第一次帶我們過來，他說我們以後都可以來這裡練歌，完全免費，老闆魏老大似乎是他的多年老友。

「音爆」一樓是樂器行，各式各樣的吉他貝斯擺滿走道，幾乎難以通行。二樓則有一間寬敞的練團室，裡頭除了設備齊全的器材外，還有一面令人印象深刻的紅牆，上頭掛滿了魏老大和許多明星的合照。有些照片拍攝的地點是「音爆」，有些則在錄音室或演唱會後台之類的地方，上頭都有簽名和日期。

我第一次來的時候，被牆上一張褐黃色的照片深深吸引。相片裡沒有半個明星，只有一群打扮很俗的少年，中分頭髮，高腰牛仔褲，襯衫紮得整整齊齊。其中一個戴黑色圓框眼鏡的男孩看得出是年輕的PJ，拿Gibson吉他的則是年輕的魏老大。

儘管他們的打扮是那麼老派好笑，但他們眼裡都有一股無法忽視的熱情，灼灼逼人。就算是已邁入中年、有了兩個小孩的PJ，在他提到希望我們打敗創作女孩二人組的時候，語氣裡也同樣充滿這股熱情。彷彿是爲了回應他的熱情般，我和王勁威天天都在這面紅牆前奮力嘶吼。

今天我們花了差不多兩個小時把和音重新改過，讓它聽起來更加豐富，帶有足夠份量的感情。此外還花了半個小時在肢體動作上，這是我們最近開始加強的課題。

「現在的歌唱選秀已經不只是耳朵的比賽了，表演動作的美感也十分重要，肢體所帶起的搖滾情緒，有時甚至和歌聲與吉他的效果不相上下。」PJ前天來看我們練習時這麼說。

「音爆」的練團室在這方面可以說是完美。不僅音響設備好，空間大，還有一面鏡牆，可以讓我們看到自己表演的模樣。我們原本的表演動作算是興之所至型，想跳就跳，想甩頭就甩頭，從來沒有一套固定的模式。這樣也有優點，身體有時在適當的氣氛下會自然做出漂亮的動作，那不是事先在咖啡館裡可以想出來的。但總不能上台前還拚命祈禱今天身體可以好好表現，這樣實在太危險了。

於是在PJ的建議下，我們上YouTube看路人幫我們拍的影片，從那些雜亂無章率性而爲的動作裡找出最具衝擊力的幾種。除此之外，我們還看了上百首國外搖滾名團的現場演唱，把那些踢腿、跳躍、甩吉他、大車輪通通記在腦子裡，隔天在鏡牆前面一邊演唱一邊試著運用看看，找出哪些適合在間奏使用，哪些可以加強副歌的震撼，並加以修改強化，成爲專屬於我和王勁威的招牌動作。

錄影前一天，PJ和一名男子來「音爆」看我們練習。男子不高，身材偏瘦，臉上有明顯的黑眼圈，看起來像疲累的稅務員。他從頭至尾都沒有說話，抱胸靠牆站在一旁，用單眼皮的黑色眼珠盯著我們。

等我們發現的時候，男子已經不見了，只剩下PJ一人。他蹺著二郎腿坐在椅子上，修長的食指輕輕敲著嘴唇不知道在想什麼。

練習結束後，PJ要我們早點回家睡覺，多喝水別吃宵夜，然後什麼都不要想。

「雖然你們第一次面對鏡頭的經驗不是很愉快……」他說的是兩天前的彩排，我們忘詞忘動作忘和弦，幾乎所有能忘的都忘了。「但你們已經記得那感覺了，被攝影機鎖定的感覺，那跟路人用手機拍你們沒什麼不同，明天就是一場最大型的街頭表演，只要記得這樣就可以了，放輕鬆好好享受，徹底搖滾吧。」

離開「音爆」後，一個人騎著車的我，突然發覺自己的心情像校慶園遊會前一天的高中男生一樣，一面期待著明天，一面又對這兩個禮拜練習的日子感到深深不捨。明天一切就要結束了，不論是和PJ討論音樂、跟魏老大一起吃宵夜，或是一整天什麼也不做就只是和王勁威唱歌，這些全都要畫下一個句點。

我希望那會是一個很棒的句點。

不對。

明天絕對會棒到不行。

絕對會！

17 兩個星球

生命裡充滿了各種意外。

PJ說早點睡覺，多喝水別吃宵夜，然後什麼都不要想。

我做到了前兩個，卻搞砸了最後一個。

我想到可潔。

原本我預計環島結束後要找可潔出來吃飯，她也答應了。爲了這一天，我花了許多時間和心思準備，希望可以挽回她，怎麼知道事情卻突然轉了一個大彎，環島取消了，變成上電視PK人氣王。

忙碌緊湊的練歌和開會，使我幾乎忘了和可潔的約定，甚至連原本進行中的準備作業也暫時擱了下來，然後，在今天晚上，最重要的前夕，我卻突然想起這件事。

我拿出了手機。

自從生日當晚收到可潔的訊息之後，我便偶爾會傳簡訊給她。我沒有提到任何關於分手的事或心情，只傳一些生活上的趣事或小事，但不論我傳什麼，也不論過了多久，她一定會傳回來。每次收到她的訊息，就算只有短短幾個字，也足以讓我開心半天。其中一則簡訊更是讓我笑了好久，起因於我在一個地震後傳給她的訊息。

有地震！千萬別躲在桌子底下喔，會撞到頭

幾分鐘後她傳回來。

謝謝關心！你不要抱著枕頭衝出去喔，會被車撞

這則簡訊讓我想起剛在一起時的我們，字裡行間充滿可愛的默契。我幾乎可以想像可潔在打這則簡訊時忍不住上揚的嘴角。我覺得我們之間似乎還留有一條淡淡的線，聯繫著回到過去的可能。

雖然如此，我一直都沒有打電話給她，不是因爲害怕她不接電話，而是我有太多話想告訴她了，我沒有信心可以在電話裡講清楚，我需要和她面對面，共處一段不被打擾的時間，才能好好表達這段日子心中的想法。

但現在，我卻有股強大的衝動想打電話給可潔，想告訴她我最近劇烈轉變的生活，明天要進攝影棚唱歌的事，以及我的害怕與期待。

只是我很快就打消了這個念頭，現在已經十一點五十了，不是一個打電話的好時間，我有些懊惱，昨天或前天那麼多時間怎麼沒有想到要打給可潔呢？

最後我傳了一封簡訊給她，問她睡了嗎，說我明天要去電視台錄影，上節目PK。

我以爲她看到這則簡訊，一定會馬上傳回來，甚至可能會打電話給我，驚訝地問我PK是怎

麼一回事。但什麼都沒有，我的手機靜悄悄地毫無動靜。

可潔已經睡了嗎？還是正在洗澡？今天是禮拜五，說不定她還在外面，一時沒看到或手機沒電了？

再等一下好了，她一定很快就會回了，我這麼告訴自己。

但一直到我三點睡著時，手機都沒有響起。

隔天早上醒來的時候，我知道自己糟了。我雙眼浮腫，皮膚乾黃，臉色像整夜沒睡的值班醫師一樣差。但這都不是最慘的，最讓人絕望的是我的喉嚨，又緊又乾，怎麼咳都不順，好像被一雙透明的手勒住了脖子。

我衝去廚房灌了兩大杯溫開水，然後試著哼唱副歌看看，希望一切只是早晨起來的錯覺，只是喉嚨難得的起床氣，一切都會沒事的。但很快這願望便破碎了，我的低音下去得亂七八糟，高音像是太監在尖叫，至於最高的那個音，甚至連邊都還沒碰到。

這結果使我幾乎哀號出聲。我看了手錶，距離今天排定的上台時間還有七個小時，在這之前我都不能說話，要讓聲帶休息。我泡了膨大海裝進保溫瓶裡，一面祈禱聲音可以回到正常，一邊懷抱著不安的心情準備出門。

我和王勁威在電視台大樓前會合，他看起來很嗨，像是今天要出發去環遊世界一樣。我則像是做錯事的小孩，一臉歉疚，用手語告訴他我的慘況，由於怎麼比他都看不懂，我只好拿出紙和筆寫給他看。

他看完後馬上把我揍了一頓，不像是開玩笑的，有幾拳痛得十分徹底。打完後他問我：「那你收到簡訊了嗎？」我搖搖頭。爲了不錯過可潔的簡訊或電話，我已把手機調成最大音量的響鈴加震動，但整個早晨它仍像冬眠的熊般沒有任何動靜。

我們在大廳遇到了女孩二人組。私底下的她們沒有化妝，看起來就像普通的女大學生，若是沒有Taylor吉他背袋和圍在身旁的粉絲們，我們十分有可能就這樣走過去，完全不知道曾和她們擦身而過。

「欸你看。」王勁威指著她們的一個男粉絲，他一臉蒼白又瘦又矮，正被一群兇狠的女粉絲擠到後面去。他拿著自己做的加油海報站在外圍，嘴巴微微張開，似乎想出聲吸引兩個女孩的注意，卻始終沒有發出聲音，海報也要舉不舉的，看起來畏縮又害羞。

「你覺得他會喜歡我們的音樂嗎？」王勁威問我。

我搖搖頭。他看起來就像會被我們的音量嚇死的樣子。

「我覺得會。」王勁威說，「我要用今天的表演，讓他變成一個愛上搖滾的男子漢。」

男孩把海報夾在兩腿間，手在包包裡翻找了很久，最後終於找到相機，他踮起腳想要拍照時，女孩二人組正好踏進電梯裡。他一臉失望地把相機收起來，拿起胯下已經弄皺的海報，默默走到錄影觀眾排隊進場的隊伍裡。

「一定可以的。」王勁威彷彿在跟自己確認什麼般，又說了一遍，「一定可以。」

我看了男孩最後一眼，然後和王勁威一起走去搭電梯。我不在乎他會不會變成我們的粉絲。他喜歡我們，或是再繼續喜歡二人組五十年，都沒有關係。但是，我突然很想傳達一點東西給他，一點溫暖的勇氣，用我和王勁威的音樂，毫不保留地塞進他心裡。

等待電梯的時候，我在心裡祈禱，向神，向耶穌，向觀世音菩薩，向阿拉，向任何一個我知道名字的全能聖者，祈禱我的聲音趕快恢復。

□

錄影開始了。

我和王勁威站在後台，從我們的角度可以瞥見整個攝影棚。在電視機前看過許多次的女主持人，此刻就站在舞台中央，說著今天節目的開場白。整個場地所有人都盯著她，工作人員、參賽者、現場觀眾，沒有人發出半點聲音，只有主持人尖亮的嗓音迴盪在空間裡。

這個攝影棚我已經來過一次了，上次彩排我和王勁威就站在同樣的舞台上，唱著七零八落的歌曲。但今天和那次不同，沒有走來走去的工作人員，沒有人告訴你要站哪裡要說什麼，沒有錯了可以重來調整的機會，今天有的只是完整專業的燈光，座無虛席的觀眾台，四個銳利嚴肅的評審，確實運轉正在記錄現在的五台攝影機，以及開始錄影前導播的倒數聲音。

每當導播大喊「好！五、四、三……」時，那聲音總會使攝影棚的氣氛瞬間改變，像是來到另一個重力的星球。在這新的空間裡，我的心臟乾乾地跳，空氣微微刺激皮膚，腋下開始出汗，不太能掌握身體的姿態和力量，我吞著口水，努力適應這一切。

今天的主題是外來軍團踢館，錄影的過程和電視上看到的差不多。參賽者上台，公布他們的PK對手，然後輪流表演，最後給分講評。一組一組這樣下去，每次表演結束後導播會大聲喊好，攝影機停止運轉，空氣裡彷彿會聽見許多神經放鬆下來的聲音。我則會回到自己的星球，感受熟悉的氣壓和安全感，等待下一次導播的聲音響起。

但慢慢地，兩個星球間的差異開始不那麼明顯。等我注意到的時候，我已經像在沙發上看電視般自在看著舞台上的表演。我隨意動動手腳，不再沉重僵硬，心跳也回復正常，我發現自己逐漸適應了。

我轉頭看向王勁威，只見他雙眉深鎖，若有所思，我順著他的視線望過去，發現他並沒有在看舞台上的表演，而是盯著參賽區一個穿短裙的可愛女孩，那裙子短到應該有人頒發個什麼節省獎章給她才對。

我差點暈倒，這傢伙竟然還有心情看妹啊。

我突然拍上他的背，把他嚇了一跳。

「嗯？怎、怎麼了？」

我努力克制不笑出來，用手比自己的喉嚨，又指指後面。

「你要去開嗓喔？」

我點點頭。

「好，我等一下去找你。」

我回到休息室，拿出膨大海喝了幾口，仍舊是溫熱的，喉嚨瞬間溫暖起來。由於有另一個女生戴著耳機在練習，我走出休息室，來到一個沒人的樓梯間。

一開始我有些害怕，但在第一個音順利出來後，便稍微放心了。每一個音階我都唱得比平常久，小聲但是厚重，讓氣流穩定的震動聲帶，暖身般使喉嚨慢慢熱起來。我以前從來都不會在表演前開嗓，這是上禮拜PJ請老師來教我們的。「唱歌就像開車，聲帶則像汽車，想要開得又久又穩，就要有正確的保養方式和開車技巧，唱歌也是一樣。」臉色紅潤的歌唱老師這麼說。

若是發覺今天狀況不好，就不要再講話去震動聲帶，讓它休息，只要休息足夠，它便會知恩圖報自己恢復的。這是老師在兩個小時的課結束前說的。

我不知道是否真的如此，但這是今天早上我唯一可以想到的方法。我不確定自己休息的時間究竟夠了沒有，但我馬上就要知道了，我開始唱到比較困難的高音，很快就會有答案。

我像試水溫的泡湯客，把顫抖的腳尖先伸出去，沒問題，OK，水溫還在可以忍受的範圍，然後是整個腳踝，小腿，大腿，我一路向下探底。聲帶像換檔平順可以信賴的舊車，引擎轟隆隆確實運轉，齒輪咬合緊密，我把油門踩滿，衝往整首歌最高的音。

我愣住了。

我發現自己竟然輕易唱到了平常難以抵達的高音，感覺就像輕輕一跳，卻突然可以灌籃一樣，世界的重力，或是我的彈力似乎不知不覺間改變了。

我深吸口氣又試了一次。這次停留久一點，試著做些變化，抖音，真假音互換，加進不同的口氣，每個技巧都毫無窒礙，像是我天生就會一樣。

「原來你在這。」王勁威突然出現，「喉嚨還好嗎？」

我感動地看著他。

「怎麼了？」

我要他別廢話，趕緊和我試試看一段需要和音的副歌，結束後他說：「欸幹，你喉嚨不是不行嗎？怎麼唱得比平常還要好？」

「大概是天才吧。」

「少來，明明就緊張到不行還裝。」

「還好吧，」我逞強地說，「你不緊張嗎？」

「完全不會啊，」他露出機車的笑容，「這就是我比你受女生歡迎的地方，帥吧。」

我給他一個拐子，接著我們一起走回休息室。一進去就看到一個髮型像盧廣仲的工作人員，他似乎正在找我們，他說要準備stand by了，再一組就換我們上台。

我和王勁威互看一眼，很多東西在瞬間交換，一如當年我們在樓梯轉角分別時的眼神，什麼都不用說，什麼都可以懂。

我們拿出吉他做最後一次調音，就在這時我聽到一個熟悉的旋律，極為小聲，像從森林深處傳出來般模糊遙遠，但我仍聽出來了，是綠洲合唱團的〈別憤怒回首〉（Don't Look Back In Anger）。

下一秒我跳起來。

媽的，這是我的手機鈴聲啊。

我衝去背包拿出手機，第一個念頭是怎麼忘記調震動了，這樣等一下可能會吵到別人，但這件事隨即就不重要了，螢幕上的字抓住我的每一根神經。

是可潔。

瞬間全世界的聲音都被吸走了，我瞪著螢幕，無法動彈，手機像一個活生生的小動物，在掌心一跳一跳，似乎正在呼喚我，等待我的回應。

我突然想起王勁威在等我，我朝他舉起手機晃了晃，他看了點點頭，對我比了一個OK。

我沒有再耽擱任何一秒，按下通話鍵，將手機緊貼耳朵。

「喂……」我說。

手機裡的嘈雜聲音滿滿的溢出來，瞬間便充滿我周遭，包圍了我，將我帶到另一個地方。下個瞬間，可潔的聲音突然出現，那麼清楚巨大，好似她就站在我面前。

「喂？哈囉？」

我呼吸暫停，彷彿被什麼看不見的巨浪瞬間淹沒了。

我已多久沒有聽到她的聲音？

好懷念……

眞的好懷念……

「喂。」我聲音有些顫抖。

「嘿，」可潔似乎終於聽到我的聲音，興奮地說，「我剛剛才看到簡訊，你怎麼會跑去上那個節目啊？錄影結束了嗎？你可以說話嗎？」

現在不行，輪到我上台了，我必須掛電話了。

我應該這麼說的。

但我發現我說不出口，事實是，不知道有多少個夜晚我幻想可潔的聲音在我耳邊響起，我等這通電話已經太久太久了。我有好多話想告訴妳，可潔，好多好多好多。

我想告訴妳這些日子發生的所有事情，想告訴妳我心中對妳的全部想念，我想念妳的笑容，妳的活力，妳的擁抱和溫暖，想念那些窩在家看電影的慵懶時光，想念星期日早晨起得很晚討論要去哪裡吃早餐，想念逛超市，想念每晚的睡前電話，想念我們對未來的想像，想念妳的眼淚，想念吵架，想念妳手心的溫度，想念妳的一切。

妳回來好不好，可潔……

「可潔……我……」

突然我聽見有人喊我的名字。

「嘿，快要開始了！」王勁威在走廊上朝我揮手。

「是不是有人在叫你？」可潔問我。

「嗯，輪到我上台了。」

「眞的嗎？那你趕快過去，」可潔說，「一定要贏噢，加油，掰掰。」

電話斷了，手機的嘈雜聲和可潔的聲音一起消失，我又回到電視台的凌亂休息室。

我閉上眼睛，深深的，深深的，吐出一口氣。

18 三十六色彩色鉛筆

我一回去就看到女孩二人組表演完了，現場掌聲如雷。還來不及緊張，女主持人已經走上舞台準備介紹我們出場，她嘴巴動個不停，但沒有一個字進到我耳裡，眼前的一切失去了真實感，時間的概念變得很模糊，像一場別人的夢。我無法分辨自己究竟等了三十秒還是五分鐘，我只聽到王勁威說走了，接著我就站在舞台中央。

主持人問了一些問題，似乎都和行天宮有關，王勁威答得很不錯，逗得全場哈哈大笑。下一秒，我突然意識到舞台上只剩下我和王勁威，主持人不知道消失去了哪裡。王勁威對我點點頭，說要開始了，OK嗎？

我看著他，然後環視整個攝影棚，屏氣凝神的觀眾塞滿了狹小的場地，每張臉孔都隱沒在暗影裡，充滿無法言喻的壓迫感，空氣灼熱難以呼吸，攝影機無聲地對準我們，頭頂上方一組組照明設備像倒掛的巨大蝙蝠，王勁威的嘴唇緩緩嚅動，OK嗎，他說。

突然我發現自己無法動了。

我無法回應他，無法深呼吸，無法鬆開抓著琴頸的左手，甚至連動一跟手指都辦不到。我不知道自己怎麼了，彷彿被魔法困在別人的身體裡。我注視王勁威，想向他求助，他卻只是對我點點頭，將視線移向前方。

不行！我大聲呼喊，卻傳不出任何聲音。只見王勁威靠向麥克風，拿pick的右手緩緩舉起來。完了，一切都完了，我辦不到，我搞砸了——

就在這一刻，一個夾帶光芒的清晰嗓音，箭一般穿過我的身體，解除所有咒語。

一定要贏噢，加油。

分毫不差，我趕上王勁威刷下的第一個和弦。

接下來的一切都如此熟悉，絲毫不費力，和過去上百次的練習一模一樣，但又似乎和練習時截然不同，此刻和王勁威一起嘶吼的我，感覺更暢快，更自由，更搖滾，更爽！

唱到最後一句時，我閉上眼睛，可潔的模樣毫不費力地出現眼前，我感覺胸口瞬間滿脹起來，下一秒，有什麼東西隨著最後的高音一起從我的身體離開，飛了出去。

一回到後台，我立刻打給可潔。

「表演結束了。」

「怎麼樣？怎麼樣？」可潔的聲音十分興奮。

「輸了，二十四比二十五，輸一分。」

手機那頭傳來大大的惋惜聲。

「怎麼會這樣？好可惜。」

「是啊，但我們已經盡力了。」

「不過二十四分已經超高了欸，超級超級高，」可潔說，「我都不知道你那麼厲害。」

「都是靠王勁威啦，我跟他一起表演，妳還記得他嗎？我高中最好的麻吉，之前有跟妳提過。」

「我記得，你們怎麼會被找去PK啊？」

「這說來話長，妳知道我們之前有上新聞嗎？YouTube那個？」

「你上新聞？不知道欸，快說。」

我簡短地把環島、新聞與PJ的事說給她聽。

「好誇張。」可潔發出讚嘆。

「我也這樣覺得。」

「你們這集什麼時候要播啊？我一定要看。」

「好像是下下禮拜吧，我確定了再跟妳說。」

「好，一定要喔。」

「沒問題。」

說完後，我和可潔突然進入一段短暫的空白，像是一個缺口，所有關於分手的回憶瞬間湧進這片空白裡。

「呃……妳最近怎麼樣？」我急忙打破沉默，「工作還好嗎？」

可潔沒有馬上回答，過了一會兒才開口。

「嗯，跟以前差不多。」

「還有想換工作嗎？」

可潔畢業後便在知名百貨的營業課上班，常因為百貨公司的各種活動而加班，週年慶忙起來更是沒日沒夜。過去兩年她已和我討論過這個問題無數次了，但因為離家近，待遇也不差，所以可潔一直沒有眞正下定決心。

「最近關於這個想了很多，上禮拜有跟課長稍微提一下離職的事。」

「眞的？妳終於說了，那他說什麼？」

可潔笑了一下，「你猜。」

「他要幫妳加薪？」

「猜對一半，他說年底有一波人事異動，我要升組長了。」

「是喔……恭喜欸。」

「謝謝。」

我可以感覺出電話那頭可潔的苦笑。

「那現在怎麼辦？」

「我還在想，」可潔說，「不知道欸，搞不好我會喜歡組長這工作也不一定，或許這就是人生吧。」

「您說的是，羅組長。」

「夠囉。」可潔笑著說。

突然有人拍我的肩膀，我轉過頭，是王勁威。

「其他參賽者說等一下要去吃燒肉，你要不要去？」

我點頭說好。

「抱歉。」我對可潔說。

「要去吃燒肉喔，好好喔。」

「妳聽到囉？」

「你朋友講話超大聲的啊，不聽到也難。」

「眞的，我有時也會被他嚇到。」

「那你先去忙好了——」

「也沒什麼要忙的啦。」

我發現自己急著打斷她，不想就這樣結束。

但是，我究竟還想說什麼？

「不過……是眞的要去準備一下，那先這樣好了，我知道播出時間後再跟妳說。」

掛斷電話後，可潔的聲音似乎還留在空氣中，像某種味道般飄著，始終沒有散去。

我在原地待了好一會兒。

原本我以爲，我會在這通電話裡告訴可潔所有我心中的話，然後求她回來，但我沒有，我甚至沒有提到任何關於分手的事。

我知道那是因爲我沒有勇氣去碰觸，即使可潔已經對我打開了門，即使我們的簡訊仍留有些許過去的氣味，但我依舊害怕，害怕受傷，害怕剝開的表層下是血淋淋的現實，害怕希望會在這通電話裡完全破碎。

突然一個男人跑到我面前，是王勁威，他看起來異常興奮。

「欸，PJ問我們下次還要不要再來PK，不過到時候對手是用抽籤的，不一定能讓我們報仇就是了。」

我看著他，沒有回答。

「靠你怎麼一臉大便，該不會是輸了在難過吧？」王勁威用拳頭打上我胸口，「幹，你最後那句超屌，根本就是我的英雄，這一分就送給她們吧，沒差啦，下次再把她們幹掉就好了，走了啦，吃燒肉了！」

王勁威又拍了我一下，然後哈哈大笑離開了。

整頓晚餐王勁威的笑聲都貫穿全場，即使面對一群才剛認識的人，他也絲毫沒有不好意思。

那笑聲跟著我回家，在我耳邊不停迴盪，彷彿是在說，究竟有什麼好怕的呢？

隔天我問到播出的時間，打給可潔，她似乎正在捷運上，可以聽到門即將關起來逼逼逼的聲音。

我告訴她我們那集會在這個月的最後一個禮拜五播出，然後問她什麼時候有空可以出來吃飯。她說接下來有個活動要連忙十天，我想乾脆等她看過播出後再見面，所以跟她約播出的隔天吃晚餐。

掛上電話後，我知道我已經刷下了前奏的和弦。

這次是真的要決勝負了。

無論怎麼樣，我都要唱完這首歌，用最大的音量，毫不保留地唱給她聽。

□

禮拜一一早我來到大魔域，這是我請假後第一次上班。

「比賽怎麼樣？」我剛坐下老鼠就問我。

「輸了，輸一分。」

「也太接近了吧。」老鼠一臉可惜，「那錄影好玩嗎？」

我搖搖頭，「攝影棚的壓力大到我差點吐出來，恐怖得要命。」

「沒走音吧？」

「幸好沒有，託你的福。」

「還託我的福咧，你怎麼上個電視，回來講話就怪怪的。」老鼠笑著說。

「當然，我明星了嘛。」我也笑了，「最近大魔域怎麼樣？DVD業績還好嗎？」

「出乎意料的好，我原本以爲呂信維接手後又會把它搞砸，沒想到他弄得還不錯。」

「是喔。」

或許是我語氣裡的哀怨被老鼠聽了出來，他接著說：「不過他都是照你的方法在做啦，易萱上次還誇讚你呢。」

「她說什麼？」

「她說看不出來你平常吊兒郎當的，卻想出這麼好的方法。」

我看著老鼠，不知道該哭還是笑。

稍晚我把幾疊漫畫和DVD陸續上架，回到櫃檯時老鼠一臉笑意盯著我。

「怎麼去那麼久，太久沒上班了厚。」

「有嗎？」

「拜託，剛剛那才多少，你之前根本用不到三分鐘。」

「我剛上了多久？」

「至少有十分鐘吧。」

老鼠的話讓我嚇了一跳，我想起自己剛似乎在想前天錄影的片段。下午的時候，我發現自己三不五時就看手錶，想著怎麼還沒有下班。這種事情過去從來沒有發生過，以前我可以一整天都待在大魔域，一秒鐘都不覺得無聊，現在卻只想趕快下班找王勁威練琴。

我把一份琴譜從背包裡拿出來，那是王勁威寫的新歌，他希望我可以幫他填詞。

「又來？我眞的不行啊，高中的時候不就試過了。」我昨天這麼對王勁威說。

「可是我眞的寫不出來啊，我想的歌詞都超幼稚的，你以前每次國文都考得比我高，你一定可以的啦，你再試試看，拜託啦。」

我知道國文和寫詞沒有任何關係，所以嚴正拒絕他的拜託，但他卻假裝沒聽到。

「雖然已經決定好下次的歌了，但如果可以的話，我想表演這首，你可不可以這禮拜把詞寫出來啊？」

當然不可能啊，我又不是林夕，我這麼說。但王勁威彷彿耳聾一般，自顧自拿起吉他彈了起來。三分鐘後，我把自己從某個國度抽回來，我投降了，這首歌太棒了，我們一定要在電視上表演才行。

「我們下次一定要表演這首歌。」我對他說。

「沒錯，所以就靠你了。」他對我說。

於是今天下午沒事的時候我都在思考歌詞，三點半的時候老鼠問我要不要吃甜甜圈。

「好啊。」我說。

二十分鐘後，一個女孩拿著兩袋mister Donut進來，是小敏。

她的笑容很靦腆，和我們第一次見面的時候一模一樣。我愣在當場，不知該如何反應，老鼠用力推了我一把。

「呃⋯⋯嗨，好久不見，妳怎麼在這裡？」我說。

「你這什麼問題——」老鼠尻了我的頭一下，「她幫我們買甜甜圈啊。」

「喔對，甜甜圈，謝謝。」我從小敏手中把袋子接過來。

「不客氣。」小敏仍舊是那小小的笑容，洋娃娃般站在櫃檯前。

「坐啊。」老鼠拿出一張椅子，示意小敏坐在我們旁邊。

小敏把包包放下來，說她先去一下廁所。

「你搞什麼東西？」我問老鼠。

「沒有啊，她說想過來探望我們，我就請她幫我們買個甜甜圈。」

「這——」我一時語塞。我記得我有和老鼠提過我和小敏的後續發展，那就是沒有發展，我後來都沒回電話給她，訊息也沒回。

小敏出來了。她坐在老鼠左邊，我坐在老鼠右邊，我們三個人吃著甜甜圈配美式咖啡。場面並沒有我預期的尷尬。一開始小敏和老鼠開心地聊著推理小說，我也偶爾插上幾句話。後來老鼠提起我最近去錄影的事，小敏因此尖叫出聲，原來她是那節目的忠實觀眾。接下來的一個小時，我都在回答她關於錄影和其他參賽者的各種問題。

小敏五點半的時候走了，她說要和朋友去看電影，老鼠聽到這句話時喔了一聲。小敏走後，我問老鼠她是和安妮去看嗎。

「不是啊，一個男的，最近在追她。」

「是喔。」

「怎樣，後悔了噢，當初某人就不要啊。」

「唉，也不是這樣。」

「好啦，我知道你還是放不下前女友。」

我沉默了一會兒。

「對小敏……我好像眞的太過分了……」

「你才知道。」老鼠把桌上的垃圾收一收，「你都不知道當初是誰在幫你收爛攤子。」

「什麼意思？」

「你不理小敏那陣子，她天天打給我，問我你怎麼會是這樣的負心漢啊，唉唉。」

「眞的假的？我……我也不算負心吧，我們才——」

「我知道啦，負心漢那是我自己加的，不過人家好歹也陪你過生日，你就這樣完全不理，實在很糟糕欸。」老鼠把垃圾塞進垃圾桶，用腳大力踩扁，「而且我都跟你說過她對你有意思了，你還搞成這樣，唉。」

老鼠的話使我突然發現，我不只對不起小敏，也對不起好心幫我介紹的老鼠。我打心裡覺得慚愧起來，久久沒有出聲。

「好啦。」老鼠把腳從垃圾桶裡拔出來，「反正都已經過去了，她現在也過得蠻好的，然後她說還是想跟你當朋友，所以今天才來的。」

原來是這樣。

即使我這麼混帳，小敏還是想和我繼續做朋友。我想起她最喜歡的參賽歌手，我告訴自己下次錄影一定要幫她要一張簽名照。

下班前幾分鐘，呂信維出現了。

「嗨。」他對我點點頭，走進櫃檯坐下。

他的舉動讓我有些意外，相隔兩個禮拜沒有見面，我以爲他會更加熱情，不，應該說是假裝熱情，像他過去做的那樣。

但他沒有，他只是打開報表埋首研究，眉頭深鎖，沒有再多說一句話。

「他看起來似乎很累。」我對老鼠說。我們再度一起上書上片，離開櫃檯閒聊。

「現在整家店的業績都他在扛，他壓力也很大吧。」

我瞥了一眼呂信維，他和兩個禮拜前的活力模樣判若兩人，我突然想起上次見面時他的笑容，他要我儘管放假不用擔心，說他會搞定一切。

「對了，三個月的試用期到了。」老鼠看了我一眼，「跟你說一下。」

我點點頭，沒有多說什麼，逐一將剩下的書放回書櫃。

這陣子我的生活重心全是和王勁威練歌以及準備錄影，對店長也差不多死心了。但不知道爲什麼，老鼠的話還是讓我難受起來，內心深處有種落空破洞的感覺，像一個人站在無邊的原野中央，灰色天空不停下著雨。

王勁威今天要去看牙齒，所以下班後我直接回家。

我坐在書桌前，拿出一疊白紙，幾支削好的2B鉛筆，一塊百樂橡皮擦，還有一盒三十六色德國輝柏彩色鉛筆。我過去用這些東西做過好幾次可潔的卡片，聖誕節、生日、情人節、週年紀念……，這些卡片曾讓可潔露出笑容，也流下過淚水。

自從生日收到可潔的簡訊後，我又開始了這熟悉的作業，只是我不再畫愛心或聖誕老公公，我在白紙上畫下我們的回憶，以及我的心情。我不知道這麼做有沒有用，但這是我現在唯一可以做的，也是我唯一有能力做好的。

我會盯著紙上的空白，讓思緒掉進過去，接著在某個時刻掙扎醒來，把那瞬間的氣味、感覺與情緒用我的方式複製在紙上。有時我會用漫畫的形式，配上記憶中的對白，有時就只是畫一張大圖，一個字都沒有。這些作品可能對世界上的任何人都沒有意義，但只要可以感動一個人，那就夠了。

我每天的生活十分簡單，除了上班和練歌外，都待在自己的小套房。由於之後還要繼續比賽，所以我沒有回復到完整的班次，一個禮拜只去兩次，其他時間則請別人代班。只要我和王勁威同時有空，我們一定相約練歌，剩下的時間我就在畫圖。

每次一畫圖，我便複習了一些我和可潔的過去，那些往事像煙霧繚繞的懷舊電影，讓我常常想著想著便出了神。過去六年發生了好多好多事情，我總是可以不斷想到新的回憶。漸漸地，我發現自己發呆的時間越來越長，畫圖的時間越來越短，有幾次甚至整晚都沉浸在記憶之河，最後什麼也沒畫便上床睡覺。

有一個晚上，我想到了疊字情侶。

那是我們剛在一起差不多半年的時候，可潔給我看PTT Joke版的一篇文章。內容是作者有天去吃午餐，聽到隔壁的情侶講話一直疊字裝可愛，像是「北鼻要吃麵麵還是飯飯？」「我先去洗手手。」「等一下北鼻騎車車載我去上班好不好？」「哇北鼻吃完了，好棒棒！」害他差點把剛吃的東西全部吐在地上。

我和可潔看完笑得要死，接連好幾天，我們都故意講話疊字，然後在一種白痴的默契裡笑得很開心。有一天，可潔和同學去喝下午茶，聊到一半時，她同學突然神色怪異地看著她說：「欸，妳幹嘛一直疊字啊？好噁。」可潔才驚恐地發現她已經習慣說話疊字了，後來我們花了好一段時間互相提醒，才改掉這個恐怖的習慣。

我幾乎是邊笑邊畫，一氣呵成，不到一個小時就畫完了。

但並不是每段過去畫起來都如此順利，在某些回憶裡我會跌跌絆絆，必須花好長時間才可以走到外頭，仔細看清楚，拿起筆好好畫下來。

例如泡湯的回憶。

那原本是普通極了的一天，下班後我們約在東區見面，找了家餐廳吃飯，吃完後便在街上胡亂逛。快十點的時候，我以爲我們差不多要回家了，可潔卻突然說耶耶我們去北投泡湯吧，她邊說邊跳，雀躍不已，拉著我的手就要去坐車。

我皺著眉頭，站在原地不願移動。現在已經十點了，泡完不知道是凌晨幾點，而她明天還要上班，我也是，這樣玩起來一點也不開心。我說不要啦，但她卻不肯放棄，像隻松鼠在我身旁蹦蹦跳跳，試圖說服我那些事情一點都不重要，試圖說服我來一場小冒險，和她手牽手去天涯海角。

我繼續掙扎，天人交戰。和可潔在一起久了，我漸漸發現我們個性的不同，她像一隻金頂電池兔，永遠在跑動充滿活力，我則像隻老狗，習慣熟悉的老地方，不喜歡去改變。熱戀時的我，可以鼓起精力跟上她的腳步，但隨著時間過去，我慢慢變回了原本的我，不再有那麼多的衝勁了。

最後，可潔似乎厭倦了繼續說服我，她說算了，整個人瞬間垮了下來，和幾分鐘前的興奮模樣判若兩人。

可潔的態度讓我立刻決定，今晚沒有睡覺也無所謂了。我們一起去泡湯吧，我說。可潔卻已經不要了。她不再說話，只是搖著頭，無論我怎麼說她都不要了。

每當想起這種回憶，我都會難受得不得了，整顆心絞在一起，久久無法平息。我多麼希望可以回到過去，回到那個當下改變什麼，多做一件事，或甚至是多說一句話也好。但我什麼都無法改變，就連在畫畫的時候也不可以。

所以，從某天起，我停止回憶過去，轉而畫起了未來，如果我和可潔繼續走下去會擁有的未來。裡頭有我們提過的房子，說好的假期，她喜歡的狗，戶外的婚禮，我全都畫了進去。

畫這種圖是既快樂又感傷。快樂的是那些想像如此美好逼眞，好像近在眼前，伸手便可以抓到。悲傷的是我心中有塊部分在大聲吶喊，少自欺欺人了，這都是假的，是你不會擁有的未來。

儘管如此，我還是一邊笑一邊畫，然後告訴自己，這不是假的，總有一天一切都會成眞。

我會使它成眞。

19 二十七歲的性手槍

高三下學期的某節班會，我和王勁威蹺課來到熟悉的頂樓，空氣又乾又熱，一點風也沒有，收音機傳出龐克始祖性手槍（Sex Pistols）的〈十七歲〉（Seventeen），我們躲在水塔的陰影下，吉他放在一旁，完全不想動。

「喂。」王勁威叫我。

「幹嘛？」

「快畢業了欸。」

「廢話。」

「你之後要在哪裡念書？」

「學校吧，你咧？」

「我媽叫我在家念，她說給老師盯不如給她盯。」

「好慘。」

「超慘。」他嘆了一口氣，「來這裡的時間不多了啊……」

我沒有答腔，只是呆望著天空。今天的天空藍得眩眼，看久了好像眼珠都要變成藍色一樣，空氣裡性手槍大聲唱著「我們喜歡噪音，我們選擇噪音，噪音就是我們想幹的事」。

「你之後要幹嘛？」他問。

「考上大學然後去念啊。」
「那念完呢？」
「找工作吧。」我說，「上班啊。」
「你不覺得這樣有些無聊嗎？」
「那你要幹嘛？」我說，「我也想一直當個rocker啊，可是我們的團已經解散了，而且大家不是都這樣？」
「我也不知道，只是我覺得……這樣好像不夠好。」
「怎樣才算好？」
王勁威沉默了一會兒。
「每一次我在練琴的時候，你猜我都在想什麼？」他問我。
「有一天要開演唱會？」
他搖搖頭，「不是，我什麼都沒在想，就只是覺得很開心。」
我點點頭，我懂。
「然後我就想，如果可以一直這樣下去多好，一直彈吉他，一直覺得很開心。」
「你想當職業吉他手？」
「我不知道，如果眞的可以這樣，應該會很不錯。」
「但他們不是常說，當興趣變成工作就不開心了。」
「或許吧，」他想了一下，「但我只是想說，究竟人生是要追求什麼呢？譬如說，現在的我們是準備考試，追求一間比較好的學校？」

「嗯哼。」

「然後上了大學，畢了業，我們的人生目標就變成找一個好工作？」

「嗯哼。」

「那開始工作後呢？拚命努力升官？還是買車子？買房子？」

我聳聳肩。

「我的意思是，我們在這之間都在幹嘛？就像現在，準備考試，你快樂嗎？」

「怎麼可能。」

「這就對了，不可能快樂，快樂的是考上的瞬間，但之後又有了別的目標，別的追求，所以我們一直在過程裡，而且我們都不喜歡這個過程。」

王勁威突然站起來，低頭看著坐在地上的我。他的上半身暴露在陽光之中，燦亮耀眼，我無法一直盯著看，但我仍在一瞬間看見他的表情。

那是一張徬徨又勇敢，渴求答案的臉。

在性手槍的歌聲裡，在一片亮眼的刺白中，我似乎聽見他的疑問。

所以，究竟該怎麼辦呢？

□

「欸，你站起來的時候有說這句話嗎？」我說，「我一直不確定那是不是我想像出來的。」

由於王勁威說他不記得那天的事，所以我剛把我記得的內容從頭至尾說了一遍。

「嗯……聽你這樣說完，我還是沒印象欸。」他用手摸著下巴，看著我笑，「你確定這不是你幻想出來的？」

「怎麼可能！哪有這麼清晰的幻想啊，我連收音機在播的音樂都記得欸。」

「搞不好是你睡覺的時候做夢，音響沒關正好在放性手槍啊。」

「是眞的啦，你記憶力很差欸。」

「好，不然你說說看我站起來之後的事，如果眞的發生過，你應該有印象吧。」

「有啊，」我看著王勁威冷笑，「你眞的想知道？」

「說啊。」

「你說你要拉屎，然後就跑下樓去，一直到那節課結束都沒有再回來，我去找你也找不到，最後我就自己回家了。」

「喔。」王勁威後退一步，「是這樣嗎？」

我點點頭。

「哈哈……」王勁威乾笑兩聲，「那你的幻想可眞有趣啊。」

我決定不再理他，練我的吉他間奏。

我今天不用上班，所以一早就到王勁威家練歌，但不知道爲什麼，今天我們總是不時會聊起天來，或是一起看搞笑YouTube影片，練歌一點進展也沒有。所以兩點的時候我們決定去「音爆」，接上音箱麥克風好好認眞練習一下。

我們在「音爆」練了王勁威寫的曲子。這首歌的吉他已經編好很久了，但還是第一次配上歌詞，歌曲結束後，我和王勁威久久沒有說話。

最後是他先開口，「這歌詞再給我三百年我也寫不出來啊，你說你朋友叫什麼名字？」

「杜嘉明，綽號老鼠。」

老鼠在大魔域看我每天絞盡腦汁寫歌詞，覺得有趣，也跟我要了樂譜去寫。有些東西是很講天分的，例如投出一百六十公里的快速球還有成爲海賊王，而老鼠就這麼湊巧地擁有寫歌詞的天賦。

「老鼠啊，了不起。」王勁威讚嘆。

我原本以爲老鼠應該會寫個〈情歌殺人事件〉或是〈一個眞相．我愛妳〉之類的kuso推理歌詞，所以當他第一次拿給我看的時候，我還以爲是哪個女生寫給他的告白情詩。

那歌詞光用看的並不覺得有多特別，淡淡的，帶點秋日午後的惆悵，是我寫不出來的程度，但也還不到豔驚四座。不過一配上王勁威充滿感染力的曲後，原本的惆悵立刻顯出重量，而且是剛剛好的重量，胸口被歌詞緊緊抓著，情緒淹到鼻腔，讓人有想哭的衝動。若是歌詞寫得太過，反而就破壞了這微妙的感覺，我很好奇老鼠是怎麼辦到的，但他也說不出個所以然。

「的確了不起。」我說。

「他爲什麼叫老鼠啊，長得獐頭鼠目？」

「沒有，他長得比你帥。」

「哇。」王勁威露出欽佩的眼神，「那眞的是很帥很帥。」

我懶得回應他。

「那他爲什麼叫老鼠啊？」王勁威又問了一次。

我想了一下，然後搖搖頭，驚訝地發現自己不知道這問題的答案。

由於之後還有別人預約練團，四點的時候我們收東西準備離開。趙老大卻突然跑上樓，說PJ剛打來，請我們等他一下，他要來找我們。雖然這樣，我還是先走了，今天晚上我有重要的事。我跟王勁威說有什麼事再告訴我。

我回到家很快沖了一個澡，換上兩天前送洗的黑色西裝，這是我二十二歲那年爲了畢業典禮買的，從此之後就沒再穿過。

鏡中的自己一身西裝筆挺，看起來就像另外一個人。一個畢業後在公司找到工作，每天準時打卡上下班，對客戶鞠躬像喝水一樣頻繁，銀行戶頭裡有足夠錢可以取老婆的男人。

我又想起那個蹺掉班會的下午，我和王勁威在頂樓的對話。我原本以爲自己會成爲現在鏡中的模樣，但沒想到我卻變成上班時間看《海賊王》和九把刀，每天穿牛仔褲去漫畫出租店的傢伙。反而是王勁威，那個當年在陽光下質疑一切的男孩，才穿起了西裝，認認眞眞幹了好幾年的上班族。

但最後，他還是離開了。

現在的他找到答案了嗎？

我不知道。

我只知道他的臉龐比起當年篤定多了，也似乎開心多了。

那麼，我呢？

我打開電腦，把音量轉到最大，播放性手槍的〈十七歲〉。雖然很可笑，但我突然想，在那一刻收音機傳出那首歌，會不會並不是個偶然？有沒有可能，上帝已經把答案藏在歌詞裡了？

我上網找了歌詞仔細聽，聽完一遍又再重播一遍，然後再播一遍。

主唱強尼（Johnny Rotten）彷彿耍賴一般胡亂嘶吼著，「我不工作，我只飛馳，那是我唯一需要的。」

我在第三遍播到一半時關掉電腦，準備出門。

終究，要從歌詞裡找出答案，還是行不通的啊。

畢竟我已經不是十七歲的男孩了。

所以，究竟該怎麼辦呢？

20
百年好合

我到婚禮會場的時候打給老媽，她叫表姊出來帶我。一進去我就看到一個熟悉的背影，穿著一件合身的白西裝，在走廊上來回踱步。

「恭喜欸。」我一把抱住老弟。我不知道爲什麼要這麼做，記憶中我們從沒有擁抱過，但今天我就是想要抱他。

老弟有點嚇到，但又有點開心。他化了妝，臉比平常白了一點，兩頰還有淡淡的腮紅，整個人喜氣洋洋。

「緊張嗎？」

「還好。」雖然老弟嘴巴上這麼說，但我知道他十分緊張。大學放榜當天他就是這樣，老爸老媽在電腦前研究榜單，他則一個人在四坪大的房間裡走來走去。

「OK的，你帥到掉渣。」我左看右看，「新娘子呢？」

「慧君在裡面。」老弟指著右手邊一扇門，好幾位粉紅禮服伴娘不時進進出出。一個打扮像OL的女人跑來找老弟講話，似乎是今天的主持人，她手上拿著婚禮的流程圖，上面有許多塗改的痕跡。

我留下他們討論大事，一個人到處晃晃。離婚禮開始還有一段時間，但會場裡已聚集了一群長輩，他們似乎是包遊覽車一起上來的。我被姑姑拉過去和他們寒暄，回答他們沒有惡意卻不斷重複的問題：「弟弟已經娶某了，你啥咪時陣咩結婚啊？」

我在第二批遊覽車親戚團抵達時跑出會場，找了一間無人的休息室躲起來。

我坐在舒服的沙發裡，門外傳來許多人快步走動的聲音，有個女的大叫提醒大家時間，有人在找剛送來的幾箱紅酒，偶爾還穿插老媽尖銳的嗓音，她想知道老弟究竟跑去哪裡。我聽著各種忙碌又幸福的聲音，靜靜地等待婚禮開始。

下個瞬間，沒有任何預兆，我想到了可潔。

我想到如果我們繼續下去，可能會擁有的那場婚禮，那天可能也會這樣鬧哄哄的，混亂但又幸福。我想到可潔穿白紗的模樣，她一定是最美的新娘，那天晚上最亮的星星和她相比都將顯得黯淡無光。

我在一切膨脹到無法承受前關上思緒。今晚是老弟的大日子，不能讓我的情緒影響到今天的快樂氣氛，不然就太對不起老弟了。

門忽然打開，有個不認識的短髮女生走進來，看到我嚇了一跳。她慌張地退出去，但下一秒又探頭進來，「你有看到捲毛嗎？」

「嗯？誰是捲毛？」

「喔。」短髮女孩的表情有點窘，「就是慧……嗯，新娘子的臘腸狗。」

「喔喔。」我想起有幾次回家曾看到牠的狗影，印象中是一隻安靜沉穩的狗，不會像瑪爾濟斯一樣到處衝來衝去又亂叫。「沒看到欸，怎麼了？不見囉？」

「對啊，剛剛還在化妝室的，後來就沒看到了，慧君很擔心。」女孩也露出很擔心的表情。

要是慧君在喜宴前一刻最擔心的是一條狗，這樣老弟就太可憐了，於是我便自告奮勇幫女孩一起找狗。

老實說，一隻三歲的臘腸狗，體型差不是五隻寵物兔揉起來的大小，怎麼會找不到呢？

但偏偏就是找不到。

我像個白痴一樣在後台和會場裡到處喊著捲毛捲毛，還蹲下去把每一桌的桌巾都掀開，舞台好幾層的布幕也都一一檢查，甚至連廁所都找了——因爲慧君說捲毛是一隻會自己上廁所的好狗——但怎麼樣就是找不到這隻死狗。

隨著喜宴開始的時間接近，慧君的表情也越來越擔心，幾乎快要哭出來了。

這樣下去可不行啊。

我衝到服務台，拜託他們幫我廣播，請有看到捲毛的人趕快通知我們。在等待的這段時間，我繼續在場內場外到處找著捲毛。

中間我遇到老弟，他似乎不知道捲毛的事，我也沒打算講。我告訴他老媽在找他，他說他剛剛有遇到媽了，老媽想要他戴她前幾天買的金項鍊，但他死都不肯。

「很俗欸。」老弟皺著眉頭說。

看到老弟的表情我不禁笑了出來，這是第一次他沒有乖乖聽媽媽的話。

我和老弟分開後，繼續找那隻死狗。中間遇到了短髮女孩兩次，她叫子庭，子庭總是對我搖搖頭表示還沒找到，服務台也始終沒有接到任何關於狗的通知。

眼看喜宴就快要開始了，整個會場也坐得差不多了，我突然靈機一動，想到一個地方還沒有找過。

我詢問會場裡的服務生，他說廚房設在一樓，所有食物都是透過一個傳送設備運上來的。我問他那設備在哪裡，他帶我過去，那是一個我剛剛沒有找過的房間，門上寫著非工作人員請勿進入。

房間內有許多餐車，大部分都已經擺著今天的第一道冷盤，我四下張望，沒有任何異常，然後我蹲下來，搜尋每一台餐車的底部。

就在那裡，一隻棕色的臘腸狗低著頭不知道在啃著什麼。

「捲毛，你給我出來！」不知道是出於興奮還是憤怒，我大叫出聲。狗被我嚇了一跳，在原地愣了一秒，然後開始撒腿狂奔。

這時候我就很慶幸牠只是一隻腿短的臘腸狗，不是黃金獵犬或是拉不拉多什麼的。我追上牠，把牠牢牢抓住，帶回去關在狗提袋裡。牠從頭至尾沒吠一聲，的確是一隻安靜沉穩的狗。

慧君最後還是哭了，喜極而泣，化妝師得重新幫她上妝，喜宴又多拖了十分鐘才開始。但除了這點之外，今天晚上絕對是完美的一晚。老弟和慧君在今夜許下承諾，相約成爲彼此人生最重要的一部分，從今以後不論發生什麼事情，他們都會擁有一個擁抱、一個微笑、一份掌心的溫暖，以及每天早晨一聲熟悉的早安。

而我呢？

我只會每天看著天花板的壁癌醒來，枕頭邊沒有人，手機裡也沒有。想到這裡，雖然告訴自己不要這樣，紅酒還是不禁多喝了兩杯。

唸誓詞的時候，老弟的聲音平板而僵硬，像是參加朗讀比賽的不拿手學生，內容也很老套笨拙，沒有一點想像力——讓我們一起牽手共度下半輩子，我會永遠照顧妳之類的——但慧君聽著聽著卻摀著嘴哭了起來。

要是平常，我可能會覺得這畫面很可笑，但此刻不知道為什麼，我竟然有點鼻酸，我猜是酒精的關係，酒精總會讓人變傻。

花俏鮮豔的水果盤上了之後，陸續有人開始離去，老弟和新娘子也換了一套衣服在門口送客。我和舅公姨婆二姑姑大表哥兩個堂姊以及還在喝奶的侄子說掰掰，黑色制服的服務生魚貫從側門出現，開始收拾餐桌。

喧譁聲漸漸移轉到門口，大家搶著和新人合照，小朋友拉著新娘的裙襬和她要糖果，老弟不斷笑著說謝謝謝謝。

我抓了一瓶紅酒，趁沒人注意的時候閃進剛才的休息室，裡頭仍舊一個人也沒有。我讓自己陷進沙發，仰頭灌著紅酒。

已經結束了，不用再撐了，喝吧，我對自己說，喝吧。

「恭喜！」我說，喝了一大口，「真的，弟，恭喜你！」

紅酒喝完我有些頭暈，決定在沙發上坐一會兒。沒多久我發現自己整個人歪躺著，口水流了一點出來，我不知不覺睡著了。我趕緊回去會場，裡頭只剩兩個吸地的服務生，舞台後的大型婚紗照已經撤下，桌上的杯盤也收乾淨了，只有插著百合花的花瓶還擺在原位。

似乎是看我一臉錯愕，服務生告訴我他們還在後台的化妝室。

化妝室裡亂糟糟的，老爸忙著把剩下的喜餅搬出去，老媽則嚷著什麼東西不見了，要大家幫忙找。除此之外還有四、五個人，子庭也在，她好像是慧君的表妹還是堂妹，正在角落整理新娘的禮服。

就在這時候，我注意到老弟和慧君，他們坐在一旁的椅子上，手牽著，輕聲細語不知道說些什麼。兩人的側臉線條都好柔和，眼睛裡的光也是。四周的嘈雜似乎進不到他們之間，那裡頭連空氣都不同，有一種安定不容打擾的味道。

我就這麼看傻了，直到老媽叫我去幫她找她的愛馬仕絲巾。

那個讓我傻掉的畫面，之後好幾年我一直反覆看到，畫面裡也慢慢加入了新成員，第一個是男孩，第二個則是女孩。我最後終於知道存在他們之間那使周遭氣氛截然不同的東西是什麼，那是這世界上最簡單，也最困難，最廉價，也最珍貴的東西。

□

婚禮的後勁很強，隔天醒來我感到無法形容的強烈憂鬱。陽光洶湧地從窗戶漫進來，整個房間都是迷人的金黃色，我一個人躺在床上，卻只覺得悲慘。

快中午的時候我終於爬起來，盥洗換衣服，騎摩托車到「音爆」附近的摩斯漢堡，我和王勁威昨天約好今天練歌前先在這裡吃午餐。

他出現的時候，我感覺有什麼地方怪怪的，卻無法明確指出哪裡有問題。五秒鐘後我才恍然大悟，他沒有帶吉他。少了吉他，他看起來就像少了一條手臂一樣。

「你的吉他呢？」

「放在家裡。」

「你忘了帶？」

「等一下再跟你說。」他說完就去櫃檯點餐。

他回來後埋頭吃著漢堡，始終沒有開口，終於我受不了打破沉默，「你等一下要回去拿嗎？還是跟趙老大借一把來用？」

他搖搖頭，低頭繼續吃著漢堡。

我覺得莫名其妙，正當我要再開口時，他放下手中的漢堡，說：「你還記得有一次來音爆看我們練習的男人嗎？瘦瘦的，有黑眼圈那個。」

我立刻就知道他說的是誰，那名疲累的稅務員只要看過一眼就很難忘記。

「記得啊，怎麼了？」

「昨天他跟PJ一起過來，說了一些事情。」

「什麼事？」

王勁威一臉猶豫，幾秒鐘之後他說：「你想先聽好消息還是壞消息？」

每當有人問我這問題，我總是先聽壞消息，但不知道爲什麼，今天看著他的臉，我卻沒有聽壞消息的勇氣。

我選擇好消息。

「昨天PJ來其實是想聽一下我們這次的表演，雖然你走了，我還是自彈自唱給他們聽，他們聽完後都讚不絕口，說這首歌太棒了，可惜你不在，不然兩把吉他加上和音一定嚇死他們。」

說著說著，他露出今天的第一個笑容。

「後來他們找我去星巴克聊天，那個男人是唱片製作人，叫顧佐全，好像在唱片圈蠻有名的樣子，他問我還有沒有別的歌，我給他聽我放在iPod裡的錄音檔，他似乎很滿意，最後他說想排時間進錄音室錄正式的Demo，他要拿去唱片公司談，看是不是有發片的可能。」

我整個呆住了。

雖然最近的經歷都誇張又超現實，雖然王勁威總說有一天我們要去小巨蛋開演唱會，但我從來都沒有眞正想過發片這件事，沒有幻想期待過，連晚上睡覺夢到都沒有，這和上電視PK唱歌是截然不同的。我感覺體內有個部分無聲地顫抖起來，越來越厲害。

「有可能發片？你說眞的？」我看著王勁威的眼睛，再一次確認。

他點點頭。

「顧大哥說看能不能這一兩個禮拜把其他幾首歌的歌詞生出來，所以可能要麻煩一下老鼠了。」

「我明天就去拜託他，他上次兩天就寫出來了，一定沒問題！」我笑得超級開心。

天啊，這一切眞是太瘋狂了！

我感覺全身熱熱燙燙的，想要衝到街上大吼，我們不應該在這裡的，應該找個地方喝酒狂歡，通宵慶祝……

我忽然觸電般全身一震。

王勁威怎麼會拖到今天才告訴我？

我仔細端詳眼前的王勁威，發現他雖然也和我一起笑，但他的眼睛沒有閃耀任何光芒，裡頭只有一層暗灰色的陰影。

「壞消息是什麼？」

我看著他臉上的笑容慢慢凝固，僵硬，然後消失，我感覺自己的心一瞬間凍結了。

王勁威垮著臉，和五秒鐘前判若兩人。

「是什麼？」我的聲音有些顫抖。

一段漫長的沉默後，王勁威終於開口。

「昨天顧大哥問我的意願，我當然馬上就說好，可是……可是他說，如果之後要發片，他希望……他的意思是……」

「他只想幫你一個人出片，對吧？」

他看著我，表情詫異。

「這沒什麼啊，白痴也猜得到，雖然一起上了電視，但我們的程度還是差太遠了，你絕對可以往職業歌壇邁進，至於我就免了吧。」

我裝出誇張的驚訝表情，「靠，你該不會以為我會介意這種事吧？」

「可是我們一直都是兩個人啊，一開始也是因為我們在行天宮的表演，他們才會找上我們，現在卻說只有一個人可以發片，我實在不能接受，而且，少了你就不對了啊。」

「這種事情沒有什麼對不對的啦，我吉他不強，音也不準，只會拖累你，發片又不是在路邊可以隨便唱一唱吼一吼，你一個人眞的會比較適合，拜託，製作人是專業的欸，他說的不會錯啦。」我說得很快，快到我自己也沒有發現，有個東西哽在喉嚨，熱熱硬硬的。

「可是……如果眞的開始錄Demo，環島可能就抽不出時間了，我們都準備了那麼久——」

「靠這哪有什麼，台灣又不會跑走，要環島隨時都可以啊，我拜託你，不要因爲這些小事就放棄這個大好機會，欸，你該不會還沒答應那個什麼顧大哥吧？」

「我說我還要考慮看看……」

「拜託，不要鬧了，哪有什麼好考慮的，你等一下就打給他，說你隨時可以開始錄音，歌詞我會請老鼠趕快搞定，拜託，你寫那麼多歌是爲什麼，就是爲了這個機會啊，算我求你，趕快答應他吧，OK？」

我激動的語氣似乎影響了王勁威，他慢慢點頭。

「欸別想那麼多啦，我們就把下次的PK好好練起來，用你的自創曲震撼全台灣，這樣跟環島走唱也是一樣啦，而且還更多人聽到欸。」我隔著桌子用力拍了他一下，「別憂鬱啦，大明星，以後小巨蛋演唱會要幫我留最前排的票喔，等一下練完歌買個一手啤酒去我家慶祝吧，走了啦。」

我拿起吉他站起來，王勁威卻沒有動作，他坐在位子上，低著頭沒有看我。

「下次的PK取消了，顧大哥說如果以後要單獨出唱片，不要繼續以兩人團體的身分出現在電視上會比較好。」

21 油漆南瓜麵

我的生活，啪一聲頓時失去了重心。

不用練歌了，沒有PK了，準備許久的環島，短時間也不會去了。時間突然變得很多很空，像吃不完的巨大棉花糖，噁心了。

我試著找回過去在大魔域的生活，一週六天，待在熟悉的地方做擅長的事。沒想到呂信維請了一個新人，以後我一個禮拜只需要上三天，最多也只能上三天，薪水也因此被調降了，甚至比某些工讀生還低。

「你第一次準備上節目時大家幫你擋班擋得很兇，第二次實在找不到人有空代班了，呂信維才決定請人。」聽到我的抱怨後，老鼠這麼說，我也只能乖乖閉上嘴巴。

大部分時間我都待在家裡，重複做著過去一個多月來做的事情：彈琴和畫圖。由於時間很多，才兩天我就畫完了要給可潔的畫冊，從那之後我都在彈琴，常常整天都抱著吉他沒有放下，一遍又一遍彈著我和王勁威練過的每一首歌曲。

畫冊完成的隔天，我接到王勁威的電話，他說他進錄音室錄Demo了，錄的是原本PK要唱的自創曲，中間唱片公司老闆突然出現聽了一下，讓他緊張得要死，不過老闆似乎頗爲滿意。晚上我收到他的簡訊，他說他已經和公司簽約了，我大叫了好幾秒，打回去想恭喜他，他卻沒有接手機，最後我傳了一封祝賀簡訊。

由於從早到晚都在彈吉他，很快我就把我的部分練到滾瓜爛熟，於是我開始彈起王勁威的部分，甚至把兩把吉他錄下來疊在一起，反覆地聽反覆地修，試著把它改到最好。有一天，我把一段王勁威負責的極難獨奏流暢地彈了出來，高興得不得了，打給王勁威想告訴他這件事，他沒有接，下午和晚上我又各打了一通，仍舊沒有人接，他也沒有回電。

我漸漸開始習慣打給王勁威沒有人接。有一次他終於接起來，第一句就爲了之前沒接到的電話和我道歉，他說他最近忙著上課，學唱歌、肢體控制和口條，每個禮拜都要交新的詞曲作品，還要聽最近發行的每一張國語專輯，寫心得和顧大哥報告，每天從早忙到晚，常常回到家就睡死了，連回電話的力氣都沒有。

有幾個夜深人靜的晚上，王勁威會突然打電話給我，興奮地跟我聊今天他寫的某段旋律、在公司遇到了哪個歌手、錄完了哪一首歌等等。語氣充滿熱情，感覺正在夢想裡大口呼吸。我替他感到開心，但掛掉電話後，不知道爲什麼，我的房間似乎冷了一點。

老鼠後來幫王勁威塡了兩首曲子，歌詞都寫得極好。其中一首歌頌寂寞，一邊自彈自唱的同時，寂寞就會帶著影子出現在桌上，有份量也有形體，可以確實碰到那冰冷的外殼。我常常一整個晚上就彈這一首歌，反覆地彈，緩緩地唱，以爲唱出了寂寞，寂寞就沒有了，怎麼知道寂寞好多，越唱越寂寞。

禮拜五我刮了好久沒刮的鬍子，換上乾淨的Polo衫。老弟邀請我和爸媽去參觀他和慧君的新家，在古亭，結婚前剛買的。新家不大，裝潢也還沒完成，但擺在每個房間裡他們的照片，都讓人感覺這是一個溫暖實在的家。老弟和慧君一起下廚弄了一頓晚餐，雖然餐桌小小的，我卻覺得家變大了，多了一個人的晚飯，笑聲卻多了好幾倍。

吃完飯後，老弟開車載我們去他朋友家，他朋友養的紅貴賓生了一窩小狗，問老弟要不要一隻。

一打開門，就聽到小狗的可愛叫聲，像夜市賣的玩具狗般的小狗們，在地毯上跑來跑去，互相推擠咬弄。老弟要媽選一隻，她和老爸輪流抱著小狗又哄又玩，不時可以聽到她開心的驚呼。老弟和朋友討論養狗的事情，頭幾個月要吃什麼，什麼時候要打預防針。慧君則和女主人到廚房準備水果，一邊談著我沒聽過的德國廚具。

我坐在沙發上，被一種前所未有的感覺衝擊著。我坐在他們之中，卻又不在他們之中，我比往常任何時刻都更強烈地感受到我的孤獨。

隔天早上，我抱著吉他坐在床上，聽著自己錄的雙軌吉他，突然發現好笑極了。王勁威走了，每首歌曲都只剩下一半，所以我試著補完它，但不論我如何努力練習王勁威的過門和弦、刷扣和困難獨奏，那也都只是伴奏而已，我怎麼樣都無法唱出王勁威的聲音，我只是在自欺欺人罷了。

不能再這樣下去了，這樣只是活在過去，活在虛幻的回憶裡。我把紅色吉他收進琴盒，金屬扣環發出清脆的咖嗒聲響，彷彿在對我說：「好了，已經確實收好了，可以放手了。」我把琴盒塞進床下，知道有好一段時間不會再見到它，知道一切都結束了，這陣子彷彿做夢般的美妙旅程，真的真的結束了。

我心裡湧起一股強烈的寂寥感，我站起來，靜靜地環顧房間，忽然發現沒有事情好做了。

接下來呢？

我看著桌上的電腦、書櫃裡的漫畫、散落的吉他譜、成堆的CD、畫鈍的彩色鉛筆、牆上的月曆，我的視線停留在月曆上用紅筆圈起的一個日期，那是和可潔見面的日子，突然我清楚地明白那是我現在唯一剩下的東西。

我把要給可潔的畫冊小心地拿出來，一頁一頁仔細地看，然後確實地體認到，我過去擁有她，是一件多麼幸運和幸福的事。

我闔上畫冊，能做的我都已經做完了，現在只能等待。

隔天我出門隨便亂逛，晃進了誠品書店。我在漫畫書籍區駐足良久，第一次發現除了我熟悉的日本漫畫外，還有許多畫風截然不同的歐美漫畫。最後我買了一本捷克漫畫和一本美國漫畫，它們分別擁有華麗的寫實技法和充滿力度的極簡線條，讓我十分震撼。

離開的時候我經過食譜區，心血來潮買了一本簡易料理食譜。回家的路上我繞去超市，一邊翻看食譜一邊買材料，準備在租屋處的共用廚房試著做做看。

第一次的成品就讓我無比驚喜。我原本已經買好了肯德基，想說最後應該會失敗吧，到時就吃炸雞好了。結果卻異常好吃，兩人份的料理全被我吃光了，最後反而是炸雞剩了下來。

處女作的成功帶給我許多勇氣，我每天都嘗試新的料理。一開始只做晚餐，後來也做起午餐，最後甚至爲了做早餐而早早起床。我常常一整天大半的時間都泡在超市和廚房，雖然食物沒有美味到令人痛哭流涕，但吃著自己親手做的料理塡飽肚子，別有一番成就感。

其他沒在做菜的時間，我便反覆翻看新買的漫畫。可潔的畫冊畫完後，手突然閒下來很不習慣，新漫畫的嶄新線條和奇特筆觸又使我興奮莫名，我便把彩色鉛筆重新拿出來，試著描繪臨摹書裡的圖，有時也會好玩地用新技法來畫熟悉的日本漫畫人物，或我自創的幻想角色。

開始做菜的第五天，我接到了可潔的電話。

那天和平常不太一樣，我不再做食譜上的料理，而是嘗試開發一道南瓜起司雞肉貝殼麵。我在廚房弄了快兩個小時，香味是出來了，麵卻看起來像被橘色油漆潑過，有點駭人。電話響起時，我正用筷子隨意撥弄著麵，希望能出現一點轉機。

「喂。」我很快接起電話，沒有看是誰打來的。

「在忙嗎？」

聽到可潔的聲音我嚇了一跳，趕快把筷子擱下，在圍裙上擦擦手。

「還好。」我把電話換到右手，「正在煮麵。」

「你在煮麵？」她驚訝地說。

「對啊，最近試著自己煮東西，蠻有趣的。」

可潔小聲地說是喔。

「妳在幹嘛？」

「剛下班，嘿我想問你，我們能不能改明天晚上吃飯啊？」

我愣了一下。

「明天晚上？禮拜六不行嗎？」

「禮拜六可能沒辦法，突然有點事，啊，我現在要進電梯了，你明天可以嗎？」

「嗯可以。」

「好，那七點同樣的地方喔，掰掰。」

電話掛上後我呆了好久，回過神時才發現外頭下起了雨，軟綿綿的細雨，雨的味道從紗門溜進來，和南瓜麵的香味混在一起，充滿整個空間。

就像油漆南瓜麵一樣，似乎無法事事盡如人意。節目還沒有播出就要和可潔見面了，雖然有點可惜，但也只能這樣了。

我把盤子拿起來，一邊想各種事情一邊站著吃，五分鐘就吃完了。出乎意料的好吃。

□

早上五點我就醒了。

我打開窗戶，空氣透著微微的霧藍色，乾乾的很清爽。我換上棉T和短褲，出門到街上走走。路上很安靜，偶爾會看見買菜的婦人和早起的慢跑者。有一個轉角聚集了四、五隻貓，似乎是在開會，我經過時牠們用一種狐疑的眼神打量我，發現我不值得費心後，又一齊轉過頭去。

回家前我去二十四小時超市買了美生菜和甜椒，跟冰箱裡剩下的番茄一起做了沙拉當早餐吃。吃完後我終於確實感受到今天的存在，今天就是要和可潔見面的日子，毫無疑問不會改變，就是今天。心跳因此開始怦怦大響。

我深呼吸，然後又深呼吸，等心跳完全回復正常後，我進到浴室刷牙洗臉，開始一天的生活。

原本以為今天應該會度日如年，三不五時就想起可潔，但等我發現時已經中午了。我弄了一鍋兩天份的咖哩，吃完後我又回去做早上做到一半的事。

整個早上我都在練習畫捷克漫畫裡的一幅跨頁大圖，那是上百個護衛在教堂廣場上圍攻刺客的圖，上百名人物的動作表情各異，活靈活現分布在縱深感誇張的畫面上，魄力十足幾乎要躍出紙面，使我深深著迷不已。下午我又畫到忘了時間，手機鬧鐘響起時，已經五點半了。

我停下快完成的圖，把要給可潔的畫冊確實地收進背包，換了一套衣服，出門前又再檢查了一次畫冊，然後騎車到捷運站。我在忠孝敦化站下車，往我們約定的日式餐廳走去。

在路上我感覺自己彷彿是第一次和可潔約會，緊張無比，同時又有種難以形容的興奮期待。

我提早到了兩分鐘，可潔已經到了，她坐在靠窗的位子，低頭看著Menu。她穿了一件碎花上衣，外面套著藍色針織外套，兩件都是我沒看過的衣服。髮型和我們最後一次見面差不多，依舊是及肩的卷髮，只是染了一個新的顏色。

我朝她走去，心跳爆炸快，不知道第一句話要說什麼。可潔專心看著菜單，始終沒有抬頭，我在她對面坐下，「嘿。」

她抬起頭，臉上綻出熟悉的笑容，「哈囉。」

有那麼一瞬間，我以為一切又回到過去，彷佛什麼事都沒有發生。但這感覺沒有持續太久，可潔把視線重新移回Menu上，「先點吧，晚一點我還有事要回公司一下。」

我再重新凝視一次她的臉。沒有任何疑問，這不是記憶中的約會了。我必須要做些什麼，來讓一切回到過去。我把裝著畫冊的背包小心地放在隔壁的椅子上，拿起桌上的菜單。

幾分鐘後，我叫來服務生，向他點了鰻魚花壽司和雞肉串燒，可潔則點了一份綜合刺身和酪梨細卷。

等待食物上來的時候，可潔問了我許多環島和PK的事，我告訴她之前沒說的細節和錄影的八卦，她聽得驚呼不斷，而在我說到王勁威和唱片公司簽約的事時，她生氣的睜大眼睛。

「他們怎麼可以這樣？」

我苦笑了一下，「職業的世界是很殘酷的啊。」

「太過分了，他們怎麼可以說你一定不行，他們憑什麼？」

我看著可潔氣呼呼的臉，心底泛起一股異樣的感覺，我第一次了解到，原來我不像自己以為的那麼豁達，其實我也生氣，也委屈難過，只是那些情緒都被我深深壓在心底，直到她為我打抱不平的這一刻，才全部冒了出來。

下一秒，彷彿被吹脹的氣球瞬間又消了下去，我突然驚覺那些不甘心全都消失了，我不在乎了，怎麼樣都無所謂了。

有妳站在我這邊就夠了，其他事情一點也不重要了。

原本想說呂信維和店長的事，現在也覺得沒什麼好說了，在這一刻我忽然全都釋懷了，我終於知道我真正想要的是什麼。

我們點的東西陸續上來，我一邊吃，一邊說著最近做菜的事，可潔聽得十分認真，一直嗯嗯嗯點頭，偶爾還發出讚嘆說聽起來好好吃喔。

看著她的笑臉，我突然覺得胸口被一股溫暖的勇氣灌滿，我脫口說。
「嘿，下次有機會我做給妳吃吧，想吃什麼儘管開口。」
「好啊，」她想了一會兒，「那我要吃安純媽媽。」
「什麼安純媽媽？」我愣住了。
「就是安純媽媽啊。」她露出一副大家都知道的表情。
「那是一道菜的名字嗎？沒聽過欸。」
「吼，不是有鵪鶉蛋嗎？我想吃牠媽媽，所以是鵪鶉媽媽。」
「什麼啦，鵪鶉就鵪鶉，加媽媽幹什麼。」我好氣又好笑。「不過全聯福利中心有賣鵪鶉嗎？」
「應該沒有吧，不過沒關係，你有四個月的時間可以好好準備。」
「四個月？」
「我要出國啦，下次回來是明年過年的時候吧。」
我的血液瞬間凍結。
「妳要……出國？」
「對啊，今天改時間也是因爲這個，」可潔笑著對我說，「之前不是跟你說過升組長的事嗎？結果根本不用等到年底了，下個月我就要升組長，薪水甚至調高了一萬塊，很誇張吧，但這反而讓我猶豫不決的心瞬間確定了，我突然看清楚這不是我想做的事，即使待遇這麼好依舊不是我想做的事，所以我就跟課長說我眞的要走了。

「就在我下定決心的那個下午，我在街上看到一家遊學代辦的招牌，就在公司旁邊，那條路我走過無數次了，可是我從沒有注意到那裡有一家代辦中心，更巧的是，那天我進去裡頭正好在舉行一場遊學說明會，聽完之後我就決定要去了，不知道欸，一切都太巧了，好像可以聽到上帝叫我去試試看的聲音，很蠢吧？」

她歪著頭，露出不好意思的笑容。

我沒辦法開口，只能搖搖頭。

可潔沉默了一會兒，然後認眞地說：「我感覺自己一直在浪費一些什麼，有些很珍貴的東西不斷被我丟進水裡，然後我可以丟的東西越來越少，最後就沒有了，而我什麼也沒得到。這想法總讓我非常害怕，你知道嗎？我有時候晚上想到這件事，想到我到三十歲、四十歲的人生模樣，我會在棉被裡哭喔，很好笑吧，但那眞的太恐怖了，眞的好恐怖。

「但是，如果你問我現在想做什麼，我也回答不出來，我只知道不是現在這個，我還知道如果我繼續做下去，永遠都不會知道答案，一輩子都不會，所以我決定離開，出發去找自己究竟想做什麼，可能很快可以找到，也可能出國根本就沒有意義，但這都沒關係，至少我已經開始了，爲了使接下來三、四十年的人生毫無悔恨，就算要花上三年、四年尋找也無所謂，我是這樣想的。」

可潔拿起桌上的水喝，她的臉紅通通的，因爲說了一大段話而有些激動。我傻傻望著她，她眞的做了，說了這麼多年，終於去做了。

只是，留下來的我，該怎麼辦呢？

妳是我唯一的目標，妳就是我的答案啊，爲了今天我準備了這麼久，現在妳卻說妳要走了，我究竟該怎麼辦？

我努力藏起難受的情緒，忍住心口的撕裂痛楚，裝作若無其事和可潔聊出國的事。她說話的語氣十分雀躍，她說她要先去念語言學校，邊練英文邊尋找自己的興趣，再準備考試申請學校。她考慮了幾個國家，最後她選擇英國，她要去倫敦念書。

「妳什麼時候要出發？」

「原本訂不到機票，所以下禮拜才要走，但昨天航空公司突然打來，說臨時有旅行團取消了，可以補他們的機位，所以禮拜五就要飛了，害我等一下還要回公司處理事情，不然走不了。」

「禮拜五？」我有些詫異，「這樣妳不就看不到節目播出了？」

「對欸，」可潔驚呼，「我都沒有發現，飛機是下午六點，那怎麼辦？看不到你上電視了。」

看可潔懊惱的模樣，我連沮喪的時間也沒有，只能打起精神安慰她。

「沒關係啦，一定還有機會的，說不定有人會把它放在YouTube，妳到時再看就好了。」

「眞的會有嗎？」

「一定會有的啊，我們的表演那麼棒。」

「嗯。」可潔用力點了一下頭，看著我露出笑容。服務生這時端上甜點，是她最愛的杏仁豆腐，她臉龐瞬間發光，直呼太幸運了。她低頭專心吃著甜點，看起來滿足又幸福。

有什麼看不見的東西重重撞上我的胸口，從稍早一直努力撐住的防線此刻終於崩潰失守，我被拖進黑暗中，拽進不知名的湖底，呼吸困難手腳冰冷，世界一片漆黑。

一切都結束了，就這樣吧，可以在最後看見這麼美麗的笑臉，已經足夠了。

忽然，我的心一陣刺痛。

我瞥見了身旁的背包。

我沒有猶豫太久。

「喏。」

我的手越過桌面，手臂微微發抖，耳裡可以聽見巨大的心跳聲。

我將畫冊遞到可潔眼前。

「這是什麼？」

「算是……餞別禮物吧。」

可潔收下後，看了一眼封面，然後抬頭看我，「我可以現在看嗎？」

「當然。」

她開始翻了起來，我的心跳隨著每一次紙張的翻動逐漸加快。我仔細盯著她的臉，不放過任何一點細微的變化。有時她嘴角微微上揚，有時她皺著鼻子，有時可以聽到她大口深呼吸的聲音。其中幾頁她看得特別久，隔著桌子我可以感覺到她的思緒在劇烈晃動顫抖，我畫的圖裡有什麼東西直接打到她的心上。

終於，可潔翻到了最後一頁，她闔起畫冊，放在桌上，閉上眼緩緩吁了一口氣。

我望著她的臉，心跳快到無法去數。我知道儘管我什麼都沒有說，但她一定了解我的意思，她一定懂的，我用所有感情畫下這本畫冊，它比我更能傳達我想說的話，這本畫冊就是我，就是我無法說出口的愛。

我安靜等待可潔開口。

終於，可潔睜開眼睛，但她沒有望著我，只是盯著桌上的畫冊。下一秒我聽見她的聲音，很輕很輕，幾乎快要聽不見。

「你不要這樣好不好……」

我呆在椅子上，整個人四分五裂。

可潔低著頭，眼裡充滿哀傷和疲憊，那雙眼睛我在夢裡見過無數次了，那是她提分手時望著我的眼睛。

我突然湧起一股衝動，我不能讓事情結束在這裡，這一次我一定要做些什麼。

「可潔，妳聽我說，」我坐向前，望著她的眼睛，聲音幾近懇求，「分開後我真的有好好想過了，我知道是我不夠努力，是我忘了我們剛在一起時的那種熱情，我變得太懶惰，付出太少，這些我現在都知道了，我也知道我們個性有些不同，但沒關係，我可以改變，真的，相信我，這些我都可以改，爲了妳我都可以做到。」

可潔低著頭沒有反應，我的聲音不禁急促起來。

「我會努力找回一開始和妳在一起的我，有不對的地方妳就告訴我，我一定會改，雖然不會馬上就做到最好，但我會努力一直去試，爲了妳一直去試，所以再給我一次機會好不好？這次我一定不會讓妳失望的，相信我，而且，而且我還是可以讓妳開心對不對？妳還是喜歡我畫的圖，喜歡我說的笑話，我們還是可以——」

「你不要說了好不好！」

我閉上嘴。

眼淚從可潔眼裡快速滴下來，那畫面讓我什麼都說不出口了。

她站起來，手遮著嘴往廁所跑去。

我坐在位子上，望著她遠去的背影，知道自己什麼也無法做了。

可潔五分鐘後回來了。

她看起來冷靜多了，只有眼睛仍微微紅腫。

「我要先回公司了。」她說。

我癱在椅子上，點點頭，所有力氣都沒有了。

可潔拿出一個紙袋放在桌上，「這是你之前借我的東西，昨天整理出來的，我先去結帳，你慢慢來吧。」

可潔離開後，我仍坐在餐廳裡好一陣子，直到服務生來說兩個小時的用餐時間已經到了，我才拖著笨重的身軀離開。

夜晚的台北熱鬧輝煌，走在東區街頭的我，眼淚忽然像汗水一樣濟濟流了出來，怎麼樣也停不了。好難過噢，眞的是受不了的難過，我想大叫出聲，卻發不出半點聲音。

可潔她，她甚至沒有帶走那本畫冊啊。

22 森林與烏龜

「你會煮東西嗎？」可潔問我。

「完全不會。」

「是喔。」可潔安靜了一會兒，又開口說，「那我教你好不好？我們可以一起煮，怎麼樣怎麼樣？」

「再說吧。」

「不要再說啦，我們來煮嘛，你不覺得兩個人一起煮東西很浪漫嗎？」

「我笨手笨腳的，妳煮就夠了啦。」

「你也一起嘛，男生煮東西很帥氣欸。」

「沒關係，我已經夠帥了。」

「吼，那我煮的話你會吃光光嗎？」

「會啦會啦。」我不耐煩地說，「很餓的時候會啦。」

□

不知道下午幾點了。

昨晚我回家倒頭就睡，今天醒來便一直躺在床上，呆望著天花板，任由回憶不斷騷擾我。

那天我也是這樣躺著，可潔在身旁摟著我的手臂，我們窩在床上看一部電影。她沒有很專心，一直問我關於煮飯的事，當時我被劇情深深吸引，只覺得她很煩，每個問題都隨便應付。上禮拜在誠品書店，我就是想到了這件事，才衝動買了食譜，認認眞眞做了好幾天的菜。但現在的我，只覺得自己好蠢。

我怎麼會以爲，只要把過去的錯一點一點改正回來，變成一個新的我，可潔就會重新回到我身邊。

所謂過去，就是過去了，我沒有在那個當下做正確的事，那個當下就過去了，永遠不能回來，永遠無法彌補。

五點的時候我終於因爲飢餓爬起來。我走到廚房，瞪著冰箱裡的那鍋咖哩，然後把它拿出來，全部倒在廚餘桶裡。前幾天剩下的大白菜、胡蘿蔔和洋蔥，我也全部丟掉。

它們讓我想到可潔。

我吃泡麵當作晚餐，吃完躺在床上看電視看到睡著。隔天我幾乎一整天都躺在床上，不是看電視，就是發呆和睡覺。我吃了最後一碗泡麵，晚上餓了就找出好久以前媽拿來的難吃消化餅，吃了半盒之後，我才發現它過期了，儘管如此我還是全部吃完。今天的電視不再有催眠效果，快要三點我才終於睡著，仍舊沒有洗澡。睡不到一個小時，肚子就突然痛起來，跑了三次廁所。再回到床上時，我已經沒有一點睡意。

我看著窗外天漸漸亮起來，無法不去想一個事實：再過十二個小時，可潔就要走了。

我不知道自己是怎麼度過這個白天的。我非常混亂，在床上時而清醒，時而昏迷，高燒般痛苦，和可潔吃飯的每一幕在眼前不斷重播。我後悔拿出畫冊，讓一切變得難堪，同時又後悔沒有緊緊抱住她，哀求她留下來。

到了晚上我終於受不了了，一整天沒進食的肚子已經從飢餓變成絞痛，我隨手抓了衣服套上，到附近的便利商店買便當。買完便當走出店外，我又想起什麼，回去再買了一瓶威士忌。

到家後我突然發現自己一點都不餓了，只覺得無比口渴。我打開威士忌仰頭就喝，第一口就嗆到了，嘴裡全是濃濃的酒精味。流出的酒沿著下巴滴到衣服上，胸口一片冰涼，喝進去的酒卻使食道和胃灼熱不已，彷彿被烈火灼燒。

我頓時覺得活了過來。我打開電視，節目剛剛開始。

彷彿一場超現實夢境，我用另一個角度，看著曾見過的畫面在眼前上演。一樣的歌，相同的忘詞，重複的笑點，和一字不差的評語。我大口灌著酒，體會這詭異的感覺，很快半瓶就喝完了，我也吐了兩次在便利商店的塑膠袋裡。

我和王勁威終於出現了。

「好欸！」我對著電視大吼，舉起酒瓶相敬。

我看起來笨拙斃了，冰棒般僵在台上，兩隻手不知道要擺哪裡。王勁威就自然多了，他和主持人一應一答，台下的觀眾呵呵大笑。

「帥啊王勁威！」我又舉起酒瓶，喝了一大口。

我們開始表演了。我拿起遙控器將音量轉到最大，整個房間都是我們震耳欲聾的歌聲，我似乎回到了攝影棚，重新和王勁威站在一起。我的臉熱熱的發脹，腦袋重得不得了，但同時又興奮莫名，身體充滿爆炸的能量。我跟著唱了起來，隨著歌曲接近尾聲，我越唱越大聲。就在最後一句歌詞「終於學會可以沒有妳」的前一秒，我瞥見電視裡的自己閉上眼睛，臉上閃過一種奇異的神情，那瞬間的回憶突然湧進腦海，我眼前出現一個女孩的清晰身影，一股熱氣翻騰衝上胸口，我在房間大聲唱了出來，和當天的我一起，和電視裡的我一起，用力唱了出來，那最後一句歌詞。

「羅可潔我不能沒有妳——」

旋律走了，音也破了，歌詞當然整個錯了。

我坐在地板上，呆望著電視，不知何時講評已結束了，節目進了廣告，優雅的房車，新口味零食，強力浴廁清潔劑，全球期待的電影續集，節目又開始了，另外一組參賽者上來了，我仍坐在地板上，臉上都是淚痕。

我的視線模糊一片，參賽者的臉孔扭曲，聲音不知為何也扭曲了，歌聲夾雜著巨大的撞擊聲，在我腦袋裡震盪，炸開又聚攏，一波波衝擊著我的神經。

我花了好一段時間才明白撞擊聲不是來自電視裡，而是來自我的背後。我轉過頭，驚恐地發現房間的門板彷彿活了過來，正扭動著尖叫，衝著我怒吼。

幾秒之後，一切終於連結上現實世界，我意識到有人正在使勁敲門。

我站起來，搖搖晃晃走去開門，身體不知為何難以控制，遲鈍而且笨重。我打開門，還來不及反應，一個滿臉怒容的男人就對著我大吼，「你有病啊！電視開那麼大聲還鬼吼鬼叫，你以為只有你一個人住是不是！」

他是另一個房客，三十歲上下，我見過他幾次，但從沒有說過話。我看著他，無法理解他為何會這麼生氣。今晚我只想一個人，不想被打擾，我試著把門關上，卻被他用力推開。

「關屁啊！我叫你把電視關掉聽到沒，很吵欸！」

他提到電視，於是我轉回頭，電視裡的男生正唱著張學友的〈我真的受傷了〉。這是一首好歌，他唱了一首好歌，他唱得也好，我想要跟著唱，卻被猛然推了一把。

「媽的你是怎樣，聽不懂國語喔，關掉啦！」

他一臉怒氣騰騰，我盯著他，想試著和他溝通，卻無法找到適當的言語。他的動作越來越大，鼻孔掀起眼睛外凸，模樣看起來十分可笑。

「你給——掉電視，你再——」他說了些什麼，但因為張學友的歌我沒有聽清楚，於是我湊向前，大聲問他。

「什麼？」

瞬間一陣天旋地轉，我倒在地上，肩膀重重撞上床腳，瞬間火燒般痛起來。男人闖進我的房間，他走到電視前試圖關掉它，但上頭的按鍵都壞了，必須要用遙控器才行。他瘋狂猛按開關，電視甚至因此搖動起來，參賽者繼續唱著「怎麼你聲音變得冷淡了」，我試圖爬起來……

突然傳來一聲巨大的爆響，我嚇了一跳，整個人縮起來，接著我注意到歌聲消失了，房間突然刺耳得安靜，我抬起頭，電視螢幕一片漆黑，中央有一個黑洞般的破口，我的木椅則倒在一旁。

我不太能理解發生了什麼事，只覺得好像應該起來做些什麼，但又覺得身體好重頭好暈，於是我繼續躺在地上，然後我開始唱歌，從剛剛被打斷的地方繼續唱，那是一首好歌，我想要唱完它。

「電話響起了，你要說話了，還以爲你心裡對我又——」

突然我無法呼吸，身體彎起來，眼眶溢滿淚水。矇矓的視線中，我看見男人聳立的身影，他的臉孔像魔鬼一樣，血紅色的眼瞳向下瞪著我，接著，他的右腳高高地、高高地抬了起來。

我閉上眼睛。

□

我醒來後的第一個感覺是痛，全身每個地方都在痛。接著我注意到不熟悉的天花板，比我房間的高，顏色也不同。最後我才聽到老媽叫我的聲音，她著急的臉從我視野左側冒出來。在這一刻我才想起我人在哪裡，這裡是醫院的急診室。

昨天是另一個房客救了我。他一進門就聽到我房間的騷動，馬上跑進來拉開男子，然後替我叫了救護車。我雖然遍體鱗傷，但沒有骨折或內出血，算是不幸中的大幸。

揍我的男子來過醫院一次，帶了水果和紅包。那時我正在睡覺，老媽沒有叫醒我，似乎是覺得我不要跟他見面比較好。

出乎所有人意料，男子在醫院走廊對老媽下跪。他說他上個月被公司裁員，之前的股災又賠了上百萬，原本預定明年初結婚，岳父卻突然反悔不願將女兒嫁給他，種種壓力才使他那晚控制不住自己。

男人說的似乎是眞的，房東也說他因爲這樣曾要求緩繳房租。要和解還是告他傷害罪，老媽說給我決定。我最後決定和解，說起來我也有不對的地方，而在聽到他未婚妻搬家躲他不願見面後，我就突然覺得，這樣結束就好了。

我在急診室待了三天後出院。我沒有回租屋處，我一個人現在無法好好生活，回去如果碰上男人也尷尬，所以我就跟老媽回家。

我請老弟去租屋處幫我拿筆電還有其他生活用品。沒電好幾天的手機插上充電器打開後，一次跳出許多未接來電及簡訊，有許多是平常沒有聯絡的朋友，似乎是看到節目後打來的。王勁威傳了簡訊，問我有沒有看播出，要我看到簡訊之後打給他。我打去後聽到熟悉的語音信箱，我決定晚一點再打。

我幾乎整天都待在床上，隨手翻著以前買的漫畫，看膩了就上網連線，或慢慢移動到客廳看電視，到餐廳吃媽煮的午餐及晚餐。好久沒吃了，味道還是一樣，每餐我都配兩大碗白飯，偶爾紅著臉稱讚老媽的手藝無人能及。

我打電話去大魔域請假，跟接電話的老鼠說，可能有一兩個禮拜不能去上班了。他問了原因，然後說知道了，呂信維和易萱那邊他會幫我說明，要我好好休息。

一旁老媽聽到我打電話去請假，對我說要不要趁機把那裡結束，換個工作重新開始。我知道她是爲我好，但我現在怎麼也不想討論這個話題，我說想睡了，跑回房間躲起來。

但躺在床上的我，卻怎麼也沒辦法不去想老媽的話。我二十七歲了，沒有女朋友，沒有一份父母認可的工作，一度擁有夥伴及夢想，如今夥伴走了，也一併帶走了夢想，有生以來第一次被打成一個豬頭，現在甚至還在家吃老媽煮的軟飯。

我的人生怎麼會變成這個樣子……

究竟是在什麼地方，在哪個選擇，我犯下了致命的、關鍵的錯誤？

我一點頭緒也沒有。

而越想只是讓我越來越沒有頭緒，一切都亂七八糟，我的頭開始痛起來，身上大大小小的紗布也痛起來，我翻來覆去，找不到一個舒服的姿勢。就在這時手機響了，我幾乎是哀號著爬下床去接電話。

是王勁威打來的。

他說我的電話好幾天都打不通，問我還好嗎？我答說從來沒有這麼好過，然後把可潔出國，還有我被打成豬頭的事告訴他。

他聽完沉默許久。我不想繼續這個話題，開口說：「那你最近怎樣？有錄新歌了嗎？」

「還沒，」王勁威說，「現在正在收歌，大部分都是我寫的曲，另外找人寫詞。」

講到寫詞，我突然想到一件事，「老鼠之前寫的兩首詞我寄給你了，有收到嗎？」

「有，我給顧大哥看過了，抱歉，忙到一直忘了跟你說，他覺得很棒，目前是決定先用一首，另外一首留著，看到時收歌的情況再說，你給我老鼠的電話吧，顧大哥可能要跟他談一些版權合約什麼的。」

我把老鼠的電話找出來，唸給他聽。

「對了，有一件事想要拜託你，公司說之後要拍一個我從網路崛起出道的短片給電視台，也算是一種宣傳，裡頭會提到行天宮和我們做街頭藝人的事，所以想要請你幫忙拍攝，可能拍一些在路邊表演的畫面還有接受訪問等等，你可以嗎？」

我愣了一下，沒想到還會和出片的事扯上關係，一時不知該如何反應。

似乎是我沒有馬上回答，王勁威緊張地說：「如果你不喜歡就算了，我去跟他們說，沒關係。」

「怎麼會，當然沒問題，只是你突然說要拍片，還要在電視上放，我有點嚇到而已。」

「嗯……」王勁威停了一下，「還是覺得對你很抱歉。」

「沒事，眞的。」

我們都沉默了幾秒鐘。

「對了，節目播出後，你有接到很多電話嗎？」王勁威突然問我。

「是有幾通，不過那時候我手機沒開，所以都沒接到。」

「是喔，你知道誰打給我嗎？」

「不知道啊，你國小體育老師。」

「不是，再猜一下，認眞點。」

「你前女友的老爸。」

「靠不是啦，好啦跟你說，是楊芷昀。」

「校花楊芷昀？」

「廢話，不然還有哪個楊芷昀。」

幹，明明就一起上電視，怎麼我就沒有接到楊芷昀的電話。

「她打給你幹嘛？」

「就說她看到表演，然後問我現在在幹嘛，隨便聊一聊。」

「她現在在幹嘛？」

「剛找到工作，在一家化妝品公司當業務，她之前在銀行做了好幾年，存了一筆錢和朋友開店，結果倒了，現在還在負債。」

「我高中的時候一直以爲她想當主播欸。」

「對啊，我問她怎麼沒去當主播，她說她沒考上。」

「校花也會考不上喔？」

「會吧，畢竟她當校花已經是十年前的事了。」

「也是。」我說，「她高中的時候多誇張啊，根本超級勝利組，全校都喜歡她，連那隻超機八的小黑也愛她愛得要死，每次看到她都猛搖尾巴。」

「小黑眞的超機八，你記不記得牠每次都尿在我們腳踏車輪胎上，臭得要命，校長跟訓導主任的車就沒看牠尿過。」

「沒錯沒錯，機八黑。」

我們一起笑了一陣，然後同時安靜下來，最後是王勁威先開口。

「那……你還好嗎？」

我沉默了幾秒鐘，「還好。」

「唉呦你也知道，這種事，勉強不來的，我最近認識了一些新朋友，改天幫你介紹。」

「好啊。」

「啊你傷勢不嚴重吧，要不要我帶我們家的萬用辣椒膏給你？」

「靠，你是想整死我吧，什麼萬用辣椒膏，聽起來就超致命的。」

「怎麼會？我從小到大受傷都用那個啊，包皮擦傷最好用喔。」

「我聽你在放屁。」我們兩個又一起笑了起來。

我們接著聊起他準備發片的事。他說兩天前助理帶他去試裝，穿了一堆超緊身的憋褲憋衣，他整個不自在到了頂點。下禮拜他還要去髮廊弄造型，上面的指示是清爽的搖滾風格，還要帶點大自然的不羈感覺。我和王勁威說我有聽過那家店，在東區的巷子裡，剪一次最少要兩千元，但他死都不相信。

手機裡傳來有人叫王勁威的聲音，他說他要先掛了，顧大哥找大家開會。

掛掉電話後我躺在床上，想著顧大哥要找老鼠談版權的事，會不會很快他也要離開我了？想著想著頭又痛了起來，奇怪，我的頭明明就沒有受傷啊，我吃了今天的第三顆阿斯匹靈，然後去睡覺。

□

我只想要好好休息一陣子，但老媽卻不放過我。

她成天在我耳邊叨唸換工作的事，我說我現在也不能找工作啊要她別煩我，她卻叫我上網去找，還三不五時進來房間，看我究竟有沒有認真在看人力銀行的網頁。

她要老爸幫我問一下他公司有沒有缺人，老爸正在看球賽，隨口說我可以自己找，然後老媽就抓狂了。結果就是他們從我的工作到老爸的生活習慣到三年前買的股票，整整吵了兩個小時。

禮拜三我回醫院複診，沒有什麼問題，除了難看的瘀青和殘留的一點疼痛，我的傷大部分都痊癒了。我可以回大魔域上班，但我卻遲遲沒有聯絡老鼠，只是一天過著一天，不知道在等待什麼。

禮拜五整個早上我都打著噴嚏，老媽大吼叫我去穿衣服。下午我把長袖上衣和薄外套拿出來，吃了一顆流鼻水的藥。

我移動滑鼠，瞪著螢幕裡的徵才網頁，想的卻是倫敦的羅可潔、即將發片的王勁威、有歌詞版權的老鼠、老媽的話，以及二十七歲的我。

我又打了一個噴嚏，接著我忽然深深的體認到，夏天已經結束了。

無論是今年夏天，還是明年、後年的夏天，都已經結束了。

我人生的夏天已經結束了。

待在家的第二個禮拜，我出門去面試了第一份工作。

那是一家食品公司在徵行銷助理。我穿上不久前參加婚禮穿的同一套西裝，提早半個小時到公司報到。面試的時間不長，只有一個主管。他瀏覽我的履歷，像在看信箱裡的廣告傳單，我不用任何特殊能力也知道那上面沒有吸引他的地方。簡單幾個問題，五分鐘就結束了。他說錄取了會再通知我，我說謝謝然後離開。

找工作就是這樣吧，但我想工作本身也不會比這個有趣到哪裡。

我打電話給老鼠，說我可能不做了，要他幫我和易萱說。他沒有我預期的驚訝，只是沉默了幾秒鐘，然後問我要不要來大魔域親自告訴易萱，她最近禮拜三下午都會來，我說不用了。

接下來的五天我面試了三個工作。最難熬的部分是他們盯著我的履歷，我注視他們的表情，然後感受到一種無聲的羞辱，至於其他部分都還可以忍受。

我在其中兩家公司遇到了同一個人。他說自己三十五歲，但看起來比較像四十五歲，頭頂微禿，講話某幾個音始終發不清楚。他給我看他的履歷，洋洋灑灑，什麼工作都做過。

面試結束後，一起搭電梯下樓時他對我說：「你就算錄取了，也不會做很久。」

「為什麼？」

「你的眼神一看就知道了，你還沒有認命。」

這家公司的面試結果三天後公布在網路上，我備取第三名，沒有看到他的名字。

我打電話給房東，說要退租套房，然後借了老弟的車回去搬家。

我花了兩個多小時把所有東西整理進三大箱紙箱裡。為了環島製作的四面旗子靠在牆邊，我攤開其中一面，「明天放晴」四個大字倏地展開，無比刺眼。我把旗子捲起收好，和紙箱一起搬上車。

房東給我一盒台中的太陽餅，直說像我這種房客很難找了。我把鑰匙還給她，謝謝她這幾年的照顧。

揍我的男人的房門關著，裡頭沒有開燈，房東說他上個禮拜搬走了。

禮拜五我收看歌唱選秀節目的最後一集。創作女孩二人組仍是呼聲最高的團體。她們表演自創曲〈森林與烏龜〉。歌詞看似無厘頭，結尾卻唱出愛情的遺憾，滿滿的讓人心酸。她們最後用滿分拿下第一名，也拿到一只唱片合約。

晚上我睡不著，耳旁一直迴盪著女孩二人組的歌聲，我像是歌詞裡那隻迷失在森林裡的烏龜，也像是那片無法去愛的森林。黑暗中寂寞佔據整個空間，壓住我讓我近乎窒息。

我好想念可潔，無法不去想。

但是，已經結束了啊，我對自己說，嘶啞著喉嚨說出口，只是聲音轉瞬就消失了，只有寂寞留了下來，成為黑暗的一部分。

□

隔天我被手機鈴聲吵醒。

「喂。」

「啊，你在睡覺嗎？」好久沒聽到易萱的聲音，我坐起來。

「剛起來。」

「不好意思。」

「沒關係，現在幾點了？」

「十一點二十。」

我離開床，腳踏著冰涼的大理石地板，拖鞋跑哪去了？

「你現在方便說話嗎？」

「可以啊。」

「我想問你，你可以回來大魔域上班嗎？」

我停住動作，赤腳站在地板上，窗外一片亮白，陽光正好，我想著該怎麼開口。

「對不起，應該是不行了，抱歉離職沒有親口跟妳說，因爲很多原因，我想我不適合繼續待下去。」

「我知道你有你的考量，但我現在眞的很需要你，你再考慮一下好不好？我想請你回來當店長。」

店長？

「爲什麼？呂信維呢？」

「他離開了。」

「離開？」

「我請他走的。」

「爲什麼？」

易萱停了兩秒，「你出來我再跟你說好嗎？」

我和易萱約一小時後在大魔域旁的咖啡館。

騎車過去的路上，我都在想究竟發生了什麼事。易萱會解雇呂信維，一定是他犯了無法原諒的錯。我從第一次遇見呂信維開始，就在期待這一天的到來，期待有人抓到他那條油亮亮的狐狸尾巴。但狂風呼呼吹過臉際的此刻，我發現自己並沒有預期中的興奮，只覺得疑惑不已。

「怎麼回事？」一坐下來我就問易萱。

「兩天前的一早，我接到電話，兔兔打給我的，她那天第一個來上班，也是第一個發現的。」

「發現什麼？」

「我們的鐵捲門被噴了漆，上面寫了一些難聽的字，還書箱裡都是破掉的雞蛋，門口還有一股尿騷味。」

我愣住了。

「誰幹的？」

「我們調了監視攝影機，發現是一群年輕人做的，有男有女。」

「是客人嗎？」我下意識覺得這是一起有目的的破壞，而會和我們結仇的，除了別家漫畫出租店，只有平日來借書的客人了。

「我也猜是這樣，但我找大家來看過，都沒有人認得他們，當天我就報了警，警察來了之後，呂信維開始變得很奇怪，警察問話他都吞吞吐吐的，最後他才說他知道監視器裡的人是誰，他說裡面有個女生，幾個月前有來過，他懷疑她偷了書……」

不等易萱說完我就知道怎麼回事了——女生就是幾個月前的胖臉女孩。我納悶為何過了那麼久她才回來鬧事，可能是終於找到了幫手，又或許是那晚她和朋友們喝醉了興起。我不知道，但我似乎猜到易萱為什麼要呂信維走了。

「……我覺得很難過，他不僅一開始隱瞞我，看監視器時也騙我說沒見過那些人，我覺得我沒辦法信任他了，我不知道他為什麼不告訴我，他身為店長——」

「那天我也在場。」我打斷易萱。她的表情充滿不解，我接著說：「那個女生偷書的那天我也在，而我也沒有告訴妳這件事，我是說，我也有錯。」

我驚訝地發現，自己正在幫呂信維說話。

我在幹什麼啊？我應該要落井下石，趁機打死他才對。但我卻無法不想到那天呂信維難堪的臉龐，還有自己當時的卑鄙。

易萱有點詫異，幾秒後她說：「或許吧，可是他是店長。」

「但妳不能否認他很認眞，也做得不錯，而且，那時候他才剛當上店長，可能怕給妳留下不好的印象吧。」話說出口我才終於明瞭，其實我不討厭呂信維，一點也不，我只是嫉妒他突然魔術般出現，得到大家的注意和讚賞，搶走本該屬於我的工作。就算是證嚴法師來當店長，我也會舉著一樣的仇視旗幟，一樣憤怒地用力揮舞。我根本是個混蛋。

「我知道。」易萱淡淡地說，雙手拿到桌上，猶豫了一下，又放下去，她嘆了一口氣。

「唉，我承認我那時眞的有點衝動，但現在說這些也太遲了，我想說的是，我希望你可以回來接店長，我以前覺得你不適合，我也不知道爲什麼，可能是你常常看起來太輕鬆了，讓人覺得浮浮的，不夠積極，但你這次處理DVD卻讓我刮目相看……」

易萱繼續說，她的眼睛無比疲累，充滿求助神情。我想到那些面試官的眼神，同樣疲累，但裡頭只有冷漠。

23 回到過去

我又回到大魔域。

老媽差點沒有氣死。在我和她解釋我現在是店長，調了薪水，也有業績獎金和年終獎金後，她才稍微冷靜一點。但她仍不時拿她蒐集的徵才資訊給我看，我想只要我還在大魔域的一天，她就永遠都不會放棄。

頭兩天我花了點時間和易萱學習店長的工作，沒有很複雜，很多東西甚至易萱還沒講我就懂了。

「以前怎麼會覺得你做不來呢？眞奇怪。」易萱歪著頭說。

「知道錯了就好。」

「是，」她笑著說，「那以後這家店就交給你囉。」

這句話彷彿回音般在我耳邊響了兩天。

我的生活又開始和大魔域連在一起。和呂信維當店長時一樣，我幾乎每天都到店裡，整理前一日的報表，決定要進的新書和DVD。由於之前的策略奏效，現在店裡已有一群固定租片的客人，我們不再需要進大量新片，只要估好正確的數量即可，而毫無疑問的，我比誰都擅長這件事。

破壞事件已交由警察處理，進入司法程序。由於我也見過胖臉女孩，所以我到警察局說明了那天的經過。我問記錄的年輕警察她之後會如何，警察說毀損器物最重可以判兩年，但她應該可以易科罰金，不過不管怎樣，她都會留下前科。

我偶爾會想如果自己那時逮住她，認眞地對她說一些什麼，是不是就不會導致這個結果。但我永遠都不會知道答案，我只知道一件事，人生中大部分事情都必須自己決定，然後自己負責。

店長的業務裡，最讓我頭痛的部分是人事。我要決定班表，應付工讀生突然的換班，聆聽請假的各種理由，評估新人上班的表現，並決定是否繼續錄用。下班後則要聽工讀生關於客人和同事的抱怨，安撫他們的情緒，有時甚至還要幫忙處理他們的公寓租約、突然生病的狗以及家裡中毒的電腦。

我第一次覺得易萱眞的很了不起，這些工作是這麼繁瑣，但我從來沒有聽她抱怨過。

這些事也讓我想起了呂信維。

我想起之前向他請的長假，我似乎還欠他一個謝謝。而在他不在的這段時間，我發現自己竟然懷念起他的那句「歡迎光臨」，這簡直不可思議。但事實是，每次有客人進來時，我都會覺得空氣裡好像少了一點什麼。有幾次我甚至模仿他的腔調說「歡迎光臨」，但聽起來一點都不像，我發現我的聲音做作多了。

儘管最近大魔域沒有在徵人，還是不時有人來問是否可以在店裡打工，多半都是店裡的常客，因爲喜歡大魔域所以想在這裡工作。他們讓我想到當年的自己，我把他們的資料留下來，說以後缺人一定會通知他們。

第二個禮拜我請大家去吃燒肉，慶祝我當上店長，沒有上班的人都來了，易萱也和老公一起出現。

「雙胞胎呢？」我問。

「依依和念念在我媽那裡。」她老公說，臉上滿是驕傲爸爸的笑容。

不知道是因爲高溫的炭火，還是喝到飽的啤酒，吃到後來每個人的臉都好紅好紅。肉點到第三輪的時候，有個人突然嚷著要兔兔給新店長獻吻，大家瞬間起鬨叫好，儘管我大吼不要鬧了喔，還是敵不過他們的多數暴力。最後兔兔在衆多手機的見證下，輕觸我的臉頰十秒鐘，結束後她把臉埋在雙手裡好久好久。

看著兔兔的害羞模樣，我的心跳也忽然快起來，剛被親過的地方燙得不像話。好久沒有這種感覺了，在酒精和兔兔之吻的催化下，我變得有些瘋狂，我用店長的身分下令，要老鼠給每個女生獻上一吻。

老鼠不敢置信地瞪著我，女孩們則開始尖叫。我無視老鼠反抗的眼神，要他趕快親不然就把桌上的啤酒全乾了。老鼠心不甘情不願親吻每個女孩的臉頰。明顯醉了的易萱在一旁開心拍手，直說我也要我也要，我說人妻不行噢，她生氣地嘟著嘴。

我們一直待到燒肉店關門才走。我在門口大叫再去續攤，有幾個人歡呼附和。易萱老公說他要帶易萱先回家了，他們還要去接小孩。我有點不開心，但還是和他們說掰掰。我正要叫大家投票表決要去哪家店的時候，一股熱氣衝上喉嚨，我就在路邊吐了。

老鼠過來用力地拍我的背。

「你喝太多了。」他說。

我感覺現場氣氛一下子變了。我蹲在地上又嘔了幾次，但沒有再吐出任何東西。我接過老鼠遞來的衛生紙，把嘴巴擦乾淨，站起來大嚷著續攤續攤。這次只有一個人附和我，她看起來比我還醉。

「你別鬧了。」老鼠生氣地說。

他叫大家回去休息，然後幫我叫了一台計程車。

「你家在哪裡？」老鼠問我。

「我不要回家，我還要喝！」我大叫。

老鼠似乎放棄了，他叫司機開到他家。

「小聲點，我爸媽睡了。」老鼠用鑰匙開門。好，我用氣音說，用食指在嘴唇前比了一個噓，但一進門我就忍不住爆笑出來，老鼠趕緊摀住我的嘴。

在確定我再也沒有任何笑意後，他才終於放開手，帶我到他房間。裡頭有一張雙人床，他拿來另一條棉被，把燈關掉，躺在我旁邊。「睡吧。」

但我怎樣也睡不著，似乎剛剛把酒都吐出來了，此刻我清醒得不得了。

「喂？」我說。

「怎樣？」

「先不要睡，來聊天。」

「你想聊什麼？」

「不知道。」

「那就睡覺。」

我看著黑色的天花板，怎麼樣都睡不著。

「欸。」我說。

「怎樣？」

「你知道兔兔喜歡我喔？」

老鼠沉默了一會兒，「知道啊，大家都知道啊。」

「那我怎麼不知道？」

「你太蠢了。」

「謝謝噢。」

「不客氣。」

又是一陣沉默。

「可是我不喜歡兔兔欸，雖然她的門牙很可愛。」

「我知道你不喜歡啊，大家都知道啊。」

「有沒有這麼誇張，大家什麼都知道。」我突然想到一件事，「那你呢？都沒聽你說，有對象嗎最近？」

「沒有欸，很久沒有了。」

「為什麼？你應該有不少機會啊？」

黑暗中我等了好久才聽到老鼠的回答。

「可能是不想談戀愛吧，以前曾經受過傷，被初戀女友狠狠劈腿了，眞的是重傷，分手後的前兩年我沒有跟任何女生出去過，後來也沒有再交女朋友。」

我愣了一下，我從沒聽老鼠說過這一段。

「你們分多久了？」

「我們在一起五年多，也分了四年了。」

或許是今晚的酒精終於在老鼠身上發揮了作用，在只有微光的溫暖房間裡，他說了許多初戀女友的事。他們國中同班了三年，打打鬧鬧卻沒有眞的動感情。高中彼此上了不同學校，因爲一場校際比賽相遇。老鼠說看到女孩在球場上對他大叫揮手的那一眼他就知道了，這就是他要的女孩。然後老鼠展開熱烈追求，一個禮拜後他們就在一起，兩個人簡直不敢相信之前的三年時光是在幹什麼浪費的。

「我們根本是天生一對，每個地方都好合好合，像做夢一樣。」老鼠說，我靜靜地聽。

「你知道我爲什麼叫老鼠嗎？」

「不知道，爲什麼？」

「她的英文名字是Kitty，所以她說我是老鼠，永遠都要聽她的，叫著叫著，我就變成老鼠了。」

好長一段時間沒有人開口，窗戶下方傳來摩托車疾駛而過的聲音，巷尾有隻狗叫了兩聲，然後一切又安靜下來。

「她離開的時候哭著說，搞不好哪一天她會發現，我才是最適合她的人。」

「所以你一直在等她？」

「也沒有，只是分手後，我始終沒有遇到一個讓我心動的女孩，像那天在球場上一樣。」

我忽然想到可潔，想到她在漁港的側臉，想起我們在甲板上聊天的時候，無時無刻流竄在身體裡的電流。

「你覺得，以後會遇到嗎？」我問老鼠。

「應該會吧。」

「你聽起來沒什麼信心欸。」我笑著說，但老鼠沒有笑。

「一定會吧。」他輕聲說。

我們繼續有一搭沒一搭聊著，講話的間隔越來越長，等我注意到的時候，已經沒有人在說話了。老鼠的呼吸很規律，睡著了吧。那呼吸讓我覺得心安。我閉上眼睛，想著未來某一天會出現在我生命裡的女孩。

但有時候，我們其實不想遇到新的女孩，我們只想回到過去。

我知道老鼠是這樣。

而我也是。

□

隔天回到家，我收到可潔寄來的電子郵件。

哈囉。

你最近好嗎？

我來倫敦已經三個多禮拜了。一開始事情超級不順利，銀行開戶就跑了三趟，租的房子又漏水，只好退租找另一間公寓，花了好多時間和精神，到處又都是聽不懂的英國腔，讓我超級沮喪。那時候好想回家，一直打長途電話回去，打到我媽都罵我，叫我要哭掛掉自己哭，不要浪費錢，很過分吧，怎麼會有這種媽媽啊。

不過現在事情都已經上了軌道，開始可以慢慢享受倫敦的空氣和假日的早晨。雖然用英文上課並不輕鬆，要花很多時間預習和複習，但可能是有目標的關係吧，第一次覺得念書這麼開心。同學們人都很好，老師也是，十分照顧我。有一個韓國女孩，跟我差不多年紀，她也是第一次出國念書，我們兩個很快就成為好朋友，上禮拜還一起去海德公園聽了一場音樂會。

我在YouTube上看到你們的表演了。唱得很棒喔，巨星架式十足，整個讓我嚇到了，雖然最後輸了一分，但超級超級有魅力的，應該有很多小迷妹愛上你們吧。

嘿，我要和你道歉，那天走得很匆促，所以忘記帶走那本畫冊，不是故意的，實在是那時候心情太亂了，本來只是想出國前和你見面，說個再見，沒想到你卻拿畫冊給我，還說了那些話，讓我突然混亂起來，實在無法好好反應。

不過我很感動喔，我說真的，謝謝你為我做的一切，真的，謝謝。

但是我要跟你說，我們已經不能再下去了，就算我沒有出國，我也無法和你繼續在一起了。

關於我們的感情，我其實很驚訝你竟然想了這麼多。我一直以為你不會注意到那些，一直以為你永遠不會發現我們的問題，所以那天我其實很感動。但是，我已經下定決心了，或許你真的可以改變，或許我們會變得十分十分幸福，又或許你最後還是會失去熱情，或許我們個性的差異永遠都會在那裡，但這些都不重要了。

嘿，你知道我很喜歡在大魔域工作的你嗎？每次下班累到不行，去大魔域找你的時候，你總是看起來那麼開心，悠閒地看著漫畫，在店裡轉來轉去，和客人大笑聊天，好像沒有什麼事情需要煩惱的。看著那樣的你時，我總覺得好像可以暫時放鬆下來，安全地待在你的世界，逃離所有白天的壓力。

我這麼說你一定覺得很奇怪吧，因為這半年來我一直叫你換工作，要你離開大魔域。你知道為什麼嗎？因為我已經無法滿足了。過去在大魔域的你是一個避風港，當大家都畢業進入社會了，只有你好像還是留在學生時代，在同樣的地方工作，擁有同樣的笑容，臉上看不見對社會的疲憊和對人生的失望。我知道許多人都反對你這樣生活，包括你爸媽，但我卻依戀著這樣的你，或者該說是，想要從你的身影上，找到過去充滿活力、自由自在的自己。

但漸漸地，避風港已經不夠了，我開始想要更多東西，想要一個更有生命力的生活，既不是像我一樣為薪水天天忙碌度日，也不只是無憂無慮待在大魔域的你，所以我才一直要求你，想要你帶我到另一個地方，但最後我才知道，這樣是不行的。

還記得我們分手那天看的《真愛旅程》嗎？凱特溫絲蕾把希望寄託在李奧納多身上，期望可以改變他們的命運，但最後還是失敗了。那部電影使我明白一個事實，我這樣是不對的，我不能希望你來拯救我的生活，我不能期待有一天睡醒事情會自動變美好，我必須要自己拯救自己，我必須要自己去改變，否則一切都會是一樣的。

可能你會覺得很殘酷，但請原諒我，如果繼續跟你在一起，我一定會沉浸在你的溫柔和快樂之中，覺得就這樣一直下去也沒有關係，然後便一直忍受，忍耐生活、工作、我們個性的差異和其他所有一切，最後便失去改變的勇氣和力量了。我害怕變成這個樣子，非常非常害怕，所以我必須離開。

請相信我，對我來說這絕對是非常痛苦的決定，剛分手時我完全不敢接你的電話，因為我怕一聽到你的聲音便無法控制自己，用最快速度回到你身邊。後來你生日的時候，我覺得自己可以了，變強壯了，才又敢開始跟你聯絡。但現在回頭看，我那時候這樣做是不是錯了呢？是不是應該堅持不要聯絡，對你和我都比較好？

不過這些現在都沒關係了，已經不重要了，重要的是我們擁有的此刻，以及即將來臨的明天。

最後我要和你說，不要擔心我，我在倫敦會好好的，會朝自己的目標努力前進，累了就放你唱的歌來聽，那總可以給我許多勇氣。所以就這樣吧，不要寫信給我，也不要聯絡我，好好過你的生活，去做自己真正想做的事吧。

可潔

24 青春已死

我把可潔的信一連看了三次，然後印出來，每天帶在身上，想到的時候就拿出來看。她在信裡說的一切我都可以理解，也知道現在這樣對她來說或許是最好的，但每次看我仍舊傷心欲絕，心彷彿被掏空般痛苦難受。

最後我把信收起來，決定再也不要看了，就像可潔說的，我要放下，好好過我的生活。只是這簡直辦不到，我看了那封信無數遍，幾乎可以把它背下來。無論是在大魔域上班、一個人吃飯、騎車、看電視裡的搞笑節目，我都會突然想起信裡的某個句子，然後感到無法抑止的痛楚。

有一天，我忽然拿起手機打了可潔的電話。我不知道我在幹什麼，我甚至不知道我想要什麼，我究竟是期待這號碼會通到國外，讓我可以聽到可潔的聲音，還是希望它轉入語音信箱，不要讓我的衝動打擾了可潔的生活。

我不知道，我只知道我太痛苦了，需要做一點什麼，什麼都好。

電話是空號，已經沒有人使用了。

可潔甚至不留著這個號碼了。

我拿著手機愣了好久，然後把她的電話刪掉，按下確認鍵的瞬間，我彷彿也刪去了一部分的自己。

那天像是一個轉捩點，痛楚漸漸開始沒有那麼強烈了，我也不再那麼常想起可潔和她的信。

我每天騎一個小時的車去大魔域，認眞上班，吃相同的便當店和麵店，在附近找新的房子，再騎一個小時的車回家。我讓自己被生活的瑣碎淹沒，這是讓人安心的瑣碎，裡頭沒有驚喜，於是也就沒有意外。

因爲懶惰，所以之前搬家帶回來的紙箱我始終都沒有處理，一直堆在房間角落。今天下午，我爲了找一張CD，才第一次打開那些紙箱，然後我就看見了那個紙袋，可潔給我的紙袋，裡頭裝著她還我的東西。

從那天到現在，我都沒有打開過紙袋，甚至連一眼也不敢看，但此刻我想結束一切的心情比什麼都還強烈。我把紙袋拿到桌上，將裡頭的東西一樣一樣拿出來：兩張DVD、三片CD、一本法文字典、一只舊手錶，以及幾張折起來的橫條筆記紙。

我把紙打開來，頓時怔住了。剎那間時空挪移，我被帶回好多年前的一個冬日午後，我和可潔在一家咖啡館，桌上擺著兩本原文課本，卻沒有人在念書。整個下午我都興奮地對可潔訴說腦中的夢想，同時在紙上拚命塗寫。離開的時候我沒有帶走那些紙，沒想到可潔卻珍惜的留了下來。

我看著紙上的凌亂內容，那天可潔雙眼發光的模樣浮現在眼前。

去做自己真正想做的事吧。

突然一個念頭出現在腦海，越來越清楚，越來越巨大。我激動不已，熱氣衝上胸膛，身體無法控制的顫抖，因爲我知道自己從未下過如此重大的決定。

一直以來，我都跟在別人後頭。

國中的時候我跟著阿龍。跟著他蹺課，跟著他和學長幹架，跟著他對抗學校和世界，在他身旁我總感到安心，覺得自己與衆不同。

高中的時候我遇到王勁威。我們擁有同樣的興趣，喜歡同樣的音樂，但他卻有比我多上好幾倍的熱情。他帶我完成許多不可能的夢想，一起侵入訓導處，成爲街頭藝人，在行天宮放肆嘶吼，甚至還上了電視。站在王勁威身旁，似乎什麼事都無所不能。

而在他離開之後的現在，我才發現，那些夢幻時刻始終是一場會結束的派對。阿龍會結束，王勁威會結束，就連可潔也結束了。

我又回到了一個人。

平凡，寂寞，孤獨。

沒有人在頂樓等我，沒有人告訴我要練什麼歌曲，沒有人給我世界上最甜膩美好的愛情。

只是，一個人的我，就眞的什麼都無法做了嗎？

一個人的我，就眞的無法抵達任何地方嗎？

他們的確走了，不會再回來了，但他們都留下了一些東西給我。

我捏著手中的紙，指尖因爲用力而輕輕顫抖。

這是第一次，人生中有一件事情，我非完成不可。

不爲任何人，只爲我自己。

□

一大早我帶著充血的雙眼走進大魔域，和一個新來的工讀生打招呼。我坐下來用電腦，但很快我就發現自己不停重複看著同一行文字，精神完全無法集中。

昨晚在做出人生至今最重大的決定後，我馬上找出一本空白筆記本，把當初寫在紙上的內容整理到筆記本上。由於不斷在寫的過程中想到新的東西，所以我一直弄到凌晨四點才完成。

此刻我決定先休息一下，不要一直盯著電腦。我把筆記本拿出來看，沒想到一轉眼就兩點了，我整個人沉浸在筆記本裡的計畫，熱情地塗塗寫寫，甚至忘了吃工讀生幫我買的午餐，一旁的排骨便當明顯已經冷了。

由於報表和進貨都還沒有弄，我很快把冷飯扒完，在電腦前專心工作。五點半的時候總算弄到一個段落，睡眠不足的腦袋和雙眼都無比疲累，我靠在椅子裡放空休息。

沒多久工讀生下班了，晚班的兔兔也來了。在燒肉店的那一吻並沒有改變我和兔兔之間的關係，她依舊像平常一樣和我聊天互動，既沒有更靠近，也沒有更遠離，這結果多少使我鬆了一口氣。

兔兔說她還沒買晚餐，問我要走了嗎，我說還沒，她便請我顧一下，跑出去買晚餐。

我從櫃檯後環視店裡，看著這個我待了八年的地方。結束一天辛勞的學生與上班族坐滿整間店，所有人都低頭默默翻頁，漫畫、小說、雜誌，紙張啪嗒啪嗒的聲音此起彼落，有人臉上帶著微笑，但大多數人都沒有表情，像是被集體催眠了，不斷重複著相同的動作。

這幕景象我見過上千遍了。每次看到這情景時，我都會想起草原上只顧低頭吃草的羊群。他們像極了那些羊，而我則是山丘上的牧羊人，只有我一人是清醒的，知道生命的意義。

但今天不知道爲什麼，我卻發現完全不是這麼一回事，彷彿終於睜開過去緊閉的眼睛，我第一次看清了事實。

無論是學生還是上班族，無論他們看了多少本漫畫待了多少個小時，這些人最後都會把書放回櫃檯，離開大魔域去過自己的生活，追求自己的人生。只有我，是這片草地上永遠的牧羊人，看似囚禁了羊群，其實是困住了自己。

我忽然想起今天在大魔域做得最開心的一件事，不是租出去多少DVD，也不是客人對我說他多喜歡這家店，而是塗寫筆記本的那段時光。

我露出了一抹苦笑。

兩個高中女生吵吵鬧鬧地走進店裡，討論了一陣子後借了日文版的《ViVi》。她們走了之後，我拿起電話打給易萱，問她今天晚上有沒有空。

「今天晚上？」易萱的聲音充滿疑惑。

「嗯，有重要的事想要當面和妳說。」

掛掉電話後，我感到輕鬆無比。

一切都從頭開始了。

□

我在中午的美式漢堡店裡等一個人。

兩天前的晚上，我和易萱說要辭職，她十分震驚，但在我告訴她我想要做的事情後，她還是同意了。前提是我必須幫她找新店長，並教會他所有事情，在這之前我都要先待在大魔域。

我答應易萱的條件，而她也答應我，可以把呂信維找回來。

於是我昨天打給呂信維，約他今天出來吃飯。他聽起來有些驚訝，但仍舊說好。他說平常日的中午沒有問題，我在心底祈禱他還沒有找到工作。

我提早到了，等待的時候，我接到王勁威的電話。

「我和唱片公司的人說我們高中侵入訓導處的事，他們都覺得很有趣，所以可能會回去高中拍一些片段，在裡面接受訪問，你可以嗎？」

「沒問題啊，我好久沒回去了，可是學校那邊可以嗎？」

「唱片公司已經接洽過了，學校似乎很歡迎欸，好像可以幫他們宣傳的樣子。」

「是喔。」我想著工作人員有沒有告訴學校的負責人，我們是要回去聊侵入訓導處的事。

「什麼時候啊？」

「這禮拜五，確切的時間我再告訴你。」

呂信維在我掛上電話的同時走進店裡。

他一看見我便露出笑容走過來，在我對面坐下，對我說好久不見。他的笑容和過去一模一樣，但不知爲何我卻有股說不上來的奇怪感覺。

和服務生點完餐後，我決定開門見山說出今天的目的，沒想到他卻先開口。

「我聽說你當店長了。」他笑著說。

我不知該怎麼回應，於是嗯了一聲。

「怎麼樣，還好嗎？有沒有需要我幫忙的地方？」

正當我想和他說我已經辭職的時候，他臉上的笑容卻突然消失，整個人彷彿消了氣的皮球瞬間垮下來。

「啊對不起，你不要理我，你在大魔域待了那麼多年，當店長一定比我拿手許多，怎麼可能需要我幫忙，我這樣問實在太白目了。」

「不會啦——」

「你不用安慰我沒關係，我自己很清楚，我總是這樣，老是裝出什麼都很行的樣子，但其實我根本就辦不到，就像店長，我根本就無法勝任，我一直都覺得你比我適合，我也這樣跟易萱說，但她卻堅持要我試試看，說我一定可以，結果最後，最後還是……」

呂信維沒有繼續說下去，他垂著雙眼望著空氣裡的一點，久久沒有開口。

看著這樣的他，我突然驚覺自己過去的預感是正確的，他一直都在假裝，無時無刻不在僞裝，只是有一個地方我卻大錯特錯，他的僞裝不是爲了得到什麼，而是爲了掩飾什麼。

我終於知道剛剛他笑容裡的奇怪感覺是什麼了。他的笑容讓我想起小時候鄉下鄰居養的一條狗，那條狗時常因爲犯錯被主人狠狠修理，所以牠無時無刻都在猛搖尾巴，企圖討好經過的每一個人，但無論牠尾巴搖得多麼殷勤，都無法遮去牠黑眼珠裡的畏縮與懼怕。

今天我終於看進了呂信維的眼睛，看到他心底的不安及惶恐，也看懂了他過去是如何用完美表現將自己武裝起來。而我看得越仔細，就看到更多東西。過去總是整潔朝氣的他，如今臉上卻有粗粗的鬍碴，頭髮凌亂地捲在一起，眼鏡有汙痕，整個人癱在椅子裡，神情無比憔悴。

我的心情忽然大大波動起來，各種情緒洶湧撞進胸口，我脫口說：「你找到工作了嗎？」

呂信維慢慢將眼神聚焦在我臉上，緩緩搖頭。

「已經找了好一段時間，但是……不太順利……」

「你要不要回來大魔域當店長？」我說得飛快。他過了幾秒鐘才理解我的意思，睜大眼睛望著我。

我很快告訴他我辭職的事，以及辭職的原因，並說易萱也因爲之前衝動解雇他的行爲感到後悔，希望他可以回來當大魔域的店長。

原本我以爲他一定會馬上答應，並且十分開心，但卻完全不是這樣，他聽完後好一段時間沒有開口，無法理解的沉默圍繞在我們身邊。

最後他終於說：「對不起，你還是請易萱找別人好了。」

我沒想到會聽到這個答案，愣了好幾秒。

「……爲什麼？」

他又沉默了好一段時間才開口。

「我眞的不適合當店長……我沒有那個能力，我曾經以爲我可以辦到，也認眞的努力過，但我還是搞砸了，我無法應付每天的壓力，那個女生的事情也是，我根本就不知道怎麼處理，大魔域會被破壞都是我造成的，我讓易萱失望——」

「不是這樣。」

我聽見自己的心跳怦怦大響。

「那個女生的事不是你的錯，是我造成的，我知道她已經把漫畫從包包拿出來藏在廁所裡，但我故意不告訴你，因爲我想看你出糗，大魔域會被破壞都是我的責任。」

我發現自己無法看呂信維的眼睛。

「因爲我嫉妒你只來半年就當上店長，所以才這麼做，我是個大爛人，對不起，我不希望你原諒我，只希望你可以回來當店長，易萱眞的很需要你。」

我望著桌面，等待他的回答，時間彷彿靜止了，耳邊聽不見任何聲音。

「是我的錯……」

近乎低喃的聲音傳進我耳裡，我驚訝地抬起頭，他臉上是一抹苦笑。

「是我沒有告訴易萱，我那天不敢告訴她，就連看監視器時我也沒有說，我沒有肩膀，我怕被責罵，易萱是因爲這樣才要我走的，和你一點關係也沒有，你不用再安慰我了，我比任何人都清楚，我一直都在裝，但我怎麼裝都無法騙過自己，沒有用的。」

我看著他的臉，方才的歉疚一點一滴慢慢消失，取而代之的是一股無法解釋的怒氣。

「你喜歡大魔域嗎？」

呂信維疑惑地望著我。

「我問你，你喜歡大魔域嗎？」

「……我……」

「你喜歡在大魔域工作嗎？你喜歡上班的氣氛嗎？你喜歡店裡的同事和客人嗎？這些你喜歡嗎？」

「應該吧……」他小聲地說，「我不知道……」

我的聲音高起來，「我不知道你爲什麼來應徵，你以前也不是常客，但我必須老實說，你的表現是我見過最棒的，你來上班之後櫃檯每天都乾乾淨淨的，廁所五年來第一次有人刷過，甚至還裝了新的止滑墊，你從沒有找錯錢，客人來了兩次就會記得他們的名字，就連我以爲你弄不好的DVD，你也沒有漏氣，我不管你是裝出來的還是怎樣，那就是我見過最棒的表現，就連我也做不到那麼好，如果你說你不喜歡大魔域，那絕對不是眞的，因爲沒有一個人可以把他討厭的工作做得這麼好。」

呂信維驚訝地看著我，我繼續說。

「不是只有你一個人會怕，我也會怕啊，接店長之後我不知道沮喪灰心了多少次，但只要一想到你之前做得這麼好，我就告訴自己絕對不可以認輸，你比你想像的還要棒，你根本就不用害怕，而且，犯錯又怎麼樣呢？誰不會犯錯？就連易萱也承認她解雇你是一個錯，你知道她是店裡最常漏刷書的人嗎？雖然由我來說沒什麼說服力，但大魔域不是只有你一個人，還有其他夥伴啊，只要你開口，我相信每個人絕對都願意幫你，回來吧，再給大魔域、給易萱，和你自己一個機會，好不好？」

□

儘管我又說了半個小時，呂信維最後還是沒有答應。

離開前我又和他說了一次對不起，他點點頭，沒有說什麼。

原本我是因爲內疚、因爲想離開大魔域、因爲易萱的條件才找他回來的，但在騎車去大魔域的路上，我卻發現自己希望他回去是因爲這件事是正確的，他比我們所有人都適合當大魔域的店長，而他自己甚至不知道，所以我才會那麼努力地說服他。

過去他身上那些讓我厭惡的特質——誇張的完美表現，無時無刻掛在臉上的笑容，做作的嗓音——在今天的午餐過後都有了解答。他就像我們每個人一樣，不敢暴露最眞實的自己，只因爲不想被討厭，想要被喜歡。

這樣子有錯嗎？

沒有，只是他不知道，只是我們都不知道，眞實的自己，才是最讓人喜歡的。

在大魔域外停車的時候我笑了出來，我發現自己竟然對呂信維產生了好感，這眞是過去想都想不到的事。但同時我又有些遺憾，如果早一點發現這一切就好了。我走進店裡，看到櫃檯後的老鼠，忽然想起自己還沒告訴他辭職的事。

老鼠聽完後，只問了我一句，「既然因爲這樣辭職，你就會做到底吧？不是隨便說說的吧？」

我心中一凜，然後肯定地、用力地點點頭。

老鼠沒有再多說什麼。

下午四點的時候，我問了老鼠一個問題。雖然我早就知道他對這件事的看法，但還是試著問問看。

「嘿，那個，你可不可以接店長啊？」

老鼠白了我一眼，「那種東西別問我啦，你又不是不知道，我只想每天看推理小說就好。」

說完他又埋頭看回手中的小說。

看來老鼠是沒希望了。回家的路上，我想著還有誰可以接店長，但不是還在念書無法全職上班，就是過去的表現都不夠負責。到家後我想著要不要再打一通電話給呂信維，就在這時我看見他傳來的訊息。

首先，我要謝謝你今天對我說的那些話，我回家之後想了很多，我想告訴你一件事，我一直都沒有跟任何人提過，那就是我去大魔域應徵的原因。

就像你說的，我不是常客，我只有一次到大魔域附近等朋友，因為無聊進去看漫畫。那時是你和易萱當班，你們對我的態度十分親切，我看漫畫的時候總是不時分心，被櫃檯後的你們所吸引。你們看起來是那麼快樂，彼此的互動不像同事更像是家人，對客人的態度則像在家招待朋友一樣，就是在那瞬間，我想要在大魔域工作。

但開始上班之後，我卻忘了當初應徵的初衷，反而時時擔心自己做得不夠好，總是害怕緊張，每天都承受很大的壓力。你今天的話讓我想起最初踏入大魔域的感動，想起和大家一起的那些快樂時光，你讓我重新發現了一個事實，那就是我真的真的很喜歡大魔域。

謝謝你讓我記起這一切，也謝謝你願意告訴我關於那女生的事，雖然有點生氣，但又覺得有點感動，所以，我們現在算是夥伴了吧，謝謝你和易萱願意再給我一次機會，最後我要說，我想要再試一次，拜託你們了。

隔天一早我被易萱的電話吵醒，她正在大魔域，她驚訝地問我怎麼沒有告訴她。

「告訴妳什麼？」

「呂信維啊，他要回來上班了你怎麼沒有跟我講？我一早來就看到他在外面掃地，嚇了我一跳。」

我愣了一下，然後笑了，這還眞像他會做的事。

易萱說呂信維既然已經回去當店長，我就可以不用再去了，最後她祝我好運，要我沒事的時候去新分店找她玩。

掛上電話後，我忽然發現一切都整理好了，面前通暢無阻，我可以開始做我想做的事，出發踏上自己的旅程。

但不知道爲什麼，我總覺得有點浮躁，似乎有什麼心情還落在外面，沒有收拾好。我看著桌上的筆記本，有些激動，又有些不安。我告訴自己這一切都是正常的，因爲現在只剩下我一個人了，沒有人一起奮鬥，沒有人告訴我接下來要做什麼，所以多少會擔心疑惑，但不管怎麼樣，這次我都要靠自己的力量完成這一切，堅持到最後。

我跳下床朝書桌走去，卻猛然被一個東西絆到，耳邊傳來物體折斷的聲音。我疑惑地轉過頭，發現之前靠在牆上的環島旗子不知何時倒在地上，而在被我的腳這麼一絆後，旗桿已斷成兩截。

我把斷裂的旗子拿起來，展開捲起的旗面，心臟突然猛烈地跳了一大下。

青春已死

我愣愣望著那四個大字，站在原地一動不動，就這麼過了好久。

我終於知道自己沒有收拾好的心情是什麼了。

我找到手機，打給王勁威。

「喂……」王勁威聲音沙啞，似乎還在睡覺。

「嘿，別睡了，你是不是還欠我一次環島，還有一場PK？」

電話那頭一陣窸窸窣窣，幾秒鐘後他的聲音傳來，聽起來已經醒了。

「環島我一定奉陪啊，至於PK，唉，眞的沒辦法了，我再請你吃飯補償你啦，OK？」

「不用，」我說，「那些都沒關係了，你只要陪我幹一件事就好。」

掛上電話後，我深深吸了一口氣，心跳噗通噗通大響，我想起高中接到王勁威的電話時也是如此，差別只在於，這次是我打給他的。

這樣就可以了吧，好好把環島、PK，以及我和王勁威的青春做個結束，然後重新開始吧。

25 無比安靜的等待

禮拜五下午，我和王勁威回到久違的高中拍攝影片，同行的還有身兼導演和攝影師的鬼頭哥，以及唱片公司的助理小桃。

我們在下課時間的中庭彈唱了兩首歌，然後在操場旁的樹下接受訪問，談高中的回憶、街頭藝人的趣事、在網路上突然爆紅的心情，當然也聊了侵入訓導處的事。

每到下課時間都有許多同學圍觀，我們也趁有空的時候和他們簽名合照。學校雖然變了許多，蓋了新的建築物，拆了舊的建築物，但學弟妹仍然穿著同樣的制服，有著同樣的笑容，看了不禁覺得懷念起來。

下午三點多的時候，鬼頭哥說拍得差不多，可以收工了。由於今早詢問時，學校同意我們與校長合影的要求，所以小桃便去請校長過來大門口，我和王勁威與鬼頭哥在穿堂等她。

小桃一走沒多久，我便說：「我想去上一下廁所，有點尿急。」

「我也是。」王勁威附和。

「快去吧，小桃才剛走，沒那麼快回來。」鬼頭哥說。

我和王勁威一起離開穿堂，往廁所的方向走去，我們的腳步越來越快，沒多久便跑了起來。我們從廁所前面跑過，大步跑上樓梯，一路衝到三樓，在三年級教室的走廊上狂奔。

「幹，東西帶了沒？」我大聲問王勁威。

「幹，不要問廢話！」他也大吼回來，下一秒我們一齊笑出來。隨著腳步加快，我們越笑越大聲，越笑越激昂。教室裡的老師同學全都目瞪口呆，看著跑過窗外發出恐怖笑聲的我們。

我們已經無法回頭了，青春被我們留在身後越來越遠，我們唯一能做的只有把它牢牢記在心裡，然後義無反顧地向前衝去，並且大笑出聲。

終於開始了——

新．21世紀少年解放學校大作戰！

□

兩天前我在電話裡和王勁威提出我的想法時，差點沒有把他嚇死，他的反應極為激烈，劈哩啪啦說了一大堆。

「你瘋了嗎？我們已經不是高中生了，我們是要去工作拍宣傳片，不是去玩欸，怎麼可能搞這些有的沒的。」

我只說了一句。

「欸，你是不是簽約之後就變孬了啊？」

電話那頭沉默了五秒鐘，然後我聽到一聲大概有十秒長不換氣的幹，「天呀！我怎麼會變成這樣，我真的孬掉了，這一點也不像我啊！」然後又是一個超久超大聲的幹。

我知道我熟悉的王勁威又回來了。

他很快就像過去一樣和我熱血地討論起來。半小時後我掛掉電話，買了一手啤酒殺去他家，由於只剩下兩天，所以我們幾乎沒有睡覺，徹夜討論到天亮。

隔天我回去補眠，王勁威去唱片公司上課，下午他也請假回家睡覺。晚上他帶著吉他和從唱片公司借出來的專業收音麥克風跑來我家，我們花了兩個小時把原本要在第二次PK表演的自創曲練到完美，然後錄起來，燒成兩張光碟。

這次我們PK的對象不是電視裡的參賽者，而是學校、校規、老師、訓導主任、全校的學生，以及所有聽見這音樂的人。上一次的作戰我們什麼都沒有改變，只有爽到自己，但這次我們一定要確實把音樂傳進每個人心底，讓他們聽見每天的生活裡還有另一種聲音，一種不同於老師和父母的聲音，然後因此產生勇氣，去追尋另一個可能的世界。

王勁威說我的目標太誇張了。

「但是我喜歡。」他笑著說。

這次作戰最關鍵的侵入方法，我們都同意不能再用過去的癲癇老招了。首先我們已經不是穿制服的學生了，突然衝進訓導處大吼只會讓人起疑，也難保有些看過我們第一次表演的資深職員還待在訓導處，會當場識破我們的詭計。

我們徹夜絞盡腦汁，終於擬出一個完美的計畫，就在我們開心地擊掌慶祝後，我卻忽然想到一個問題。

「欸，我們畢業了這麼多年，會不會學校已經成立廣播室了？」

「會這樣嗎？」

「我是覺得機率不大，可是如果眞的這樣，我們明天就哭哭了。」

「也是，那只好先調查一下了。」

「怎麼調查？總不能穿上制服走進去吧，而且明天就要拍了欸。」

「我有辦法。」說完王勁威拿出手機。

「你要幹嘛？」

「跟以前一樣啊，打電話問楊芷昀，」王勁威看著我露出機歪笑容，「她媽。」

「幹，楊芷昀她媽當家長會長也是十年前的事了，你不要鬧了啦。」

王勁威對我擺擺手，似乎是電話通了，他走到窗戶旁邊去講，五分鐘後他回來，臉上的表情更加機歪。

「怎樣？」

「就跟你說她媽眞的知道吧，還不相信我，」他停了一下接著說，「不過廣播設備眞的不在訓導處了。」

我心中一驚，但轉念一想，廣播室說不定比訓導處更好應付，而且這樣又更接近原版的《20世紀少年》了，我忽然因此熱血起來。

「新的廣播室在哪裡？」

王勁威搖搖頭，「沒有什麼廣播室，廣播器材都被移去校長室，不對，應該算校長秘書室吧。」

「校長秘書室？」

「嗯，校長室的門打開會先進到秘書待的房間，裡頭的門再進去才是眞正的校長室，廣播器材就放在那個房間裡。」

我想了一下，「這樣我們的計畫就不能用了欸。」

我和王勁威互看一眼，同時罵了一聲幹。

□

昨天爲了新計畫弄到兩點的我們，此刻正爲了解放母校而在走廊上發瘋狂奔。終於我們停止奔跑，在走廊轉角停了下來，忍者一樣伏低身子。斜前方就是校長室，窗簾拉著，門也關上，看不出此刻裡面究竟有沒有人。但由於我們是繞了遠路過來，照理說小桃應該已經帶校長離開了。

「我看到他們了。」從走廊探出半個身子往下看的王勁威說，「他們已經到一樓了，剛走出樓梯，往穿堂那邊過去了。」

「好，等到他們發現不對勁應該也要十分鐘，最少也有五分鐘。」

「我只要一分鐘就夠了。」王勁威說。

我對他比出一個大拇指，「上吧！」

他點點頭，轉身朝校長室跑去，背影豪氣干雲，就像當年他前往訓導處的背影一樣。他故意製造慌亂的腳步聲，門也不敲便衝進校長室。

「啊！你幹嘛？有什麼事嗎？」我聽見女秘書驚嚇的嗓音。

「我、我是今天來拍影片的校友，」王勁威故意氣喘吁吁地說，「我們剛剛在跟校長拍照的時候，他突然抓著胸口倒下了，不知道是不是心臟病——」

「什麼？」秘書的聲音瞬間高了起來。

「我們剛剛已經請訓導處的人打電話叫救護車了，也有去找校護過來，但校長一直唸妳的名字，好像要妳幫他打電話給誰，妳趕快下去！」

「喔，好、好。」

下一秒秘書和王勁威一起出現在門口。

「在資源大樓那邊，快！」王勁威和秘書一起跑向樓梯口，很快就消失了。

我從柱子後走出來，走到敞開的校長室門口，黑色的廣播器材和麥克風就放在靠牆的櫃子上，安靜優美地立在那裡，像一個等待我邀舞的絕世美人。我心跳加速，下意識握緊拳頭，作戰成功了，我們順利引開了校長和秘書，王勁威成功了，我們成功了！

但我沒有走進去，我站在門口，屏氣凝神，望著他們剛剛離開的樓梯口。昨晚我們都一致同意，這次的作戰不能有一個人落單，要爽一起爽，要死就一起死。我站在走廊上，安靜地等待。

上課時間的校園靜謐無聲，連風都沒有，但只要靜下心便可以發現各種聲音：從操場傳來的打球聲，女孩子在樹下聊天的笑聲，某個老師使用麥克風的講課聲，走廊上的腳步聲，整個班級朗讀課文的聲音，寶特瓶在飲水機裝水的聲音，音樂教室的節拍器和鋼琴聲，體育老師的哨子聲，某間教室突然爆出的哄笑聲……

校園彷彿活的一樣，每一秒都在改變她的姿態，那些聲音不只是此刻的現實，那些聲音就是我全部的學生時代。我不知不覺聽呆了，彷彿又回到蹺課的時光，我從一成不變的生活中逃出來，旁觀陷在其中的人們，看著聽著感受著他們的生活，然後發現他們就是我，那就是我的生活，而最令我驚訝的是，裡頭竟然有這麼多我平常從未發現的，簡單的美好。

忽然，我聽見蟬的聲音，如同那年夏天一樣清脆美好的蟬聲，在我耳旁大大地響著。

唧唧唧——　唧唧唧——

唧唧唧——　唧唧唧——

我不敢置信。

不是已經秋天了嗎？怎麼還會有蟬？

我閉上眼睛仔細聆聽，美妙的蟬聲將我包圍，把我融化，我感覺整個人慢慢消失了。

下一秒，我猛然睜開眼睛，露出笑容。

沒有蟬聲了，那只是我對過去的眷戀，此刻我又回到現實，因爲我聽見有人衝上樓梯的腳步聲。

王勁威大大的笑臉出現在樓梯口。

「搞定！」他朝我跑過來，邊笑邊喘邊說，「我說我要去警衛室等救護車，叫她自己去資源大樓，等她發現再回來應該也要三分鐘以上。」

我和王勁威一起進入校長室，和上次一樣，我負責把門窗鎖死，王勁威則去播放音樂。校長室的窗戶比起訓導處少上許多，我很快就回到王勁威身旁。只見他站在播放器前動也不動，手上還抓著光碟。

「怎麼了？」我問他。

「你看這個。」他指著播放器上方一個像電腦螢幕的東西，大概十吋大小，灰階介面，螢幕中央有「威翔音訊」四個字。他點了一下螢幕，「威翔音訊」四個字瞬間消失，跳出數字小鍵盤和四個小方框，最上面則寫著一行字。

請輸入密碼

「這要密碼？」

「我剛剛以爲這是唬爛的，直接按Enter，結果它說密碼錯誤，只剩下兩次機會。」

「一定要用密碼嗎？不能直接把光碟放進去播？」

「我剛剛試過了，機器完全沒有反應，連光碟機都打不開，似乎是要先輸入密碼才可以使用。」

我的心瞬間涼了大半。

「怎麼會這樣……」

王勁威沒有回答，只是瞪著螢幕。幾秒鐘後，鍵盤和輸入框消失，「威翔音訊」四個字又出現了。

我點了一下螢幕，密碼輸入框又跳出來。我看著小鍵盤，彷彿可以聽見時間一分一秒流逝的聲音，不能再這樣下去了。我的手指在空中猶豫了兩秒，然後按下四個零，接著按Enter。

螢幕大大晃動一下，然後出現兩排字，說密碼錯誤，只剩下一次機會。

「靠！」王勁威低低罵了一聲。

我的腦袋一片混亂。

怎麼會這樣，都已經確實引開校長和秘書了，廣播器材竟然還有密碼，現在要怎麼辦，怎麼辦……

突然我衝到秘書的桌子前，發狂似地翻找桌上的東西。

「你在幹嘛？」

「我在想他們會不會怕忘記，所以把密碼記在便條紙上或什麼地方，你也找找看櫃子那邊有沒有。」

我把便條紙和桌曆的每一頁都翻遍了，一本本抽出桌上的資料夾和公文夾，抽屜也被我弄得亂七八糟，但卻什麼也沒有發現。

「沒有啊。」王勁威說，「你那邊怎樣？」

「我也沒有……」我的聲音幾近絕望。

下一秒，下課鐘聲像是在催促什麼似的響了起來。

「來不及了。」王勁威跑到螢幕前面，「我試試看1234。」

就在這時，我瞥到桌上的一樣東西。

「等一下！」

我抓起秘書桌上剛被我翻出來的一本薄冊子，高舉給王勁威看，那是今年校歌合唱比賽的紀念冊。

他瞪大雙眼，喊出校歌歌詞的前四個字，「一九八八！」

我露出笑容，接著唱下去，「瓏山下，莘莘學子待發芽——」

「你們兩個在幹什麼！」

我被突然的暴喝嚇到，扭頭朝聲音的來源看去，門不知何時已被人打開了，外頭站著警衛、秘書、小桃、鬼頭哥，以及……

……老沙？

雖然頭又更禿了，人也胖了許多，但那的確就是訓導主任老沙啊，他怎麼還沒退休？

下一秒，一個恐怖的念頭跳出來，我扭頭看向另一個房間裡的校長辦公桌，上頭的名牌瞬間確認了我的想法。

媽的，校長竟然就是老沙啊！

還來不及消化接踵而來的震撼，我眼前突然晃過一個陰影，王勁威移動到我前方，擋在我和其他人之間，有東西戳上我的大腿，我低頭一看，王勁威正將光碟從背後偷偷遞給我。

我瞬間就懂了，一秒也沒有耽擱，我抓起光碟，衝到螢幕前輸入密碼，然後按下Enter。

我的視線劇烈震動，「密碼錯誤」四個大字出現在螢幕上，星星般不斷閃滅。我感覺血液凍結，手腳冰冷。密碼不是1988，一切都完了。幾秒鐘後，畫面消失，回到一開始的「威翔音訊」，但這次無論我怎麼觸碰螢幕都沒有反應。

王勁威似乎也察覺事情不對，轉頭看我，張開的雙手慢慢放了下來。

「我就知道你們兩個一定又會來搞鬼，」老沙慢慢走進房間，一對小眼輪流掃過我們，「要不是董事會說有宣傳效益，我才不會答應你們進來拍什麼影片，你們眞是兩個敗類，上電視又怎麼樣，還不是狗改不了吃屎，這次竟然還咒我心臟病，早知道當年我就該堅持立場把你們退學。」

我走到王勁威身旁，瞪著老沙，我們都沒有說話。門外的小桃一臉慌張地望著我們，鬼頭哥則面無表情站在後頭。

「就是因爲你們兩個，我才在當上校長後把廣播器材搬到校長室，甚至自己出錢加裝密碼設備，我絕不容許同樣的事情再度發生，這裡是神聖的學習殿堂，你們這種垃圾休想在這裡散布你們腐爛的音樂和思想，給我聽清楚了，我的學生都是有大好前途和未來的，他們和你們這種人渣不一樣，你們要墮落我管不著，但休想把我的學生一起拖下水。」

老沙露出冷笑。

「今天早上我聽到學校說你們想和我合照就覺得怪怪的，所以就把密碼改了，諒你們有通天本領也猜不到，剛剛導演跟我說你們去上廁所，我就感覺事有蹊蹺，馬上聯絡警衛，結果果然跟我猜的一樣，你們就只會用這種小把戲，都幾歲了還做這種無聊事，究竟知不知道羞恥，人渣就是人渣——」

「你說夠了沒有？」王勁威突然開口，聲音鏗鏘有力，「我們已經不是這裡的學生了，一直敗類人渣的罵，小心我告你毀謗。」

老沙似乎沒有想過這一點，一時愣住開不了口，王勁威的話使我突然勇氣倍增，我脫口說。

「你口口聲聲我的學生我的學生，講得好像多麼眞心多麼在乎一樣，但你究竟爲這些學生做了什麼？你知道他們的夢想是什麼嗎？你知道他們想變成什麼樣的大人嗎？你根本就不知道，只是不斷壓抑消滅他們最珍貴的東西而已，從我高中的時候就是如此了，你這種人竟然可以當一間學校的校長，眞是讓我噁心。」

老沙臉孔扭曲，睜大雙眼怒瞪著我，破口說：「你少在這裡給我大放厥詞，像你這種從沒好好念過一天書的人，怎麼會懂我爲學校付出的心血，你知不知道我當上校長後，學校的錄取率上升了多少？你知不知道我們考上了多少醫科，多少台大法律？那數字是你在學校時的兩倍，你現在竟然還敢問我做了什麼，我告訴你一件事，對你這種廢物我什麼都不會做，因爲那只會浪費我的時間和力氣罷了。」

我看著面前趾高氣揚、認爲全世界眞理都站在他身邊的中年男子，突然感覺身體裡的怒氣都消失了，我直直看著老沙的雙眼，開口說。

「你說的沒錯，恭喜你，你成功了，你把我的母校變成全台灣最大的集中營，不問每個人的意志，就把他們送往同樣的地方，送往會讓你和其他所有大人安心的地方，你就這樣一輩子做下去吧，但我要告訴你一件事，他們不是你的玩偶，不是證明你成功的道具，他們都有屬於自己獨一無二追求幸福的人生，而他們終究會發現的，可能不是現在，但我可以跟你打賭，只要他們認眞去尋找，有一天一定會發現的。」

老沙咬牙切齒，惡狠狠地瞪著我，「我等一下還有事情要忙，懶得跟你廢話。」他轉頭對警衛說，「老張你帶他們出去，要確保他們走出學校的大門無法再進來，然後記住他們兩個的臉，只要我在學校的一天，就不准他們踏進這裡一步。」

我和王勁威隨著警衛走出校長室，走廊上駐足了一些路過的學生，正好奇的竊竊私語。老沙走出來冷冷地說：「快上課了還不回去，等一下集合最慢的班級留下來掃地。」不等他說完，學生們便像受驚的鳥一樣四散離去了。老沙又瞪了我們一眼，然後走回校長室，用力關上大門。下一秒，上課鐘聲像是宣告一切結束似地，悠悠響了起來。

我們一行四人走在前頭，警衛像押解犯人的獄卒一樣跟在我們身後。小桃從剛剛開始就一直皺著眉頭，快要哭出來的樣子。鬼頭哥走在我身旁，跟我說我和王勁威的吉他剛剛帶不過來，先寄放在警衛室，雖然如此，他卻沒有寄放他的攝影機，始終一直扛著。

「不好意思，害你們擔心了。」我對鬼頭哥說。

「你以為我是小桃啊，什麼場面我沒見過，」他笑著說，「你剛剛很帥喔，只是那段可能不能用就是了。」

我疑惑地看著鬼頭哥，只見他用手比了比肩上的攝影機，對我眨了一下眼。我這時才注意到攝影機上的按鈕透著光芒，是開機的狀態。

「所以剛剛……？那、現在也是嗎？」我驚訝地看著鬼頭哥。

他帶著調皮的神色點點頭。走下樓梯時，他假裝扛累了，把攝影機換到另一邊的肩膀，也趁機換了鏡頭的方向，神不知鬼不覺拍著後頭的警衛。

沒多久我們走到一樓，經過輔導室，然後是教務處和訓導處，就在要走到穿堂的時候，王勁威突然湊到我身旁，用氣音輕聲說：「訓導處的櫃子上有一支大聲公，拿去祕密基地，我們在那裡會合。」

啥？

我懷疑自己是不是聽錯了，正當我想問清楚時，他卻突然蹲下來。

「我綁個鞋帶。」

所有人都停下來。警衛在王勁威身後站立不動，低頭看著他。一旁的小桃呆呆站著，神情仍有點驚魂未定。鬼頭哥則裝作若無其事，悄悄用攝影機記錄這一切。

我看著王勁威，思索著他剛才的話，卻一點頭緒也沒有。現在侵入訓導處拿大聲公有什麼意義呢？去祕密基地又可以怎麼樣？而且還有警衛欸，難道要先撂倒他？我百思不得其解，但在警衛面前也不好蹲下去問他，只好先等他綁完鞋帶。

正當我想著他怎麼綁這麼久的時候，王勁威突然換了個姿勢，開始綁起另一隻腳，「歹勢，另一邊也掉了。」

我忽然觸電般全身一震。

因為就在兩秒前他換腳的瞬間，我清楚瞥見他快速把原本沒掉的右腳鞋帶扯開。

此刻儘管王勁威整個人蹲在地上，背對著我看不見表情，我卻彷彿可以聽見他震耳欲聾的聲音在空氣裡大響。

——走啊！

沒有任何猶豫，我轉身拔腿就跑，腎上腺素爆炸激增，百米衝刺般向訓導處全力奔去，身後傳來警衛詫異的叫聲，「喂，你去哪裡？」

正當我以爲他會追來的時候，卻聽到另一個腳步聲，往我的相反方向跑走，不用回頭我就知道那是王勁威。警衛不停大吼，「喂你，停下來啊！你也是，不要跑！」漸漸他的聲音越來越小，似乎是去追王勁威了。

我在訓導處前稍稍放慢腳步，很快我就看到立在文件櫃上的藍白色大聲公，由於大聲公旁的窗戶是開著的，我甚至不用進去訓導處拿。我再度加速起來，經過窗戶時我使出媲美魯夫橡膠槍的神速長手，腳下沒有停滯一秒，就這麼把大聲公抓入懷中，頭也不回向前衝去。

訓導處因爲我的舉動大大騷動起來，但在第一個人探出頭來前，我已經繞過轉角，衝出誠正樓，在風雨小徑上狂奔。

下午暖和的秋陽照在我身上，風從我身旁不斷灌過去，我雙腳跑得飛快，空氣被我大口大口地吸進肺中，側腹因爲太久沒跑步而陣陣刺痛，然後我驚訝地發現，我臉上竟然掛著大大的笑容。

幹啊，我究竟在幹什麼，搞不好等一下就要被抓去警察局了，現在竟然還笑得出來。

但不知道爲什麼，奔跑在熟悉校園裡的我，卻覺得無比暢快，彷彿又回到某個高中午後，興奮地蹺課跑去祕密基地，只爲了和王勁威一起唱歌彈琴。

我鑽過小穿堂和中庭，從莊敬樓跑出來，直直衝進操場，往對面的實驗教室大樓跑去。眼前的景象讓我嚇了一跳，操場已疏落站了八、九個排好隊形的班級，許多學弟妹也正以兩路縱隊從各大樓走出來往操場前進，所有人都一臉詫異看著拿大聲公奔跑的我。

我在還算空曠的操場裡穿梭，有老師大叫要我停下來，我卻跑得更快。很快就有兩三個男老師追了上來，但已經沒關係了，實驗大樓就在眼前，而右方已出現我等待多時的身影，那是王勁威，以及他身後獵犬般追逐他的警衛和男老師們。

我和王勁威幾乎同時抵達實驗大樓的樓梯口，我們三步併作兩步衝上樓梯，兩個人都氣喘吁吁，樓梯下方傳來紛雜的腳步聲和更多的喘氣聲。我聽見下面有人說他們跑不掉了。

「你、知道、我叫你來這幹嘛嗎？」王勁威邊跑邊問我，上氣不接下氣。

「剛剛、大概猜到了。」我以人類可以辦到的極限速度繞過樓梯轉角，「可是會不會、那裡、已經變了？」

「那只好，」王勁威大吼，「祈禱了！」

我們一路衝上三樓，然後踏上通往頂樓的樓梯。

下個瞬間，我們都呆住了，停在原地，沒有任何動作。

陰暗漆黑的樓梯間，濃濃的潮濕霉味，樓梯上散落的菸蒂，廢棄的課桌椅，牆上寫錯字的髒話，斑駁落漆的鐵門，一切的一切都和我們離開的時候一模一樣，彷彿有人施了魔法暫停此處的時間，只爲了等我們回來，再看這千金難換的一眼。

一股熱氣衝上胸口，我眼眶頓時熱了起來。

就是這裡，這裡就是我們他媽的青春啊！

下一秒，樓下傳來某個人的聲音，打破了所有魔法。

「他們在上面！」

我和王勁威瞬間動了起來。我們都知道接下來要幹什麼，那畫面我們已經在腦中想像過千百次了，只是沒想到眞的有一天可以親眼看見。

「啊啊——」

我和王勁威使盡吃奶力氣，一起把疊到天花板的課桌椅紛紛推倒，狹小的樓梯間彷彿山崩般迴盪著恐怖的巨響，這是被扔在此處的課桌椅積壓多年的怒吼，我和王勁威也一齊吼出來，一邊吼一邊推，推完再繼續吼。終於，所有課桌椅都被推了下去，我和王勁威大口喘氣，低頭看著我們的傑作，一股熱血止不住地在體內瘋狂沸騰。

眼前的通道被疊至天花板的數十張課桌椅牢牢封死，就算找五十個人來清這些路障，至少也要花上半個小時。這半個小時裡，沒有人可以上得來，也沒有人可以下得去。

但我們既然上來，就沒有想過要下去。

很快下方傳來老師們驚訝的呼聲，他們似乎一團混亂，完全不知道該怎麼辦。

「爽啦！」王勁威朝下方大吼。

桌椅山後方看不見的老師們因為王勁威的挑釁整個炸開，有人大叫威脅我們，有人罵我們讓學校蒙羞，也有人用小學生都不相信的八股道理想說動我們自己下來，最後我甚至聽見有人建議找消防隊派人來拆這些桌椅。

「接下來呢？」我問王勁威。

「你已經知道了吧？」王勁威露出我熟悉不過的黝黑笑容。

我也笑了。

「但你怎麼知道他們會在操場上集合？」

「剛剛老沙不是對走廊上的學生說，等一下集合最慢的班級要留下來掃地嗎？雖然無法很確定是要在操場集合，但我想八九不離十，而且他的話還讓我想起一件事，現在是禮拜五的最後一節課，這有沒有讓你想到什麼？」

我注視著王勁威的眼睛，三秒後大叫出聲，「靠，放假前的精神講話！」

「沒錯，老沙以前就很想這麼做，但當時校長一直沒有同意，現在他當上校長終於還是幹了。」

我忿忿罵了一聲，老天眞是瞎了眼，竟然讓這種惡人當道。

「原本我也沒想到要上頂樓唱歌，但經過訓導處時，看到大聲公就在伸手可及的地方，又想起老沙剛說的話，不知為何就冒出這個點子，我本來還打算去警衛室拿我們的琴，但沒想到警衛沒去追你，反而跑來追我，只好放棄吉他直接過來。」

我點點頭，「至少我們還有一支大聲公。」

我打開大聲公的開關，試著喂了兩聲，聲音頗爲響亮，但不知道可不可以傳到操場另一頭。下一秒我忽然發現王勁威不見了，轉頭一看，他在剛才還堆滿課桌椅的陰暗角落裡，彎著腰不知道找些什麼。沒多久他從一個發潮紙箱後拿起一樣東西走回來，臉上是足以照亮整個樓梯間的燦爛笑容。

「幹。」我看著他手中骯髒的木吉他，不敢置信，「這不是你的Yamaha嗎？」

「對啊，畢業的時候忘了帶走，後來一直沒有回來拿，原本我想應該早就被人拿走或丟掉了，但沒想到竟然還在，眞是太屌了！」

雖然吉他積滿厚厚的灰塵，響孔下方的木板也變形凸起，但其他部分都完好無損，也沒有一根斷弦。王勁威用衣服仔細的把琴擦乾淨，彷彿在擦一個剛洗完澡的小嬰兒。擦完後他蹲下來調音。我們兩個都緊張不已，深怕下一秒就會聽見弦繃斷的聲音，但近乎奇蹟的什麼事也沒有發生。

調完音後王勁威刷了幾個和弦，熟悉的共鳴迴盪在充滿霉味的空氣中，我們久久沒有開口。

「怎麼樣？」王勁威說，空氣裡還留有吉他淡淡的餘音。

我深呼吸，點點頭，「上吧。」

我抓著大聲公，他拿著吉他，我們一起推開鐵門，刺眼的白光海水般灌進來，瞬間弄瞎我們。我們在門口立了一會兒，等眼睛適應外頭的光線。我大口呼吸，陽光漸漸暖和肌膚，空氣裡有一股天台或頂樓才有的獨特味道，那是其他任何地方都沒有的。

待眼睛適應後，我們一齊往天台邊緣走去。天台的圍牆大概到我們的腰部，正好是王勁威可以把吉他架在上面彈的高度。我們正對著遠方的司令台，貼著圍牆站定。下方的景象十分壯觀，似乎是已經集合完畢了，五、六十個班級方塊整整齊齊地塞滿操場，上千個黑色後腦勺對著我們，像是一幅超現實畫作。

很快便有人發現我們，人群中爆出驚呼聲，好幾個人回頭指著我們，大家慢慢騷動起來，越來越多人把頭轉過來，低語的聲音逐漸加大，很快整個操場便充滿嗡嗡嗡的說話聲。

我和王勁威像剛踏出私人飛機的電影明星，舉起手對大家用力揮舞，我們的舉動使下方的嗡嗡音量瞬間暴增了兩倍，許多老師都在大吼要學生不要說話，但仍舊無法阻止同學們轉頭望向頂樓的我們。

王勁威把手放下來，對我點點頭，他的眼裡閃著某種熱切光芒，每次他彈吉他時眼中必會出現那樣的光芒。過去我總羨慕他這像太陽般的明亮眼神，但現在我已不再羨慕了，因為我已經找到自己的方向，我的眼裡現在也有無人可以奪走的炙熱太陽。

我舉起大聲公，扯開喉嚨大吼。

「各、位、同、學——」

我放大的聲音充滿鏗鏘聲響，往四面八方暴力的傳了出去，幾乎所有同學都轉身看向我們，連老師也停下動作，仰起臉注視我們要幹嘛。

「各位同學，我們是好幾屆以前的學長，今天我們回來學校，沒有別的原因，就是要做一件事，我們要唱歌給你們聽——」

「喔喔喔喔——」王勁威也舉起吉他大吼。

我的話彷彿一顆炮彈掉進操場裡炸開，原本整齊的隊伍瞬間躁動起來，少數沒有轉頭的黑腦勺現在也全轉過來，說話音量來到前所未有的高峰，整個操場沸騰般熱鬧，有人舉起雙手對我們用力揮舞，有人在空中比出搖滾手勢，有人大叫著歡呼，而更多的人只是轉過身，讓我們看見他們期待的眼神。

「安靜！安靜！」

劃破空氣的巨大嗓音從司令台上方的灰色擴音器傳出，響遍整個操場，嘈雜聲瞬間變小。老沙不知何時已站到司令台上，手中抓著麥克風。

「我再說一次，安靜！」不虧幹過多年的訓導主任，老沙的聲音不怒而威，整個操場一片鴉雀無聲。

「看什麼看！有什麼好看，全部轉過來看我這裡，誰再回頭，導師就把他的學號記下來，這個週末來學校勞動服務。」

在老沙的威脅下，幾乎所有人都把頭轉回去，只有少數幾個學生偶爾回頭看向我們，但在老師的斥喝下又馬上轉回去。

「那邊的事跟你們沒有關係，不要被他們影響。」老沙朗聲說，「現在就是一個最好的機會教育，我不知道你們認不認識那兩個人……」這句說完，好多人轉頭看向我們，但在老沙的一句「看我這裡」後，又紛紛轉了回去。

「或許你們曾在電視上看過他們，覺得他們很厲害，很崇拜他們，但我要告訴你們，那都是假象，是某一小撮人爲了利益目的製造出來欺騙你們的假象，現在我就要在這裡告訴你們假象背後的事實，事實就是，過去在學校他們是最差勁的學生，從不用功念書，成天違反校規，差一點就要被退學，而現在他們也還是一樣差勁，甚至更差勁，他們剛剛闖入我的辦公室，侵入廣播系統，盜取公物，破壞公物，甚至還把課桌椅推下樓攻擊老師……」

「死禿頭竟然亂說話！」王勁威咬牙切齒。

「我不想再浪費時間在他們身上，已經有老師去處理他們的事情，我只是要藉這個機會告訴你們，現在是你們人生中最重要的時光，如果不好好努力念書，爭取好成績考上好的學校，你們就會變得像他們兩個現在一樣，困在一個上不去也下不來的地方，只能幹一些偷雞摸狗的勾當，成爲別人茶餘飯後的笑話。」老沙說得口沫橫飛，振振有詞。

「好！」老沙清清喉嚨，「現在回到我們的主題，這禮拜學校——」

「各、位、同、學——」

我放大好幾倍的聲音從大聲公衝出來，硬生生打斷老沙，許多同學紛紛轉過頭，整個操場又騷動起來。

「我們要開始唱歌了！」我大喊，「如果聽不清楚，歡迎到下方來，靠近一點，不要害羞，靠過來聽沒關係！」

「幹什麼！全部轉過來！」老沙憤怒地揮舞著手，「導師把那些轉頭的統統登記下來，等一下放學全部留下，有那麼好看嗎？看我這裡！」

在老沙的怒吼下，所有期待的、興奮的臉孔，又慢慢成爲一個個沒有表情的後腦勺。我忽然發現，學弟妹此刻像極了監獄裡的囚犯，老沙和老師們則是典獄長和武裝獄卒，那一顆顆無法回頭的黑色腦袋都是受到監禁、渴望自由的心靈。

我忽然一陣激動。

「同學們，不要害怕！」我高聲大吼，「不要害怕校長，不要害怕被登記，不要害怕和別人不一樣，不要害怕面對你的心！」

隔著整個操場和上千名學生，老沙怒氣沖沖指著我，「你閉嘴！不准再說一個字，聽到沒有！」說完，老沙氣急敗壞地對一旁的男老師說：「把麥克風音量開到最大！」

老沙再度開口時，他的音量幾乎是原先的兩倍，就連離司令台最遠的我都可以感受到音波的衝擊，耳膜和內臟都因此震動起來。他似乎決定忽視我們，開始自顧自唸起假日生活注意事項，彷彿有個巨人彎腰對地上的小人說話，整個操場都籠罩在他粗暴誇張的鼻腔共鳴之中。

有時擴音器傳出的巨響會忽然消失，在一片反差極大的靜默中，老沙會伸手指著下方某個回頭的學生，瞪著他沉默不語良久。很快這種無聲的恐怖就擴散到每個人心裡，所有學生都乖乖站好，沒有人敢再回頭。

我試著用大聲公說出我們即將要唱的歌曲名稱，但聲音明顯被老沙壓過，而在老沙與老師們的鷹眼監視下，也沒有人再轉頭看我們。我和王勁威像是兩個隱形人，被鎖在高塔上，沒有人聽見我們的聲音，沒有人在意我們的存在，在近乎無敵的擴音設備和難以撼動的體制高牆前，我們渺小到難以想像。

但是，我們已經不是十七歲的男孩了。

我們傷過心，流過淚，體會過絕望，也嚐過各種失敗，這樣的我們，比過去任何一個時候都還要堅強，還要擁有可以稱爲力量的東西。

我看向王勁威，在老沙的魔音攻擊下，他臉上絲毫沒有一點懷疑或懼怕，我知道我也沒有，我們都沒有。

「怎麼樣？」我問他。

「那還用說。」他露出笑容，說出我正在想的事，「唱歌吧。」

我也笑了，點點頭，晃一晃手中的大聲公，「你彈，我唱？」

王勁威搖搖頭，「原本我也這樣想，但現在吉他可能傳不出去，用大聲公收吉他的聲音好了，我們兩個一起全力唱，音量應該還夠。」

我笑著把大聲公拿到吉他前方，對準響孔。

「我是沒問題啦，你行嗎？唱到沙啞這幾天就不能錄音了喔。」

「開什麼玩笑，唱得比你小聲，等一下我就一路狗吠走下去。」

王勁威說完，給我一個最棒的眼神，然後將右手高高舉至藍天裡，用力刷下第一個和弦。

老沙的聲音繼續排山倒海向我們轟來，上千個學弟妹木偶般定在原地一動不動，樓梯下方有等著殺上來將我們拖走的老師和警衛，我和王勁威肩並肩站著，天空湛藍透明，前奏的吉他聲融在陽光中，金黃而溫暖。

忽然我想起好多人，好多事，各種情緒滿滿地漲著胸口，我好希望他們都可以在這裡，和我一起唱歌。

我閉上眼睛，安靜的等待第一句歌詞。

無比安靜的。

等待。

26 人生啊

睜開眼時，我已經三十七歲了。

一眨眼，十年就過去了，像開玩笑一樣。

十年是一段漫長的時光，我經歷了各種事，認識了許多人，和更多人斷了聯絡，也遺忘了不少回憶，但那天的一切始終都留在我腦海裡，電影一樣不斷播放，而隨著一天天過去，那回憶只有越來越清晰。

我和王勁威在頂樓唱了四十分鐘，最後因為搬完課桌椅衝上來的老師們暴力的阻止，才沒有繼續唱下去。

我們嘶吼的每一分鐘，老沙都沒有停止用最大音量與我們對抗，最後我和王勁威都沙啞了，老沙也氣若游絲。但如果說這是一場我們和他之間的戰爭，那結果是老沙贏了，他大獲全勝。

在老沙和操場上所有老師的監督之下，沒有一個學弟妹為了我們的音樂衝到實驗大樓樓下，甚至沒有人轉過身來，一個都沒有。

我原本幻想的，學弟妹如海潮般洶湧地朝我們奔來的壯觀場面，始終只是我的幻想。

整整四十分鐘，我們都對著上千個後腦勺演唱，唯一正眼看過我們的人，只有老沙。

儘管如此，我卻沒有戰敗的感覺。

一點也沒有。

我知道這和高中那才播了幾分鐘便被切掉的宋岳庭不一樣，完全不同。

這一次，我們整整嘶吼了四十分鐘，扯開喉嚨唱了十一首歌，無論他們有沒有轉過頭來，無論老沙的麥克風開得多麼大聲，我知道他們都聽見了，我知道我們的聲音已經傳到他們心底。

如果有一個人，只要一個人就好，因爲自己沒有回頭看我們一眼而感到深深後悔，那就夠了。因爲我知道在某個關鍵時刻，他會告訴自己，這一次絕不再後悔，然後鼓起勇氣，轉過頭，衝向他想去的地方。

那天晚上，王勁威被顧大哥叫去唱片公司訓了整整兩個小時，據留下來加班的人說，整層樓都可以聽見會議室傳出的訓話聲。

出乎意料的，這起事件最後竟然毫髮無傷的結束了。學校沒有對我們或唱片公司提出任何告訴，事件也沒有被新聞媒體報導出來，那天拍的短片後來也順利播出，好像什麼事都沒有發生一樣。

據說這是唱片公司和學校董事會聯手，動用關係把事情壓了下來。或許老沙的話不全是錯的，這世界就是一個假象，是某一小撮人爲了利益目的製造出來的假象。但不管他們多麼努力想要遮住人們的雙眼，眞實終究會存在某個地方。

某天鬼頭哥拿給王勁威一片光碟，說是披頭四一九六九年在蘋果唱片公司屋頂的演唱會。當晚王勁威看了之後馬上打給我，要我立刻過去他家。那根本就不是什麼披頭四演唱會，而是我們解放學校大作戰的紀錄片。鬼頭哥不僅親自剪接，還加上字幕和配樂，至於最後那四十分鐘的頂樓演唱會，他一分鐘也沒有漏掉。

王勁威曾打電話和鬼頭哥道謝，但他卻說自己從沒有給過王勁威什麼光碟，還笑著問他是不是在做夢。

「或許那眞的是一場夢吧。」王勁威對我說，「但那絕對是我們一起做過最棒的美夢。」

王勁威原本預計年底就要發片，但因爲那起事件被唱片公司冷凍了半年多，一直拖到隔年暑假才發行。

對這件事的想法，他只跟我提過一次，就在他被唱片公司通知發片延期的那天，也就是他剛滿二十七歲的那一晚，喝掛睡著的前兩分鐘對我說。

「就算一輩子不能發片，我也要跟你一起唱。」

王勁威醉得一塌糊塗，但我知道這是他的眞心話。

隔年他的第一張專輯大賣，瘋狂大賣，老鼠寫詞的兩首歌被當成第一和第二主打，那年夏天在錢櫃的每一間包廂都可以聽到這兩首歌。發片後的兩個月，王勁威就在小巨蛋開了演唱會，我坐在第三排，前方是小S和范瑋琪，旁邊的旁邊是盧廣仲。

除了那場爆滿的演唱會，王勁威還跟我在「Peter Cat」一起唱了一場沒有宣傳的小型表演。我們在店門口插上「回家吃飯」和「明天放晴」的旗子，聽衆幾乎全是店裡的常客。這次王勁威終於見到那隻做運動的肥貓，牠整個晚上都懶在吧檯上，只在我們唱到唯一一首巴布．狄倫時，才起來走了兩圈，去貓沙屋上了廁所。

那天王勁威唱了兩首新歌，說會放在下一張專輯裡，怎麼知道事情卻突然轉了一個大彎，教人措手不及。

唱片公司老闆由於投資失利，在王勁威演唱會結束後不久捲款跑去國外，公司倒閉了，王勁威的唱片合約卻沒有失效，他被一張無法發片的合約綁著，官司打了整整兩年才解決。第四年他終於在新公司推出第二張專輯，怎麼知道專輯的反應卻大不如前，一年後他又發了一張，銷售比上一張更加淒慘，從此他沒有再發行任何唱片。

他後來的兩張專輯我聽了不下一百遍，那裡面擁有的情感無比眞摯誠實，幾乎要使人落淚。我不知道大家是聾了還是怎樣，怎麼會對這樣的音樂無動於衷。我爲王勁威感到不平，但卻從沒有聽他抱怨過，一個字都沒有。

這些年來，他始終在幕後作音樂，寫歌，彈吉他，偶爾去一些地方表演。每次見面總可以看到他黝黑的笑容，眼睛裡有相同的閃光，於是我知道沒什麼好替他擔心的。

至於我，在解放學校大作戰結束後的隔天，我便開始繼續之前未完成的目標。

我花了三天把筆記本裡的內容整理成一張張的分鏡圖草稿，那是我過去十幾年想過上百遍的故事，是可潔口中最棒的聖誕禮物——是我自己創造的《乳牛俠》結局。

我不知道把它畫出來有什麼用，可能只是浪費時間，可能沒有任何意義，但這是我此刻最想做的事，比什麼事情都想，如果現在不把它完成，我知道將來我一定會後悔，一輩子都會因爲這件事後悔到死。所以我買了一套漫畫用具、一疊原稿紙和十幾張網點，開始在家畫了起來。

一開始我完全無法習慣漫畫專用的沾水筆，那筆感和我用慣的鉛筆原子筆完全不同，我常常控制不了筆下的線條，修正液用了又用，最後只好把滿是修正液的原稿紙揉掉重畫。

畫到第二個禮拜時，我慢慢順手起來，也開始可以用G筆控制線條的粗細。但我卻逐漸發現，我努力將人物畫到和原本的《乳牛俠》一模一樣是不行的，那樣畫出來的人物都是死的，只是原作者筆下角色的屍骸，於是我又把畫好的十幾張稿紙丟掉，試著用我自己的筆法，重新畫出帶有我的味道、活生生可以躍出紙面的《乳牛俠》。

原本我預計兩個月可以完成，沒想到最後卻花了整整半年。完成的那一刻，我整個人像搾乾的柳橙一樣徹底虛脫了。之後的好幾天，我都遊魂一般在家飄蕩，什麼事也不做，什麼也不去想。三天後，我把完成的一整疊原稿拿起來好好看過一遍，看完後我從身體深處開始顫抖起來，我無比清楚地發現一個事實，這就是我想幹一輩子的事，我想成爲一個漫畫家。

下定決心後，事情似乎就比較明朗了，但明朗並不代表順利，相反地，事情一點也不順利，事情困難無比，差別只是我比過去安心多了。

老媽因爲我要畫漫畫不去工作差點氣死，我爲了證明可以養活自己，不斷接插圖的工作，同時也用剩下的時間創作自己的漫畫。我曾經把我畫的《乳牛俠》拿去出版社投稿。當初發行原版《乳牛俠》的出版社已經倒了，我只好找其他漫畫出版社，但大家不是因爲版權問題拒絕，就是說我這種接著畫別人斷尾故事的東西沒有人要看，不然就是我的畫風和現在的潮流完全不合等等。

最後我不再把漫畫拿去出版社，我把原稿印了好幾份寄出去，然後將《乳牛俠》封印起來，開始專心在其他作品上。《乳牛俠》的退稿讓我知道出版社和市場的需求，我開始創作較貼近市場的作品，同時也努力保持我的畫風和故事的創意。只是這並不容易，有整整兩年，我的作品都沒有被任何一家出版社接受，只能不斷接插畫維持生活，最慘的時候，曾經連續三個月都沒有收入，連買網點的錢都沒有。

但人生，有時候眞的像漫畫一樣。

第三年，終於有一家出版社願意幫我發行我畫的棒球愛情漫畫。那三本漫畫雖然沒有大紅大紫，但我從中受到很多人的鼓勵和肯定，也有了更多信心。後來我向出版社說想畫一個二十集以上的長篇故事，主題是超能力和愛情，編輯最後同意了，一次就和我簽了五集合約。雖然收入仍然不多，但由於可以固定發行漫畫，我終於不用一直接插圖的工作，可以專注在自己的漫畫上。

超能力漫畫發行到第二集的時候，我收到了一封改變我人生的電子郵件。那是從法國寄來的，寄信者是當地一家知名漫畫雜誌的主編，他詢問是否可以將我的漫畫刊登在他們的雜誌上，而他說的漫畫，是我好幾年前寄去參加那本雜誌舉辦的比賽的《乳牛俠》。

那年我將《乳牛俠》寄去參加了好幾個比賽，有國內也有國外，但都毫無音訊，後來我也忘了這件事。雜誌主編說他當年看到就很喜歡，可惜不合評審的口味。今年雜誌多出了幾面空頁，他突然想起我的《乳牛俠》，便寄了這封信給我。

我當天就回信給他，同意他的要求。一個月後我收到一封跨國郵件，裡頭有《乳牛俠》講起法文的最新一期雜誌，以及一張八百歐元的支票。

那之後的事情，就像《愛麗絲夢遊仙境》加《神隱少女》一樣，不可思議到了極點。

我畫的《乳牛俠》由於那本雜誌在歐洲大爲轟動，以前的漫畫版權陸續賣到法國和其他國家，沒多久新聞報導了這起事件，我在國內的銷量因此暴增，一個月賣的書就是過去兩年的總和。之前乏人問津的《乳牛俠》終於出版了，半年就刷了十五刷，莫名其妙的，我成爲全台灣最暢銷的漫畫家。

這十年來，我開過五次漫畫展，出了二十三本漫畫，其中有單本銷售破三十萬的暢銷漫畫，也有賣不到五百本的淒慘漫畫，有改編成電影大賣破億的漫畫，也有讓我成爲家長公敵，差點吃上官司的漫畫，但不管怎麼樣，我始終持續不斷地畫著，從沒有停止創作漫畫，這一點比什麼都還要讓我驕傲。

老媽已不再叫我去找工作了，她只一直叨唸我換個新房子，搬去生活機能更好的地方，但或許是念舊吧，我仍住在大魔域附近，五年前買的一棟舊公寓裡。

大魔域近乎奇蹟的還開著。儘管附近開了許多新的漫畫出租店，也倒了許多，但它始終帝王般屹立不搖，客人也依舊絡繹不絕，只是裝潢變了，老闆換了，裡面的人我也都不認識了。

我還記得很清楚，第一個離開的是老鼠。

一個晚上他找我去「Peter Cat」，笑著說他要換工作了。一直以來他都很喜歡大魔域，曾說過可以在這裡工作一輩子就太棒了，所以我對他的新工作十分好奇。

喝了幾杯後，他滿面紅光地對我說有幾個推理同好找上他，他們要一起辦一本推理雜誌，由於人手相當吃緊，所以他除了負責編輯，還要寫書評，寫訪談，甚至幫忙弄美編。

「你相信嗎？美編欸，拜託，我怎麼會！」

我從沒有看過老鼠那麼開心的樣子。

老鼠辦的雜誌我買了五期，每一期都買十本，只是還等不到第六期出版，雜誌就因爲資金問題停刊了。但老鼠沒有停下來，他繼續幫其他雜誌和網站寫書評，寫推理小說的推薦序，當推理小說獎的評審，出版推理小說評論集，甚至成立出版社，翻譯國外的推理小說，也發行國內優秀的推理作品。

有次我在車上的廣播聽見一首歌，整顆心被牢牢揪著，回家一查，發現歌詞是一個叫米奇的人寫的。我打給老鼠，他笑著說老鼠就該用老鼠的名字啊，我才知道原來他一直都有在幫人寫詞。

某一年發生了一件大事，老鼠入圍了金曲獎最佳作詞人獎，最後甚至還得獎了。我在電視前又叫又吼，卻沒有在螢幕上看到他，打過去才知道他在家看偵探日劇完結篇。

每年他生日前夕我都會找他出來吃飯，一年也沒有例外。去年因爲他出國公差所以我沒約，沒想到他卻自己打給我，說他在台北，原來他爲了我回來一個晚上。電話那頭的我感動到說不出話來。他眞的是個怪咖，但天知道我多高興可以認識他，可以當他的朋友。

老鼠離開大魔域後不久，兔兔也走了，她要出國念書。有次我在大魔域附近看到她，她回來過暑假，她說她交了一個日本男友，畢業後想在美國工作。後來我就沒有再聽到她的消息。

讓人意外的是，易萱竟然比呂信維早離開大魔域。

易萱的新分店一開始營運得不錯，但在附近兩家漫畫出租店聯手降價夾殺下，它的營業額漸漸負擔不了龐大的店面租金，苦撐了一年多還是收了起來。

隔年易萱老公創業開餐廳失敗，欠了一筆不小的債務，之前開新店的貸款也還沒還清，她老公一時找不到工作，加上還有兩個女兒要養，易萱只好忍痛將大魔域脫手。

現在易萱老公已有一份穩定的工作，易萱也在家經營起網拍，做得有聲有色，只是她再也無法回到大魔域了。我曾經問她後不後悔賣掉大魔域，她只淡淡說：「沒有什麼事情比家人重要。」

一直到現在我們都還有聯絡，過年的時候，我總是帶一盒禮盒與兩份玩具去她家拜訪。

即使換了老闆，呂信維依然在大魔域當了好一段時間的店長。大魔域在他的管理下客人越來越多，有時我想進去看個漫畫都還找不到位子。每次有熱門強片發行，他總會打給我，問要不要幫我留一片。

後來他說想要有一家自己的店所以離開了，但他沒有開漫畫出租店，而是在內湖開了一家飲料店。同一個區域還有五十嵐、CoCo和清心三家店，生意並不容易做。剛開店的前幾年，他總跟我說快做不下去了，但卻又一直撐了過來，最近我已不再聽到他這麼說了。

有時候我會騎一段路去內湖買一杯飲料，只爲了聽他熟悉的招呼嗓音，他現在已不說「歡迎光臨」了，改說「哈囉您好」，不變的則是他臉上的笑容。我和呂信維成爲很好的朋友，不時會見面吃飯。有一次他和我談起他的童年。小時候他母親常罵他笨，嫌他蠢，有天母親帶了一包衣物出門，從此便再也沒回來。那天之後他父親開始酗酒，在他高一那年，父親酒後騎車發生車禍，左腳截肢，無法出去工作，從那時起他便開始打工養家。

他自嘲說可能是這些過去使他總強迫自己做到完美，不希望別人失望，但我知道他早已走出那片陰影，他只是需要多一點信心而已。

雖然大魔域幸運地沒有淹沒在時光的長流中，但其他東西幾乎都不留痕跡地消失了，「Peter Cat」也是。

埋頭畫《乳牛俠》的那段日子，我和「Peter Cat」混得很熟。常常晚上畫累了就跑去「Peter Cat」喝點小酒，抱抱貓，和酒保老闆Oliver以及服務生Winnie聊天。

雖然Winnie總說貓跟我很親，對我的態度和其他客人不太一樣，但我卻看不出來哪裡不同。牠和我的唯一互動就是睡覺，每次牠都在我大腿上踩踩踏踏，找一個舒適的地方，窩成一團閉上眼睛，一直睡到我要走了才醒。雖然如此，牠的體溫和重量仍舊深深把我征服了，在那段彷彿一個人於幽暗海底行走的漫漫時光，是牠的強大溫暖讓我不至於孤獨無伴。

在王勁威的合約官司勝訴的那一年，Oliver宣布「Peter Cat」結束營業。說起來有各種原因，Winnie嫁人有了小孩，無法再做這樣晚出早歸的工作，Oliver的朋友在高雄開飯店，希望他過去幫忙，但最大的原因，我想還是貓的去世。

牠老了，時候到了，就是這樣，雖然我們都知道，但這事實仍舊讓所有人傷心欲絕。貓離開後，我去過一次「Peter Cat」，但一杯酒都沒喝就走了。我無法在沒有貓的「Peter Cat」待太久，或許Oliver把店收起來是對的，我過去不會這麼想，但現在我已經三十七歲了，知道有些事情讓它靜靜留在回憶裡比什麼都好。

我成名前的朋友雖然少，但這些連結我卻比什麼都珍惜，但就像《棋靈王》裡阿光最後失去佐為一樣，我最終還是失去了大部分人。

小敏是少數我還有保持聯絡的朋友。她現在在一家國際建築事務所工作，每天都十分忙碌，但也十分幸福。每次見面她都說有天一定要和我合作，但我們始終沒有想出完美融合漫畫和建築的點子。

安妮結婚的時候，我和老鼠小敏一起去參加她的婚禮。男方是台南知名的望族，婚禮十分盛大，還請來郝柏村當證婚人。婚後安妮就很少和大家聯絡，就連小敏也好幾年沒見到她了，有時我會忽然想起那晚的錢櫃包廂，還有她的大笑聲。

PJ幾年前在電視上開了一個訪問音樂人的節目，只播了一季。現在聽說他又回去當DJ，和以前一樣的電台和時段，只是我卻不再收聽了。

有次我經過「音爆」，發現它成了一家便當店，因此感到唏噓不已。幾年後我才知道它只是搬了家，曾經路過進去一次，沒看到魏老大，後來便沒再去了。

創作女孩二人組消失了，不知道去了哪裡。每次去唱歌我總會點她們唯一一首MV來唱，一個還在念大學的實習編輯曾問我她們是誰，我說她們是幹掉王勁威的人，她接著問王勁威是誰，我笑笑沒有回答。

鬼頭哥這幾年開始拍起電影，拿了兩次國片輔導金，但電影總是叫好不叫座。最近他在拍台灣首部超人電影，報紙有他資金告急的新聞，我打給他，他卻笑說沒這回事。兩天後我和王勁威一起匯了一筆錢到電影公司的戶頭裡，儘管鬼頭哥從沒有承認，但我們都欠他一部電影和一場美夢。

老沙在我們封鎖頂樓後沒多久就離開學校，到另一個剛成立的私立高中當校長。那間學校很快就成爲全台升學率前三名的私立高中，以教學紮實、管束嚴格和警衛衆多出名。

三年前他退休了，在退休典禮致詞的時候，外頭的廣場聚集了一百多名青少年，他們集體大聲唱歌，以至於從頭至尾沒有人聽見老沙說的任何一個字。報紙上說這群年輕人全畢業於從前老沙當校長的另一所學校。

我把這則新聞剪下來裱框，掛在家裡最顯眼的地方。每次王勁威來我家，我們一定會在這張剪報前乾杯，然後拿出吉他，將那天的歌又唱了一遍。

今年春天的時候，有一名記者打給我的經紀人敲一個訪問，他想要同時採訪我和原本的《乳牛俠》作者太空猴。我幾乎是接到經紀人電話的瞬間就答應了。

當初我畫的《乳牛俠》開始爆紅的時候，冒出一大堆版權及法律上的複雜問題。在出版社的聯絡下，太空猴十分大方地將續集版權授予給我，沒有追究任何金錢和法律責任，使我免掉一堆麻煩，但條件是他不可以曝光，連我想和他見上一面都不被允許。

這次的採訪記者和過去的媒體都不同，是一家國際知名的權威通訊社，我因此再度燃起見上太空猴一面的期待。他是我童年的偶像，是創造我心目中英雄的英雄，而我有一個懷抱了二十幾年的問題等著要問他，那就是，究竟爲什麼他不再繼續畫下去？

可惜這次聯訪最終還是失敗了，他仍舊不願意曝光，於是我一個人在咖啡館接受訪問。訪問結束後，記者悄悄對我說，太空猴願意把他的身分透露給我知道，但前提是我要絕對保密。我說沒問題，接著記者拿出一份已經擬好的承諾書要我簽名，我雖然有些訝異，但還是簽了。

聽完記者說的話後，我整整五分鐘無法動彈。

事實是，記者並沒有聯絡上太空猴，因爲根本就無法聯絡，他已經去世了，在我十二歲那年跳樓自殺了。

大方將版權授予給我的並非太空猴，而是他的父親。他父親的名字在台灣無人不知無人不曉，做過立法委員、市長和黨副主席，五年前因爲健康因素退出政壇。現在的他，除了每天固定坐輪椅曬兩個小時太陽外，多半時間都躺在床上，一個人安靜地想著往事，等待死亡降臨。

記者說，老人要我代他謝謝你，謝謝你延續他兒子的夢想。

我幾乎是失魂落魄地離開那家咖啡館。

這只不過就是一個父子不和，年輕人爲了夢想自殺的老套故事罷了，但爲什麼，爲什麼我卻如此痛苦難過，眼淚止不住的流。

接著好幾天我都魂不守舍，無法出門也無法工作，截稿日期就在眼前，我卻沒辦法提筆畫下任何東西。

有一天我躺在床上，忽然想到《乳牛俠》第三集的結尾，乳牛俠站在被洗腦的父親面前，爲了正義不惜和親人對決。但不知爲何，出現在我腦中的畫面卻是太空猴和政壇老人，他們在一間典雅的書房，隔著書桌相對而立，彼此咆哮，怒吼，說著無法收回的傷人話語，空氣裡有濃濃的血腥味，來自兩人心中看不見的傷口。

那個禮拜的最後一天，我接到王勁威的電話，他一秒就聽出我不太對勁，於是我保留政壇老人的名字，告訴他太空猴的事。他聽完久久沒有開口。

「我們都很幸運。」最後他這麼說。

「如果太空猴在另一個世界知道有人始終沒有放棄，完成了他中斷的夢想，他一定會非常開心，這或許只是自我安慰的話，但如果連我們活著的人都不這樣想，還有誰可以辦到呢？你該振作起來了。」

這次換我沉默了。

然後他說出今天打給我的原因。

「我欠你欠了十年，該是讓我還債了吧，你下個月有空嗎？」

他說，再不去環島，我們就會老到沒有力氣了。

掛上電話後，我在沙發上坐了好久。

或許，不是每個傷害都可以像老沙的訓話和巴掌一樣，輕鬆地一笑置之。有些東西會眞正動搖我們的心，在靈魂留下深深的傷痕，而我們唯一能做的，就是變得更堅強，堅強地去做夢，堅強地去愛自己和他人，否則，連超人也會倒地而亡。

我打了通電話給經紀人，告訴他無論如何下個月我都要請兩個禮拜的假。然後我坐到書桌前，這幾天來第一次拿起畫筆，爲了已經離開的人，爲了下個月的環島，也爲了我自己，我必須繼續奮鬥下去。

環島的前一個禮拜，我去書店買了一份詳盡的台灣地圖。結帳的時候，櫃檯後方擺的幾本書吸引了我的目光。那似乎是客人訂的書籍，有些被包在氣泡袋中，有些則沒有，但每本書上都貼有便條紙，寫有日期和客人的姓氏。

我的視線被一本黑皮精裝書牢牢吸住了，即使只瞥見千分之一秒，我仍可以認出那是我當年發行的初版《乳牛俠》。我以爲它已經絕版了，沒想到竟然還可以訂得到，但眞正讓我驚訝到呆住的是，黃色便條紙上的三個字——羅小姐。

一秒後我回過神，在心中嘲笑自己豐富的想像力。

可潔是不可能在這裡訂我的書的，她現在人在巴黎，工作十分忙碌辛苦，已經好幾年沒有回台灣了。

當年她在信裡說不要聯絡後，我就失去了她的消息好多年，直到某天我收到她從斐濟寄來的明信片後，我們才又重新開始聯繫。

她告訴我她語言學校只念三個月就離開了，因爲裡面沒有她想要的東西。但她並非毫無所獲，那段時間她最大的樂趣是存錢去吃倫敦的知名餐廳，久而久之，她發現自己對甜點擁有特別的熱情和感受力。所以她毅然決然退了學，到法國去念藍帶學校的甜點課程。

畢業後，她在一家法式料理餐廳當甜點學徒，從盤飾開始學起，光是舒芙蕾的蛋白霜就練了一整年。她前後待了三家餐廳和兩家飯店，最後終於做到甜點主廚。兩年前她把積蓄全部拿出來，再加上貸款的兩百萬，和朋友在瑪黑區開了一家專門供應甜點的小館。從整天下來只有三個人進門，到現在已需要一個月前訂位才吃得到，而由於她總是在小小的店裡事必躬親製作甜點，所以不要說回來台灣，她甚至已經兩年沒有休假了。

「先生，總共是四百六十元。」

我刷卡付了錢，走出店外，路口的綠色行人號誌燈閃爍著，我正要衝過去時，口袋裡的手機忽然響起，我停下腳步拿出手機。

「在忙嗎？」電話裡的巨大音量嚇了我一跳。

是王勁威。

「告訴你兩件事，你要先聽好消息還是壞消息。」

「壞消息。」

「好，壞消息就是，你在出發環島前又多了一樣工作要完成了。」

「啊？爲什麼？」

王勁威沒有回答我的問題，繼續興奮地說：「好消息就是，那工作是幫我的唱片畫封面，因爲我、要、出、唱、片、了！」

「眞的假的？」我顧不得四周都是人群，大叫出聲。

「當然是眞的，你還記得和我一起出車禍的葛依蔓嗎？之前她投資了一家唱片公司，不知道你有沒有看到這新聞，總之，她剛剛打給我，她本人親自打給我喔，說他們公司要和我簽約，幫我發唱片。」

「靠！」我大吼，「看來你被撞那一下眞是太值得了。」

「值你的頭啦！」王勁威大笑，「這跟那無關好不好，她找我是因爲我的實力，因爲她知道我才華洋溢、有志難伸、遺珠之憾、鳳毛麟角……」

電話裡王勁威繼續說著亂七八糟的成語，但我已經沒有在聽了，我放下手機，心臟噗通噗通狂跳，緩緩轉過身。

我聽見有個聲音叫我的名字。

一個很熟悉，很熟悉的聲音。

我腦袋一片空白，無法思考，終於我轉身站定，眼前是油畫般暈染的流動人影，一個女人靜靜站在前方，瞬間聲音全被吸走了，落葉停在空中，地球停止轉動。
我靜靜看著眼前的可潔，然後笑了。
天啊，她看起來眞好。
人生啊，終究不是漫畫。
人生永遠都有意想不到的未完待續。
或許有一天我會把這個故事畫出來吧。
但現在，我只想好好的、好好的和她說說話。
太陽不知爲何突然變大了，我微微瞇起眼睛，在燦亮的金黃光芒裡，可潔舉起手中的黑皮精裝書，臉上綻開笑容。

The End

後記

原本我打算寫一部武俠小說。

我擬好了書名和大綱，甚至連文案都有了，只差細節，卻在最後一刻自己喊停，轉而寫起了至今唯一一個寫實故事。

有人說，故事可以帶你逃離生活，但有時候，卻是生活逼你直視手中的故事。

那一年，我還是學生，但卻不在學校裡，而在醫院實習。我過得很不開心，不只是因爲累，每三天就要值一次班，大家都累。但除了累，我還被一種無以名狀的空虛感折磨，因爲我沒辦法從這樣的生活裡得到任何東西。畢業後去當兵，然後回醫院上班，大家都是這樣打算，我卻覺得無比迷惘。

當時我經歷著人生徬徨的頂點，日復一日關在醫院，未來一片模糊，武俠小說突然變得不是那麼重要了，於是我決定寫起另一個故事。這個故事，你們都知道了，不是一個魯蛇在夢想裡奮鬥的故事，而是一個魯蛇在經歷了那麼多那麼多之後，才發現夢想的故事。

對我來說，找到夢想遠比實踐夢想困難。

我一直不知道要幹嘛，大學塡志願時只能照著順序塡，二十二歲開始寫小說，寫了還是不知道要幹嘛。一直要到了二十六歲，都活過了四分之一世紀，我才終於肯定，寫小說是我想幹一輩子的事。如果你現在已經有了一個像星星一樣堅硬閃亮的目標，那恭喜你，你眞的很幸運，也很幸福，請一定要堅持下去。

這本小說是非常私人的，不只是寫作動機，不只是故事內容，還有裡頭許許多多我偏愛的引用與致敬。

村上春樹的前三本小說主角都沒有名字，只能以「我」來稱呼，而在這三本書裡，「我」都有一個好朋友叫老鼠，因此也稱爲「老鼠三部曲」。另外，村上春樹還沒出道前，在國分寺開的爵士咖啡店就叫做Peter Cat，Peter之名來自村上養過的一隻貓。就連王勁威這名字也是引用，源自我很喜歡的一部港片，鄭秀文和劉青雲主演的《我左眼見到鬼》。

但最重要最私人的一個致敬，還是乳牛俠，或者應該說，是蜥蜴超人。

艾雷迪老師的漫畫《蜥蜴超人》一、二、三集，影響我極深，是我國小最甜蜜也最痛苦的回憶。就像書裡描述的，我一直在等待第四集發行，但卻始終沒有等到。我在小說裡寫的太空猴結局，是因應小說內容編造的，和現實無關，所以我才會把名字改成乳牛俠。但故事裡描寫的漫畫情節，包括第三集最後的父子對決，都和眞正的《蜥蜴超人》一模一樣。

臉書年代開始後，我找到艾雷迪老師的臉書，很榮幸加了好友。有一次他甚至在我的動態按讚留言，感覺就像麥可·喬丹在我的衣服上簽名一樣，超、級、開、心！《KO人生》完成後，我一直幻想有天可以請老師幫這本書畫封面，然後問他究竟爲什麼沒有第四集，究竟父子對決的結局是什麼，但這願望始終沒有實現。

艾雷迪老師在二〇一三年走了，中風，四十四歲。

人生，太措手不及了。

我唯一能做的，只有出版這個故事，並在後記告訴大家，曾經有一部很屌的台灣漫畫，不會輸給日本或任何一個國家的漫畫，雖然只有三集，卻是我心中最強的超人。

最後我要說，我相信感動可以留下，彩虹不會白白消失，我相信只要大聲嘶吼過，歌聲終究會傳到某個地方，抵達某個人心底。就算那個人此刻正被訓導主任、被父母、被工作、被體制牢牢地釘死在地，但只要旋律仍留在腦中，有一天，總有一天，他一定會轉身衝向想去的地方。

我如此深深相信著，也因此，這本書我唱得很用力，很用力，很用力。

希望你會喜歡。

東澤

K.O. 人生 / 東澤作
初版・臺北市：春天出版國際
2016.07
320 面；14.8 × 21 公分
(東澤作品；3)

ISBN978-986-5607-22-7(平裝)

857.7
105003440

東澤作品——003

KO★人生

作者——東澤

總編輯——莊宜勳
主編——鍾靈
責任編輯——牛世竣
封面設計——井十二設計研究室
內頁編排——三石設計

出版——春天出版國際文化有限公司
地址——台北市信義路四段 458 號 3 樓
電話——02.7718.0898
傳真——02.7718.2388
信箱——story@bookspring.com.tw
網址——www.bookspring.com.tw
部落格——blog.pixnet.net/bookspring

郵政帳號——19705538
戶名——春天出版國際文化有限公司

2016/07——初版一刷
ISBN978-986-5607-22-7
NT$290
PRINTED IN TAIWAN

總經銷——楨德圖書事業有限公司
地址——新北市新店區寶興路 45 巷 6 弄 6 號 5 樓
電話——02.8919.3186
傳真——02.8914.5524

香港總代理——一代匯集
地址——九龍旺角塘尾道 64 號 龍駒企業大廈 10 B&D 室
電話——852.2783.8102
傳真——852.2396.0050

法律顧問——蕭顯忠律師事務所